熊昌源骨伤临床经验与思考

陈建锋　陈洪波　陈大伟◎主编

长江出版传媒　湖北科学技术出版社

图书在版编目(CIP)数据

熊昌源骨伤临床经验与思考 / 陈建锋，陈洪波，陈大伟主编 . —武汉 : 湖北科学技术出版社 , 2023. 10

ISBN 978-7-5706-2849-0

Ⅰ. ①熊…　Ⅱ. ①陈…　②陈…　③陈…　Ⅲ. ①中医伤科学－临床医学－经验－中国－现代　Ⅳ. ① R274

中国国家版本馆 CIP 数据核字 (2023) 第 173566 号

责任编辑：刘　芳
责任校对：陈横宇　余东轩　　封面设计：曾雅明

出版发行：湖北科学技术出版社
地　　址：武汉市雄楚大街 268 号（湖北出版文化城 B 座 13—14 层）
电　　话：027-87679468　　邮　　编：430070

印　　刷：湖北新华印务有限公司　　邮　　编：430035

710×1000　1/16　13.5 印张　300 千字
2023 年 10 月第 1 版　2023 年 10 月第 1 次印刷
定　　价：68.00 元

《熊昌源骨伤临床经验与思考》
编 委 会

主　审　熊昌源

主　编　陈建锋　陈洪波　陈大伟

副主编　文　峰　雷　杰　汪　伟　胡翔宇　吴　琪

编　委（按姓氏笔画排序）

王宇晴　王志刚　王春玲　王嘉璐　文　峰
卢晨阳　叶　劲　叶锡光　付红军　刘　钊
齐理华　李　浩　李明慧　吴　琪　吴子健
汪　伟　汪学红　沈澳东　张莉莹　陈大伟
陈建锋　陈洪波　易海军　周　晶　周晓红
郑力铭　郑剑南　胡翔宇　梁剑辉　葛梦涛
雷　杰

绘　图　张莉莹　卢晨阳　梁剑辉

前言

Preface

本书以熊昌源教授中医骨伤学术思想为基础，对其所诊治的常见骨伤科病例进行辨证分析，探寻熊昌源教授丰富的临证经验之精髓，传承发扬其所提出的在中医骨伤诊断与治疗中"合"与"和"理念。在临床诊疗方面，更好地以医者之心为患者健康保驾护航。从价值医疗角度，对中医骨伤科学的现状和未来发展作出了深刻思考。此书非常适合中医临床医生、中医院校师生、中医药爱好者阅读。

本书引用熊昌源教授多年所发表的相关书籍及文章，多角度、全面地呈现了熊昌源教授的骨伤学术思想，其主要分为学术和临证上、下两篇，总结整理了熊昌源教授几十年来在科研临床工作中积累的诊疗思想、临床病案、治疗要领、临诊心得。学术篇从学术思想、学术特色、实用解剖、诊疗要领方面详细阐述了其中医正骨思想特色；熊昌源教授在正骨手法和诊疗用药方面颇有建树，临证篇大量选用并分析其临床医案，从经验启迪、经验继承和传承创新三方面全面展现熊昌源教授在骨伤临证的要领及技巧，以传承中华民族传统中医药骨伤思想和诊疗手法，启迪中医临床中日常诊断及疑难杂症的治疗，推动骨伤诊治的进一步研究，深化中医药师带徒的传统，促进中医药的文化传播。

中医，作为中华民族的瑰宝，其临床自然也离不开古籍经典的指导。故本书在理论研究探讨中引用了大量中医古籍中记载的骨伤理论渊源和诊疗思路。在此，我们特别感谢湖北省图书馆古籍部盛兰老师对我们在查阅相关古籍经典过程中提供的热情指导和帮助。

本书的编写得到了熊昌源教授的首肯和审阅。熊昌源教授为本书的编写提供了大量的原始素材，对本书有关资料的收集、整理提供了极大的帮助。同时，湖北中医药大学及湖北省中医院由始至终全力支持熊昌源全国名老中医药专家传承工作室的开展，在此我们深表感谢。本书集熊昌源教授骨伤诊疗思想和临证经验于一体，是全体编委精诚团结、分工协作、各负其责所得的集萃，也是凝聚了辛勤汗水和精力的成果。

本书编写过程中,我们虽竭尽全力,但囿于水平和时间,书中难免有疏漏和不妥之处,还请各位读者指正,以便再版时修订完善。

编者

2023年6月于武汉市武昌区昙华林

目 录

Contents

上篇 学术篇

下篇 临证篇

上篇
学术篇

第一章 熊昌源中医骨伤学术思想映像

熊昌源,男,1946年7月生,湖北松滋人。1970年毕业于湖北中医学院(现湖北中医药大学),毕业后分配到湖北中医学院工作至今。现任湖北中医药大学二级教授、主任医师、博士生导师,全国第三、第四批师带徒名老中医,全国名老中医药专家传承工作室建设项目专家,湖北省知名中医,中华中医药学会骨伤专业委员会委员、颈肩腰腿痛研究会常任理事,湖北省中西医结合学会常任理事,湖北省中医药学会理事,湖北省中西医结合学会骨伤专业委员会副主任委员,武汉市中西医结合学会骨伤专业委员会副主任委员,《中国中医骨伤科杂志》编委,《湖北中医期刊》编委。曾参与过医疗和教学管理工作。参编《骨伤科学》等学术著作10部,发表论文50余篇,主持和参加3项科研课题,其中2项分别获湖北省科技进步三等奖和湖北省高等学校优秀教学成果二等奖。熊昌源教授从事中医骨伤工作50余年,他在中医骨伤科诊疗学术思想及正骨手法、固定与功能锻炼等临床实践中具有其独到的一面。

熊昌源教授祖上多辈行医,但他的从医之路却与之毫无关系。初上大学几堂"黄帝内经"课,他感到那些内容与中学所学的数理化毫无关系。为此他疑惑过,苦闷过,由于当时没有其他更好的出路,只有硬着头皮学,自然学得不得劲。此种状况为时不长,1967年秋,他带着一本《方剂学讲义》回到家乡,遇到一位发热半月、经当地几位医生治疗无效的患者。患者请他看,他很无奈,只好当场翻阅《方剂学讲义》,选用了竹叶石膏汤,服药3剂病愈。接着又有好几位患者找他看,都取得比较满意的疗效。事实说明中医有效,能解决实际问题,从此他就爱上了中医。作为医生,如果老是当着患者的面,临时翻书看病终究不行,他暗自思考着。当时正值"文化大革命"时期,学校停课了很长一段时间,他就自学,认真读了《灵枢》《伤寒论》《金匮要略》《温病论》等。在他读完了这些书后,就想应用其中的知识为患者治病,但当时学校不可能安排他实习。没有办法,他就一方面主动接近中医老师,注意观察老师看病,另一方面设法找患者并请老师指导自己看病。1968年，一男子突然发狂并持续3个多月，经几家医院诊治无效，他请洪子云老师诊治，该男子服药7剂诸症平息，他非常高兴，但洪子云老师却说"再过一周完全复发"，7天一到果然如此！洪子云老师说"原方再服1周诸症皆除，永不复发"。经医治，1968年至今已50多年了，该男子此病从未复发。对此病例，洪子云老师诊治得出神入化，令他五体投地。那时华中师范学院有一位老师胸痛咳嗽、低热纳差，住院治疗4个月，收效甚微，他为患者看病时，先后请教过几位老师，患者经过一个多月的治疗，症状完全消除。有一年长江破堤，他作为学生加入医疗队，跟随两位老师到嘉鱼县救治灾民，遇到一位患者发热身痛，关于如何治疗这位患者，两位老师各主一方，意见不一，他大胆地提出用柴葛解肌汤，两位老师商讨后同意按他的方案治疗，患者服药2剂热退痛消。1969年，他参加学校校改分队到荆门县乡下开门办学，遇到一例前臂尺桡骨双骨折，骨折断端明显移位，他和几位同学一起采用针刺麻醉、手法整复、夹板固定，又把患者送到卫生院拍片检查，因使患 者复位良好而受到放射科医生的称赞，这一病例使他下决心以后当一名骨伤科医生。

由于在校期间表现突出，成绩优秀，他于1970年自湖北中医学院毕业后，如愿被分配到湖北中医学院附属医院工作。报到那天就值班，当晚参与做了一台急诊手术，这一天的工作内容使他大开眼界，同时也使他意识到自己的骨伤科专业知识少得几乎为零，必须从头学起。他根据自己的实际情况，把理论学习与临床实践相结合，一方面有计划地系统读书，另一方面针对实际病例随时翻书学习。在这段从医生涯的关键时刻，他又非常幸运地遇到了梁克玉、徐振乾、孙昌慈等多位湖北省中医院骨伤科知名专家、教授，在他们手把手地指导下，再加上自己的努力，专业技术水平提高得很快，很快就掌握了临床诊治骨伤科疾病的相关医术和本领。还有就是，工作以后，他经常参加医疗队下乡，白天应诊治病、上门送医送药，晚上总结病例、读书学习。在乡下工作时，虽然条件比较差，但不受分科限制，他学到了不少在城市的医院里学不到的东西。他充分吸收民间技术，广泛收集汇总了民间经验药方和正骨技法，并进行临床应用和研究。1979年，他又到天津参加全国骨科进修班，学习一年，接受了系统的骨科理论和临床操作技术培训，那里的患者很多，骨科专业也分得较细，且由于他已有较好的临床基础，加上期间又有幸得到陶甫、郭巨灵、尚天裕等知名专家的指点，所以此次学习的效果较好，专业水平得到了全面提高。

在湖北中医学院附属医院工作期间，他吸取百家所长，探索医海奥秘，主动学习西医，积极在影像室、解剖室、内外科病房和手术室等科室学习，并参与和主刀了大量的手术病例。院内骨科大查房、病例讨论、院外会诊等，熊昌源教授都深入其中。其针对病例，融合中西医理论，施以中西医结合治疗，疗效显著，众人皆信服喟叹。他认为，中医是有特色的自然医学、动态的发展医学、传统而开放的医学，从《黄帝内经》到《伤寒杂病论》，从药王孙思邈到金元四大家，中为体，西为用，中医一直都没有忘本，而是通过自我完善、吸收外来营养不断发展。在熊昌源教授看来，中医学要有所发展，不被历史淘汰，必须借鉴包括西医在内的当代自然、社会科学及信息化、数字化等科学技术领域的研究成果。

为让中医药走向更广阔的天地，2005年，熊昌源教授受国家委派，前往香港大学从事骨伤科临床医疗与教学工作，与其他教授合作传授中医技艺，播撒了造福世界各地患者和推动中医发展的“火种”。这期间其不断深入进行骨伤相关疾病、骨伤康复的学术研究，撰写了多篇论文并在全国骨伤科学会上公开交流。湖北中医骨伤学在熊昌源教授等老一辈医学家的努力和带领下，承前启后，跬步千里，打下了坚实的基础取得了长足的发展。几十年来打造的中医骨伤学医师培养、进修园地，为国内外培养了大批的中医骨伤学人才。其通过举办学术交流会议大力推进科研创新，用以医教研的方式确保中医疗效和发展，在推广中医理论与骨伤技法的事业上成绩斐然，使中医正骨技术广泛传播，在海内外影响深远。

经过50余年的不断学习、实践、总结、科研、创新，其学术渊源有五，即中医经著、诸家合融、立德树人、医教协同、继承创新。他始终以继承和弘扬祖国医学为己任，中西医融会贯通，并逐步形成独特的、系统完整的理论和方法及学术思想体系。在行医中，熊昌源教授医德高尚，以疗效卓著、特色鲜明、内涵丰富、技术神奇而享誉全省。他强调，一个出色的好医生，要有想患者之所想、急患者之所急的真诚和爱心，不仅要努力提高自身的医疗技术水平，而且要想方设法地减轻患者的痛苦和经济负担。熊昌源教授从价值医疗的角度，提出了一些对中医骨伤学的思考。不同于以往笼统地讲述如何传承与创新中医骨伤学，熊昌源教授从诊断与治疗方面具体地讲述中医骨伤学的传承需要“合”，即明其原理，适合其人，只有明确疾病的原理，才能诊断出患者的疾病，给出切合患者病情的诊疗方案，进行精准医疗，将医疗资源用在刀刃上，而不是简单诊断，将自认为的病名贴在患者头上，进行流水化的医疗；创新则要“和”，即守正中医、开放包容，只有打好中医的理论基础才能不迷方向，积极吸收有利的方法和技术才能不失活力，这样才能有效地丰富中医骨伤学的治疗手段，帮助医生治疗更多的人。

熊昌源教授虚心学习，勤于思考，善于总结临床经验，长期坚持理论联系临床实际，在继承老一辈传统手法和用药的基础上，不断实践、发展、创新。其学术特色包括：①正骨施治原则，即病证结合、筋骨并重、气血相依、联合顺次、内外兼治；②诊断手法，即“手摸心会”，医者借用其手，通过触、摸、探、感等对病情作出正确判断；③复位，即将以中医正骨八法为基础的改进手法与人体解剖结构学相结合，达到法生于心、法出于手、灵巧多变的地步，使骨折圆满复位；④活络展筋回纳手法，即分清经筋所属，以循经向远疏导、散结、牵正、穴位点按、舒通经络止痛，再精准定点定位旋转或拔伸、按压等手法使异位吸收回纳，对颈椎病、腰椎后关节紊乱、腰椎间盘突出、急慢性伤筋伤络等病症有立竿见影的效果；⑤骨折的固定方法，即“动静结合”，概括为有效、方便、时间短三要素，固定器具主要是小夹板、可塑型外固定材料（成品和现场手工制作），该方法结合生物力学原理，轻便灵活，可用于全身各部位骨折及不同年龄组骨折患者。

对于损伤的诊治，熊昌源教授认为医生在指导思想上要有一个整体观，一要着眼于抢救患者生命，二要力争受伤肢体存活，三要尽快消除受伤肢体的疼痛，四要最大限度地恢复受伤肢体的关节功能。在骨折诊治过程中，他特别注意伤肢的血液循环，特别强调要尽量避免发生血液循环障碍，避免发生筋膜间隔区综合征；如果已经发生要尽早诊断、尽早治疗，尽量抢救受伤肢体的关节功能。为此他曾做过比较深入的临床研究并发表了《前臂筋膜间隔区综合征病因分析》《夹板固定并发筋膜间隔区综合征的预防》《筋膜间室征误诊原因讨论》等系列文章。对于有移位的新鲜骨折，熊昌源教授认为必须要在弄清骨折移位机理的基础上，根据骨折复位的需要决定复位的手法。骨折移位是由一定力的作用所导致的，能够使骨折复位的手法实际上也是一定力的作用。对骨折的移位机理认识得越清楚，由之而决定的复位手法就越合理、越轻柔、越巧妙。他发表的《整骨手法初探》《垫枕练功法治疗脊柱胸腰段屈曲压缩性骨折的疗效分析》《股骨干骨折的治疗体会》等文章对他的这种认识做了具体论述。他十分重视骨折的手法整复，强调这是骨伤科医生的一项基本功；他也重视必要的手术治疗，而且认为在切开复位内固定和手法整复夹板固定之间大有值得研究的内容。为了恢复受伤肢体的关节功能，就要尽量避免关节僵硬，但是如果关节僵硬已经发生，要积极治疗。他以中医为主、中西医结合的方法进行治疗，较轻的关节僵硬，采用中药熏洗、功能锻炼和手法松解即收效良好；严重的关节僵硬，常先行中药熏洗和功能锻炼，一旦时机成熟即进行手术松解，术后又进行中药熏洗和功能锻炼，所治病例常常效果颇佳，关节功能恢复常常比股四头肌成形术为好。对此，他曾发表《功能锻炼、手法松解、中药熏洗三联法治疗膝关节外伤性僵硬》和《中西医结合治疗外伤性膝关节强直》两篇文章进行了总结。熊昌源教授对膝关节骨性关节炎进行过认真的临床研究，他赞成骨关节内高压是导致患者关节疼痛的一种重要原因。据此，他采用手法弹拨、压腿锻炼、中药熏洗三联法治疗膝关节骨性关节炎，取得了较好的疗效，并发表文章进行了总结。以这种三联法为主要内容申报的国家中医药管理局中医特色临床诊疗技术规范化示范研究课题《中医外治三联法治疗膝关节骨性关节炎技术》于2011年6月在北京通过验收。在颈肩腰腿痛的诊治方面，他认为首先要力求诊断正确，为此不仅要仔细地进行临床检查，还要充分利用各种先进的理化检测技术。他认为任何先进的检测方法都有一定的局限性，其检测结果必须与临床一致才具有诊断意义。在门诊，有时由于病情复杂，一时难以诊断清楚，他就与患者另行预约时间仔细检查、反复推敲，力避漏诊误诊。对于颈肩腰腿痛的治疗，往往不是一个单纯的局部问题，对于与之同时存在的其他疾患，医生在诊治上可能会有一定的困难；而且，这类患者常有胃肠疾患，难以接受内服药的治疗，因此他十分重视对颈肩腰腿痛的中医外治法。他曾采用肩痛散通电加热，局部外敷治疗肩关节周围炎取得了较好疗效，并发表了与之相关的系列文章。他还体会到采用适当的手法治疗颈肩腰腿痛也是确有疗效的，但他强调要掌握好适应证，手法宜轻柔，尤其是颈椎病，要禁用粗暴手法。

熊昌源教授认为，越是适合具体患者、具体病情的恰当方法，治疗效果就会越好。长期的临床实践使他体会到为了患者的利益，骨伤科医生应在掌握中医理法方药和相关操作技术的基础上，注意学习、吸收和利用包括西医在内的现代科学知识和技术。他不排斥手术，认为恰当的手术治疗是必要的，这不仅不会影响中医学术的发展，而且还会为其发展开拓更广阔的空间。骨伤科医生开展手术应当和西医骨科手术有所区别，西医骨科手术的进步是对中医的挑战，对中医骨伤科的发展提出了更高的要求，是中医骨伤科发展潜在的动力。他常强调，作为中医骨伤科医生，首先必须要掌握好中医基本理论，否则一切就无从谈起，只有基础雄厚、技术全面、广收厚积，遇到疑难病例时，才能思路宽阔、办法多。他行医50余年，只用过两次归脾汤，一次是30年前在乡下遇到1例崩漏病例，患者家贫，无钱医治，他亲自找当地干部给这位患者补助了几块钱，服了7剂归脾汤而愈；另一次是在3年前有位患者两次术后切口经3个月仍不愈合，治疗颇为棘手，他巧用归脾汤，结果切口较快愈合，疗效甚佳。

在骨伤科康复锻炼方面，强调“动静相宜”“动静结合”，注重骨伤患者的早期功能锻炼、恢复，治疗中把握“静中有动”“动中有静”，注重传统功法在康复中的运用，指导患者进行功能锻炼、恢复。这些骨伤康复理论，涉及科学准确的诊断方法、简便可行的复位措施、便捷实用的固定模式、动静结合的功能恢复以及精细独到的药物治疗，常用的就是手法、小夹板、可塑型材料或中药，方法简、便、廉、效，是最受老百姓欢迎的医疗方法，亦充分显示出传统中医正骨的优势和传承的完整性及发扬创新性。

“收徒授道，薪火相传”，熊昌源教授采取了行之有效的指导方法。第一，要立德，师者言传身教，严师出高徒，按传统方法带出合格的弟子。第二，指导学生必须重视传统和现代医学理论与临床结合，如人体解剖学、影像学等。正所谓“必先知其体相，识其部位”，这样才能“一旦临证，机触于外，巧生于内，手随心转，法从手出”，在临床诊疗中不断验证，不断提高。第三，培养学生勤于思考问题的意识，激发钻研和创新的兴趣，鼓励和启发他们提出新问题、探索医技新思路，把压力变成动力，并在科研课题项目中发挥积极作用。第四，注重兼容和总结，促进理论和医技提高，多参与国内外学术交流，拓宽视野，取长补短。多年来，经“传统带徒”的弟子们经过勤奋努力的学习，加上严格和精心的“传帮带”，在临床医疗上，特别是在对疑难杂症患者的诊断、医治效果、技术和学术水平等专业领域方面均取得了显著进步和提高。

党和国家领导人大力倡导“发展国医”，特别是党的十八大以来，国家对于中医药事业发展又一次给予了高度重视，中医骨伤学有着很大的发展空间，它与人民健康和中医事业的发展联系密切、相互关联。因此培养大批中医骨伤科人才，提高骨伤科疾病的医治水平，服务于广大人民群众，中医骨伤学有着不可替代的作用。熊昌源教授集医德、医道、医技于一身，探幽索微，奋进不已，悬壶五十载，桃李满天下，他将中医理论、前人经验与当今临床实践相结合，竭力为中医药的传承和发展发光发热。总结熊昌源教授的骨伤诊疗经验和学术思想，对促进中医骨伤科事业的发展有十分重要的意义。

图1-1　熊昌源全国名老中医药专家传承工作室合影

第二章 熊昌源骨伤学术特色

第一节 手摸心中明 施法筋骨顺

中医诊疗疾病的过程可分为思辨与施治。思辨是运用中医理论知识对疾病现象进行分析、判断的过程,借以达到明病性、辨病位的目的;施治是从思考模式先确立中医整体观念的核心,然后再到临床辨证施治阶段"法随证出、方随法立",将中医整体观念与辨证论治完美结合。在诊疗骨伤疾病的过程中,"手摸心会"是一个很重要的过程,一般被视为诊治骨断筋伤的要领。传统中医在诊疗骨伤科疾病时,在没有西医诊断仪器设备支持的情况下,只有熟练掌握触诊和手法治疗,才能为患者祛除病痛,这要求医者必须熟练掌握健康与病患部位的不同感觉,确定受伤部位的脏腑、经络、气血的关联;在检查诊断或整复治疗过程中,医者必须聚精会神地用两手触摸伤损处,通过手下的触摸和探测了解患者局部或整体的情况,用手去仔细感觉患者体表温度的差别,皮肤的滑、涩、干、柔等感觉,汗液的清稀、稠黏度,肌肉的弹性、松软或绷紧度,关节的灵活性、屈伸的柔韧性等。通过对触摸时所得到的异常体征感觉等情况进行综合分析判断,由此作出比较确切的结论,进而结合思辨的过程来决定治疗方法。

50余年的行医生涯,熊昌源教授在骨伤科疾病的诊治中积累了丰富的经验。岁月的历练,使他形成了许多独特的诊疗技巧。将"手摸"与"手法"巧妙运用就是其具有代表性的特色技术之一。"手摸"即"手摸心会"。熊昌源教授具有扎实的中西医学基础以及分辨中西医学精华内涵的能力,熟谙骨伤科疾病的发病机理,认识到骨断筋伤均为组织结构破坏的有形损伤,"骨折后,断端可发生重叠、旋转、成角、分离和侧方移位。简单的骨折,只含有其中的一两种移位;复杂的骨折,可以有三四种移位并存"。熊昌源教授说,"任何一种复杂的骨折移位,均可分解为重叠、旋转、成角、分离和侧方移位",而人体各个部位的骨骼及其与周围软组织的关系有很大的差别,即不同部位的骨折有各自不同的创伤解剖特点，所以在整复每一个骨折之前，都要“相度损处”，弄清楚这一骨折的具体移位特点，做到“知其体相，识其部位”。只有这样，才能在整复的手法治疗中做到心中有数。

中医骨伤科历来重视整骨手法，在骨伤科疾病的治疗上历来有“七分手法三分药”之说。“手法”就是用手或肢体其他部位，按各种特定的技巧动作，在身体的某些部位或穴位处进行操作的方法。它是骨伤科医生必须掌握的基本功，巧施手法可以达到事半功倍的奇效。早在《医宗金鉴·正骨心法要旨》的手法总论中就有关于手法应“机触于外，巧生于内，手随心转，法从手出”的论述。它强调手法、心法之间的内在关系。古今医家在临证中无不以此为原则。整复的手法有拔伸、旋转、端提、挤按、折顶、分骨、触抚、纵压，他把这八种手法称为整骨基本手法。在此基础上，熊昌源教授不断优化改进，提出了一些独特见解，他发表的《整骨手法初探》《垫枕练功法治疗脊柱胸腰段屈曲压缩性骨折的疗效分析》《股骨干骨折的治疗体会》等文章对他的这种认识做了具体论述。他认为“造成骨折移位的力有外力、肌肉牵拉力和肢体重力，损伤过程结束，外力的作用也就消失了，但肌肉牵拉力和肢体重力却继续在起作用，必须克服这两种力的有害作用，并且尽量争取把这种有害的消极因素转变为促使骨折整复的积极因素”，所以实施“整骨手法取决于骨折移位，由整复骨折移位需要的力所决定。整骨手法是实现一定力的操作，而不可能是离开力独立存在的什么东西”。熊昌源教授在手法整复时，特别要求“筋骨并重”，认为任何损伤只要导致骨质受到损伤时，都会在一定程度上影响到软组织，致软组织不同程度的受损。如果做到筋骨并重，既能恢复骨组织的正常结构，又能最大限度地减少软组织的损伤。筋骨相关，筋骨是一个整体，两者相辅相成、相互依赖。筋骨是组成人体运动系统的功能和支持保护机体脏器。筋束骨而利关节，筋附着于骨并依靠骨的支架和杠杆作用带动关节运动；筋的功用为束骨利关节，表明筋对骨关节的功能活动和稳定性有重要意义。《灵枢·经筋》中提到“筋为刚”说明筋具有使骨关节刚强有力的作用，即表明筋在提供骨关节稳定性方面的重要作用，亦表明筋在骨关节活动中提供动力的重要作用。筋在带动骨关节运动的同时，也起到约束骨关节过度运动的作用，如《灵枢·经筋》：“小指次指支转筋，引膝外转筋，膝不可屈伸，腘筋急，前引髀，后引尻。”骨靠筋的动力来维持正常的结构和产生关节运动。由此，熊昌源教授总结性地说“整复有一共同点，即整复移位的力与造成移位的力在方向上正好相反”“无论整复何种骨折，无论施用何种手法，都应该力求把手法所用的力、肌肉牵拉力和肢体重力统一到整复骨折移位中去。一般说来,骨折的近端相对比较稳定,所以整复时应以远端对近端 ,即所谓“子对母骨”。

熊昌源教授时常强调,要想成为一名合格的骨伤科医生,就必须将思辨与施治有机结合,灵活运用。临床上骨伤科疾病复杂多样,施治前,一定要通过认真仔细的“手摸心会”获取患者的详细资料,然后思辨损伤的具体分型移位情况,辨证施治。中医骨伤有很多很好的治疗方法,用得恰当常常疗效颇佳;越是适合具体患者、具体病情的恰当方法,其治疗效果就会越好。不同的部位可用不同的手法,疾病的不同的阶段也可有不同的治疗方法。只有通过整体把握,由之而决定的复位手法就越合理、越轻柔、越巧妙,才能免去无谓的体力劳作,并且更有效地作用于患者的身体,减轻患者的痛苦。

第二节　病证相结合　内外两兼顾

中医骨伤科历史悠久,熊昌源教授在骨伤科疾病的诊治过程中不断汲取前辈的经验,始终坚持从整体观出发,又十分重视与局部辨病相结合。他认为疾病反映的是贯穿一种疾病全过程的总体属性、特征和规律,如感冒、胸痹、消渴等。症状是机体发病而表现出来的异常表现,包括患者所述的异常感觉与医生所诊查的各种体征,如疼痛、肿胀、功能障碍,还有舌苔、脉象等。所以“病证结合、方证相应”才是经方医学临证的重要原则。病证结合,即在西医确诊疾病基础上,发挥中医整体观特色,将复杂多变的症状与脏腑、经络、气血等有机地联系起来,切中疾病的主导病因病机,因病立法组方,避免机械地辨证分型,并在治病求本的基础上,抓住代表疾病发展阶段的突出症状,因症个体化动态治疗,以迅速缓解疾病的突出矛盾。辨证论治,是利用中医学理论辨析有关疾病以明确病变本质并确立证,论证其治则治法方药并付诸实施的思维和实践过程。

治疗手段上不外乎内治法和外治法两大类。临床接诊时,通过望闻问切量收集完整资料,病证结合地辨证,根据病情需要,或采用内治法,或采用外治法。临床上治疗疾病时,内治法和外治法既可单独使用,又可根据病情配合使用,二者相得益彰,可以收到很好的临床疗效。正如《理瀹骈文》所说:“外治之理,即内治之理,外治之药即内治之药,所异者法耳。”内外同治是骨伤科很重要的治疗方法,几乎贯穿各种疾病的治疗过程。熊昌源教授将该种方法灵活地应用于骨伤科的诊疗,取得了很好疗效,由此也奠定了他的又一大学术理论,《独活寄生汤加减配合腰背肌功能锻炼治疗腰椎管狭窄症36例》有很好的体现。熊昌源教授说"人体的损伤,有外伤与内损之分,但人体受外伤后,病症虽表现在外,但每能导致脏腑、经络、气血的功能紊乱,因而一系列疾病随之而来",同时也明确指出外伤与内损,局部与整体之间是相互作用、相互影响的,所以在熊昌源教授对骨伤科疾病整个诊治过程中,始终从整体观念出发,病证结合,深刻认识损伤的本质和病理现象之间的因果关系,体现出《正体类要·序》所说"肢体损于外,则气血伤于内,荣卫有所不贯,脏腑由之不合"的中医辨证思想。

"有些病可能单用内治法可以解决,有些病可能单用外治法可以解决,但大多数骨伤科疾病必须得内外同时治疗才行。"熊昌源教授常说,内外同治,是中医常用的治疗方法。内治手段包括中药汤剂、膏方及中成药。具体实施时,熊昌源教授认为"任何损伤,当骨质受到损伤时,都在一定程度上会影响到软组织,导致不同程度的受损。如果做到筋骨并重,既能恢复骨组织的正常结构,又能最大限度地减少软组织的损伤"。骨伤科疾病多以骨断筋伤为主,肝血充盈才能养筋,筋得其所养才能运动有力而灵活。临床常见患者肢体麻木、屈伸不利是肝不藏血的典型表现。所以,辨证施药时,熊昌源教授擅于挖掘经典方药,灵活使用补益肝肾、活血祛瘀之方于临床。肾主骨生髓,是肾精及肾气促进机体生长发育功能的具体体现,若骨失髓养,则易导致骨质疏松等骨伤科常见病。诊疗时注意补肾阳、益肾阴、阴阳双补等方法的选择,使肾精充足、阴阳平衡,骨髓得以充养。

骨伤类疾病又是一类复杂的疾病,即便是同一种疾病也会有不同的致病病因和不同的发病类型,不同的时期也有不同的表现,往往单纯一种方法难以达到良好的效果,要多管齐下,从多个方面进行论治,方可达到最佳的治疗效果。正如《类经》所云:"杂合五方之治,而随机应变,则各得其宜矣。"这就不得不提到"异病同治"和"同病异治"两个概念了。所谓异病同治是指几种不同的疾病,在其发展变化过程中出现了大致相同的病机,表现为大致相同证,故可以用大致相同的治法和方药来治疗;而同病异治是指同一种病,由于发病时间、地域不同,或所处的疾病阶段或类型不同,或患者的体质有异,故所反映出的证不同,因而治疗也就有异。熊昌源教授曾发表的《天麻钩藤饮加葛根治疗椎动脉型颈椎病》《逍遥散加味治疗女性神经根型颈椎病临床观察》《龙胆泻肝汤治疗椎动脉型颈椎病》等文章,对于颈椎病这种常见疾病的症型、病因、治疗方法、治疗效果等方面做了详细的阐述,这也从一方面反映出熊昌源教授的思想正与"病症结合""同病异治""异病同治"这一中医思想理论相契合。

骨伤科外治法是运用手法、药物、手术或相应的仪器设备，直接作用在患处以达到治疗目的的一种方法。药物的使用上有中药熏洗、中药热罨包、中药烫熨和中药贴敷等。熊昌源教授认为外治法在骨伤科疾病治疗中占有非常重要的地位，同时也指出，外治法与内治法一样，也需要辨证论治。现代医学证实骨生成所需的氧张力较低，局部外用中药具有奏效快、易操作、毒副作用小等优势。通过外用中药，皮肤吸收快，可达到血管扩张、血流加速，可使局部营养改善、病灶吸收、组织修复加快，且还因代谢增强、造成局部低氧环境，促进骨折愈合。在使用器械进行局部固定时，熊昌源教授说，内服用药是无法达到复位和稳定骨折移位或筋错缝的，必须得通过一定的手法整复和器件固定。熊昌源教授客观地评价了国际内固定研究学会（AO）治疗骨伤的优缺点，并且阐述了AO的内固定原则。它要求在细致操作及轻柔复位方法以保护软组织及骨的供血情况下，按照骨折的“个性”及损伤的需要使用内固定重建稳定性，从而达到骨折复位及固定重建解剖关系的目的，同时强调全身及患部早期和安全的活动训练。这些原则与中医治疗骨折的四条原则（动静结合、筋骨并重、内外兼治和医患合作）虽不完全相同，但差别并不明显。就固定思路而言，AO是通过内固定使骨折获得纵向加压而稳定，中医治疗骨折是通过外固定使骨折获得横向加压而稳定。虽然“横”“直”不同，但“横”“直”都有理、都有效，两者之间一定有值得研究的地方。

熊昌源教授始终秉承“内外同治，病症结合”的学术思想，坚持预防为主以及“治病求本、扶正祛邪、因人因时因地制宜”的总体治疗原则，顺应医学发展方向，实践以健康为目标的生物、社会、心理一体化的整体医学模式。

第三节　气与血相依　接骨又续筋

人体是由脏腑、经络、皮肉、筋骨、气血与津液等共同组成的一个有机整体。人体生命活动主要是脏腑功能的反映，脏腑功能活动的物质基础是气、血、津液。脏腑的生理功能通过经络联系全身的皮肉筋骨等组织，构成复杂的生命活动，他们之间保持着相对的平衡，既相互联系，又相互制约。无论是在生理活动，还是病理变化上，筋骨气血之间都有着不可分割的关系。

人体受到外力损伤后，常可致气血运行紊乱而产生一系列病理变化。人体一切伤病的发生、发展无不与气血有关。熊昌源教授明确指出外伤与内损、局部与整体之间是相互作用、相互影响的，所以在对骨伤科疾病整个诊治过程中，始终从整体观念出发，深刻认识损伤的本质和病理现象之间的因果关系。因此，对于损伤的诊治原则，他认为首先要着眼于抢救患者生命，二要力争受伤肢体存活，三要尽快消除受伤肢体的疼痛，四要尽可能最大限度地恢复受伤肢体的关节功能。具体措施上始终围绕筋骨并重的整体思想，抓住气血与损伤的关系是损伤病机的核心内容，因而在损伤的三期要注重调理好每一期的气血，无论内服还是外用，以气血调和为指导思想，处方用药围绕调和气血，使阳气温煦、阴精滋养，使疾病向好的方向转化。正如《灵枢·本脏》载："血和则经脉流行，营复阴阳，筋骨劲强，关节滑利矣。"

中医学认为肝主筋、脾主肌肉、肾主骨。熊昌源教授认为，人体的损伤与肝脾肾关系最为密切，伤病的发生、发展与肝、脾、肾脏腑功能失调密切相关。人全身气机的通畅条达、津液输布有序，有赖于肝的疏泄功能和脾主运化功能的正常。血液的运行和津液的输布代谢，又有赖于气机的调畅。如肝失疏泄必然引起气血津液运行障碍，最易导致内伤外损处经脉气血液运行行紊乱加重；若木旺乘土必然影响脾胃的运化，水液运行失调、经脉失于濡养或痰阻经脉而使疾病迁延。胃主受纳，脾主运化，故为气血生化之源，对损伤后的修复起着至关重要的作用。骨伤论治应从肝脾肾调养，因肝主疏泄气与血，脾为气血产生之源泉，肾主骨。在此基础上，将人体的损伤与肝脾肾等器官建立密切联系。《黄帝内经》记载：真脏所藏之神，在脏为肝，在体为筋。所谓"神"是指生理功能。肝之合筋也，肝藏血，血养筋，故称为肝生筋。肝气虚损则筋力减弱，筋伤则内动于肝；肝气热，胆泄口苦，会使筋膜失去滋养而产生筋缩无力。筋的灵活力要依赖气血的濡养。肢体损于外，则气血伤于内。因气为血帅，气血充沛，筋与骨即能发挥正常功能。骨伤科疾病的临床治疗往往也验证了这一点，在损伤中如不慎重调理气血，常导致气血失和，百病丛生，延误病情。《杂病源流犀烛》中"跌扑闪挫，卒然身受，由外及内，气血俱病也。"等理论对他实施整骨诊疗产生了较为深刻的影响。

熊昌源教授在骨伤科疾病的诊疗中尤其重视疏肝理气法，他认为伤病初期以气滞为主者应理气疏肝；后期在调补脾肾的同时，疏肝消导也同样重要，目的是使肝气条达。肝主筋的功能依赖于肝精肝血的濡养。由于筋在维持人体的稳定中起着关键作用，是静力性平衡的主要功能单位，其损伤和退变是骨伤科疾病发生的重要原因。临床中，患者常有筋脉拘急疼痛、肌肉僵硬等症，因此他认为，诊疗中还要考虑到肝血充盈才能养筋，筋得其所养，才能运动有力而灵活。临床常见患者肢体麻木、屈伸不利是肝不藏血的典型表现，治疗当灵活使用活血补血之方。熊昌源教授和科室同道们经过长期临床研究，研制出了多个院内制剂，如活血糖浆、舒筋糖浆等。在疾病的不同时期，采用不同的方法，通过调理气血达到续筋接骨的目的。

第四节　联合宜顺次　疗效相叠加

中医骨伤科历史源远流长，但是由于骨伤科流派多、专著少，诊治经验在相当长的历史时期主要靠口口相授才得以流传，故诊疗方法比较杂乱。熊昌源教授总结前人的整体正骨思想，对骨伤患者的治疗时按“手法整复、有效固定、功能锻炼配合药物治疗”的“联合顺次”三步法，取得了满意疗效。这形成了他的又一学术思想的重要特色。在多种方法按一定顺序实施时，对每一步疗法，他都要求掌握特定的原则。首先，非常注重手法应用，重视整骨方法，认为它是骨伤科医生必须掌握的基本功。整复骨折移位的手法有拔伸、旋转、端提、挤按、折顶、分骨、触扰、纵压。熊昌源教授把这八种手法称为整骨基本手法。如果几种移位同时存在，一般应先整复重叠移位，再整复旋转移位，继则整复侧方移位。对于骨折患者，在复位时则要求遵循“子求母”，即以骨折远端对近端的复位原则，整复时移动远折端（子骨）去对合近折骨（母骨）为顺，反之为逆，逆者难以达到复位的目的。无论整复何种骨折，无论施用何种手法，都应该力求把手法所用的力、肌肉的牵拉力及肢体的重力统一到整复骨折移位中来。但人体各个部位的骨骼与周围软组织的关系有很大的差别，因此，不同部位的骨折有各自不同的创伤解剖特点，所以，在整复每一个骨折之前，都要“相度损处”，弄清楚每一具体骨折的移位特点，做到“知其体相，识其部位”，然后根据骨折移位所需要的力，把基本手法变为适合这一具体骨折移位特点的手法。只有这样，才能做到“机触于外，巧生于内，手随心转，法从手出”。在手法整复时，同样要求遵循“筋骨并重”原则，做到筋骨并重，既要恢复骨组织的正常结构，又要最大限度地减少软组织的损伤。如在膝骨性关节炎的诊治中，熊昌源教授选用手法弹拨、压腿锻炼和中药熏洗三个主要步骤，首先施用手法时，即通过弹拨按压环跳、承扶等穴位，对膝关节周围肌肉进行放松、揉捏等推拿手法，可理顺筋络，加快肌肉的血液循环，使股四头肌等加速恢复。这样，膝周肌肉力量增强，可减少关节软骨间的异常摩擦力，减少软骨的损伤，络通而痛止。此外，通过手法、循经点穴促进膝关节处的血液循环，加快膝关节内滑液的吸收和代谢，减轻膝关节疼痛,这样可减少肌肉的损伤和负荷,同时加强软骨的营养,可促进软骨的修复,增强软骨的功能。

准确的手法整复只是治疗的第一步,要想维持骨折脱位或者纠正残存细小移位,接下来则必须依靠合适的固定。熊昌源教授说固定在骨折脱位中占据重要的地位。中医骨伤之固定虽不及AO固定牢固,但二者有异曲同工之妙。AO是通过内固定使骨折获得纵向加压而稳定,中医治疗骨折是通过外固定使骨折获得横向加压而稳定。同时,中医骨伤之固定亦不影响患肢的功能活动,如夹板固定后通过肢体肌肉等长收缩及患肢非固定关节的功能锻炼,肌肉的收缩可使肢体表面张力增高,压垫的压力也随之增高,从而可以矫正残留的移位,也可以解决患肢肌肉萎缩及关节僵硬的问题。

功能锻炼及药物的运用应该贯穿治疗的始终,熊昌源教授在功能锻炼方面灵活运用动静结合的方法;药物使用上严格按照三期辨证,内外结合,出神入化,游刃有余。如在治疗椎动脉型颈椎病案中,某患者就诊时精神倦怠、面黄肌瘦、颈(4~6)椎体压痛、活动受限,欲使头向左侧旋转须头身一起转动,舌质红、苔黄腻,辨证属肝经湿热郁滞,须清利湿热,方选龙胆泻肝汤加法半夏、黄连,每日1剂,水煎服,同时配合颌枕带牵引。10日之后,患者头重渐减,头目时清;原方再进10剂,诸症大减,眩晕只间歇发作;停止牵引,原方去黄连、法半夏,加葛根、薄荷、钩藤、生姜,连服10日,除偶尔眩晕,有时耳鸣外,其余症状尽除;时值患者因公外出,即以上方为丸,随身携带而服,1个月后复诊,患者眩晕已除,耳鸣尚存;继续以原方为丸,又服至1个月,耳鸣消失;随访半年,无恙。同样,在膝骨性关节炎的诊治中,熊昌源教授在手法弹拨、压腿锻炼的基础上,再予以中药局部熏洗。中药以外用为主,巧妙地避开了内服药对胃肠的刺激,不仅没有降低药物的疗效,按外治之理以内治,而且局部以院内制剂伤科熏洗汤熏洗,选用独活、羌活、川芎等发挥的热效应和药物反应可以使得静脉淤滞得到疏通,骨内压从而降低,加快炎症的恢复,更加增强了疗效。这些方法都按照不同的次序实施开展,疗效在诊治过程中逐渐得到叠加。

第五节　练功勤指导　动静求平衡

练功疗法是指在治疗过程中进行各种功能活动锻炼从而达到预防疾病发生、缓解疾病症状、缩短治疗愈期的一种治疗方法。其具有消除瘀血肿痛、缓解痉挛麻木、加速骨折愈合、避免骨质疏松、减轻肌肉萎缩、防治关节僵硬并促进全身康复的作用。练功疗法不单单是一种辅助疗法，在骨伤科疾病的治疗中更是与手法、固定、药物治疗占据同等重要的地位。根据疾病的部位不同，练功疗法也不尽相同，但骨伤科练功治疗的主要目的是促进受伤组织的修复和关节功能的最快恢复。

动和静是中国传统养生防病的重要原则。"生命在于运动"是人所共知的保健格言，它说明运动能锻炼人体各组织器官的功能。也有人提出"生命在于静止"。认为躯体和思想要达到高度静止，说明了以静养生的思想更符合人体生命的内在规律。虽然各有侧重，但本质上都提倡动静结合。而对于固定、功能锻炼，熊昌源教授要求遵循"动静结合"的原则，骨伤疗法中的动静结合，即固定与活动相结合。针对骨折与脱位的治疗，必须重视和掌握复位、固定与功能锻炼。复位基本手法要掌握手摸心会、拨伸牵引、旋转屈伸、提按端挤、折顶回旋、夹挤分骨、摇摆触碰、按摩推拿等操作要点。施法要求及时合理、辨证准确、定好方案、备全物品、麻醉止痛、准巧协调等。夹缚固定中，骨折、脱位整复后，为了防止再移位，确保正常愈合，必须进行固定。其包括夹板固定、石膏绷带固定、胶布固定、支架固定和绷带固定。牵引有固定作用，也有复位作用。常用的牵引有皮肤牵引、布托牵引和骨牵引等。他认为，固定与功能锻炼在骨折中占据同等重要的地位。肢体作为以活动为最基本生理功能的器官，只有在活动中才能发挥它的功能，而创伤骨折的恢复也有赖于术后的功能锻炼。骨折固定须不影响肢体的活动，而活动又要求不引起骨折断端的移位。因此，对骨折有效的局部固定是肢体活动的基础，而合理的功能活动又是促进骨折愈合的条件。只有做到动静兼修，动静适宜，才能"形与神俱"，达到养生的目的。动静适宜的原则，突出了一个审时度势的辩证思想特点。从患者的病情来说，病情较重、体质较弱的，可以静功为主，配合动功，随着体质的增强，可逐步增加动功。在脊柱胸腰段屈曲压缩性骨折的思考中，熊昌源教授认为其主要问题是后遗腰背疼痛，其原因主要是腰背肌肉萎缩、骨质疏松、软组织的粘连和瘢痕。患者通过背伸肌收缩为主的练功活动，不仅不会发生肌肉萎缩，而且可能比受伤前更发达。强大的背伸肌是脊柱稳定和功能活动的重要条件。由于练功活动，脊柱骨骼保持着正常的新陈代谢，因而可防止或减轻骨质疏松。练功活动能行气活血、祛瘀消肿、减少粘连、软化瘢痕。因此患者只要能进行合理的练功活动，即使压缩椎体复位不理想，同样能预防后遗腰背疼痛，获得满意的治疗效果。此处为垫枕练功，熊昌源教授认为应尽早进行，否则会影响治疗效果，在伤后3～5天开始练功为宜，至于垫枕，可从伤后第二天开始，初垫薄枕，逐步加高。期间，严禁患者下床站立行走，更不能进行弯腰活动，卧床时间一般2个月为宜。熊昌源教授所提出的整体的功能锻炼，是用运动的方法治疗骨关节及其周围软组织损伤，使肢体功能得到锻炼而加速康复的一种方法。损伤性质不同，功能锻炼应有差别，最终目的都是为促进受伤组织尽快修复和关节功能的最快恢复，在这个过程中，要不断优化锻炼方式，通过功能锻炼，力求加速骨关节功能恢复，防治关节僵硬并促进全身康复。

第三章　骨伤科常见疾病实用解剖

第一节　颈项部常见病的实用解剖

一、颈项部肌筋膜炎

颈项部肌筋膜炎指颈项部的筋膜、肌肉、肌腱和韧带等软组织的无菌性炎性病变，主要临床表现为颈项部疼痛、僵硬及功能活动受限。项部的上界为枕骨上项线、前界斜方肌前缘，下界为肩峰至第7颈椎棘突的连线，项部的深筋膜包绕颈部的浅、深层肌，并与前方颈筋膜相续，项部的肌肉由浅入深有斜方肌、菱形肌、上后锯肌、肩胛提肌、夹肌、竖脊肌和枕肌。颈部的肌肉作用赋予了颈部前屈、后伸、左右侧屈与左右旋转等，临床中损伤部位好发于斜方肌上部、菱形肌、肩胛提肌、斜角肌、颈夹肌及头夹肌等。熊昌源教授指出临床中颈项部肌筋膜炎尤其好发于浅层的斜方肌上部以及深层的夹肌。

斜方肌位于项部和上背部的浅层，分为上、中、下三部肌束，起自枕外隆凸、枕骨上项线的内侧半、项韧带和第7颈椎～第12胸椎棘突，止于锁骨外侧1/3、肩峰和肩胛冈，由副神经脊髓根和第2～4颈神经前支支配，覆于肩关节表面。上部肌束主要功能是上提及上旋肩胛骨，双侧收缩伸展头和颈部，单侧收缩侧屈头和颈至相同方向，或旋转头和颈至相反方向，损伤多发于此；中部肌束主要功能为稳定肩胛骨，收缩引起肩胛骨内收；下部肌束主要功能为上旋肩胛骨，收缩可使肩胛骨下降。

夹肌位于颈后，分为头夹肌和颈夹肌，是仰头和转头的主要肌肉。头夹肌起自下5个颈椎的项韧带，止于乳突及上项线的外侧半，由颈神经第2～5节段支配，单侧收缩使头向同侧旋转，双侧同时收缩使头后仰。颈夹肌起自第1～6胸椎的棘突和棘上韧带，止于第2～3颈椎横突后结节，由颈神经第2～5节段支配，单侧收缩使头向同侧旋转，双侧同时收缩使头后仰(图3-1)。神经支配及功能同头夹肌。

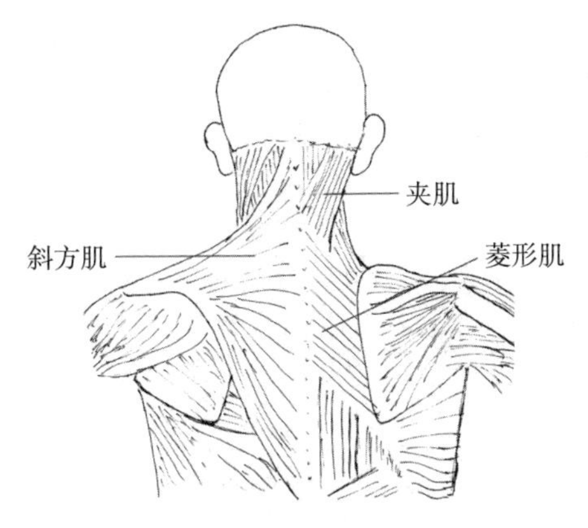

图3-1 颈项部肌筋膜

二、落枕

落枕多见于睡眠时头部位置不当,枕头过高、过低,或肩颈受风寒侵袭致颈部一侧肌肉痉挛引发颈部疼痛、功能活动受限。熊昌源教授在临床中总结出落枕受累部位尤以胸锁乳突肌多见,其两头分别起自胸骨和锁骨纤维向上方,止于乳突,由颈神经第2~3节段支配(图3-2),单侧剧烈收缩可使头偏向同侧,脸转向对侧并上仰,两侧同时收缩时可使头向后仰。

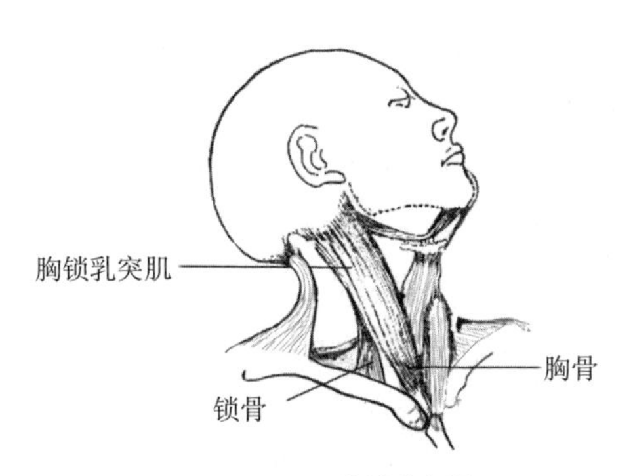

图3-2 胸锁乳突肌

三、寰枢关节半脱位

寰枢关节半脱位即寰齿关节半脱位,好发于幼儿及青少年,常因颈部外伤或颈部周围感染使寰枢椎间韧带充分松弛而出现。寰椎呈环形,有两个侧块,上有关节面,无椎体,无棘突,后弓有切迹,因有椎动脉走行故亦称之为椎动脉沟。其向上与枕骨构成寰枕关节,前弓与齿突构成关节。枢椎的齿突向上与寰椎构成寰枢关节。寰枢关节之间无椎间盘,关节面平坦,关节囊较大且松弛。颈部旋转主要发生在寰椎和枢椎，可进行较大范围的轴向旋转、小范围的侧屈以及屈伸，是脊柱中活动度最大的关节。熊昌源教授指出寰枢关节活动度较大而稳定性不佳，其稳定性主要依赖于周围韧带，横韧带主要维持前方的稳定性，翼状韧带及齿突尖韧带、交叉韧带、副韧带、关节囊韧带等辅助其功能，寰椎前弓与齿突机械接触负责维持后方稳定(图3-3)。幼儿及青少年，由于各组织发育尚不完全，极易因咽炎、扁桃腺炎等并发寰枢关节半脱位。

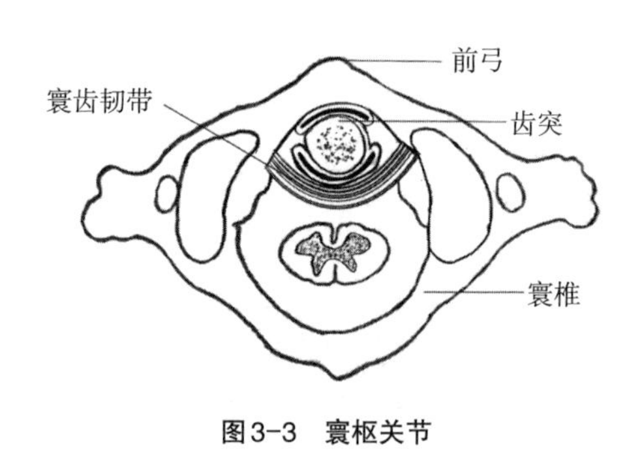

图3-3　寰枢关节

四、颈椎病

颈椎病主要是由于颈椎间盘变性或突出，颈椎间隙变窄，颈夹肌松弛以及进行性骨赘形成，从而刺激或压迫颈部神经、血管、脊髓等组织，引起各种不同形式的临床表现。

寰椎呈环形，有两个侧块，上有关节面，无椎体，无棘突，后弓有切迹，因有椎动脉走行故亦称之为椎动脉沟。其向上与枕骨构成寰枕关节，前弓与齿突构成关节。枢椎的齿突向上与寰椎构成寰枢关节。颈部旋转主要发生在寰椎和枢椎。C3～C6具有横突孔，棘突分叉，椎间孔狭窄，有神经根受压的风险，“半冠状位”的关节突有利屈伸、限制旋转。C7又称隆椎，无横突孔，棘突无分叉。

人体有8对颈神经，每一脊髓节段分出一对神经根，C4经过膈神经，主要支配膈肌；C5～T1神经支配上肢，其中C5神经根主要支配三角肌、主导肩外展运动，以及肱二头肌的腱反射以及上臂外侧的感觉；C6神经根主要支配桡侧伸腕肌、主导伸腕运动，肱桡肌反射以及前臂外侧、拇指、食指的感觉；C7神经根主要支配屈腕肌、主导屈腕运动，以及肱三头肌反射以及中指的感觉；C8神经根主要支配屈指肌、主导屈指运动，以及无名指、小指及前臂内侧的远侧一半感觉。

熊昌源教授总结指出，由于长期伏案工作，复感寒邪或颈部外伤、咽部感染，常引发神经根型或椎动脉型颈椎病。因颈椎退变或劳损而引起的颈椎间盘水分减少、弹性变差，继发出现颈椎不稳、生理曲度变直、骨质增生，从而压迫、刺激相应节段的神经根（图3-4），其主要症状为根性痛，称之为神经根型颈椎病；若压迫、刺激椎动脉，其主要表现为眩晕，称之为椎动脉型颈椎病。

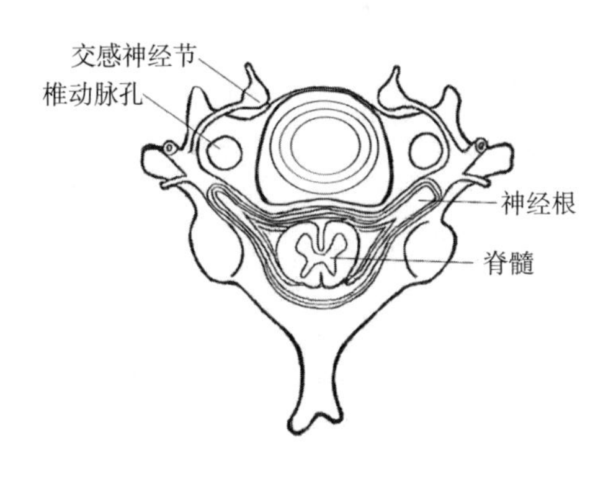

图3-4　颈椎间盘

第二节　肩部常见病的实用解剖

一、肩锁关节脱位

肩锁关节脱位是指因直接暴力或间接暴力于肩关节，韧带与关节囊产生了不同程度的损伤而导致锁骨远端与肩峰相对位置发生改变。肩锁关节是由肩峰与锁骨肩峰端关节面及关节内软骨盘构成的平面关节，可向各方向有5°微动。其关节囊较松弛，肩锁韧带为肩关节上方加厚关节囊形成，提供了水平及轴向的稳定性。另有起于肩胛骨喙突基底部的两条喙锁韧带：斜方韧带、锥状韧带加固，斜方韧带止点位于锁骨前外侧，因其斜向纤维承受了更多的肩关节轴向负荷；锥状韧带止点位于锁骨后内侧，提供了锁骨在垂直方向上的稳定性。熊昌源教授在临床中总结提出：肩锁关节在上肢的外展、上举动作中有稳固和支撑作用，同时还与肩关节的前屈后伸运动有关。其损伤机制一般由于肩部向下移位，而锁骨由于第一肋的遮挡活动范围有限，肩锁韧带与喙锁韧带应力加强，形成不同程度的损伤。肩锁关节脱位情况多由关节囊和韧带损伤程度决定。

肩锁关节脱位可分为以下3种类型。

Ⅰ型：仅有肩锁关节囊与韧带扭伤等软组织损伤，且明确无韧带断裂。患者此时在肩锁关节处有轻度肿胀与压痛，体格检查与X线片都不能确诊锁骨脱位。

Ⅱ型：有肩锁关节囊或韧带破裂，锁骨外侧端“半脱位”。Ⅱ型者在肩锁关节处锁骨外侧端较对侧高,用力按压有“琴键征”,X线片上可看到锁骨外侧端翘起,与对侧比较,高出1/2以上,但未完全性脱位。

Ⅲ型:肩锁韧带与喙锁韧带均已破裂,锁骨外侧端“真性脱位”。Ⅲ型者锁骨的外侧端已挑出于肩峰的上方,局部肿胀显著,肩关节活动严重受限,肩关节活动会加重患处的疼痛(图3-5)。

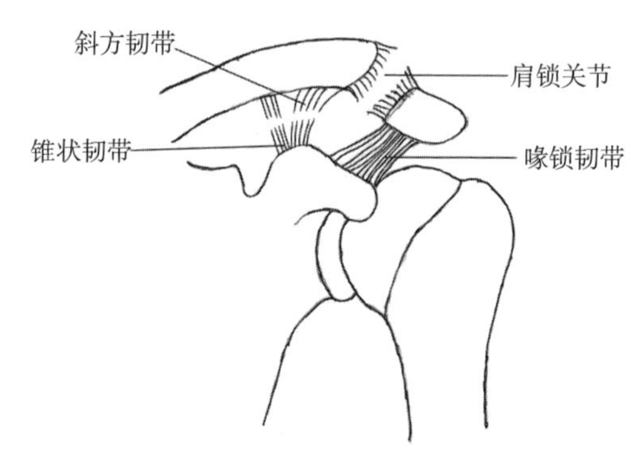

图3-5 肩锁关节脱位

二、锁骨骨折

锁骨骨折多发生在儿童及青壮年,锁骨呈“S”形,是上肢与躯干之间的唯一骨性连接,近端连接于胸骨柄外上角形成胸锁关节,远端与肩峰连接形成肩锁关节。锁骨位于皮下无丰厚肌肉包绕、表浅,受外力作用时易发生骨折。熊昌源教授特别提示:当锁骨发生骨折时,应注意辨别骨折断端的具体部位引起的不同方向的移位,锁骨骨折的移位特征必须根据骨折的具体部位来确定。锁骨中部或远端骨折,骨折端移位是由于上臂重力牵拉导致骨折远端向下移位,骨折的近端通常由于胸锁乳突肌的牵引而向上移位(图3-6)。如果锁骨近端有骨折,由于胸锁乳突肌的牵引,锁骨远端向内上方移位,但由于胸锁关节的稳定性,骨折近端通常在原位不动。

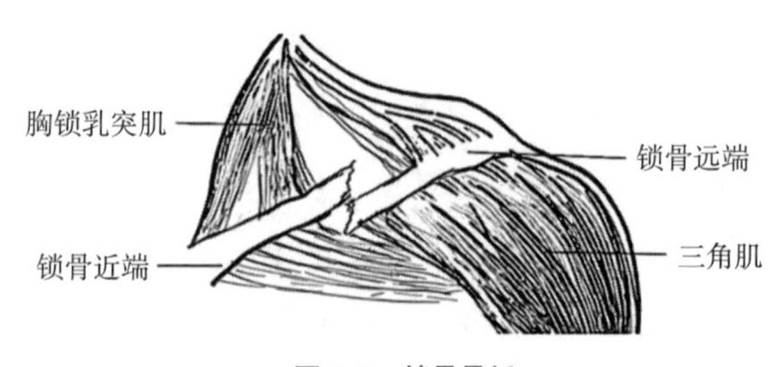

图3-6 锁骨骨折

三、肩关节脱位

肩关节脱位是指由于直接暴力、间接暴力或肌张力改变，而导致的肱骨头与肩胛骨关节盂相对位置发生改变，肱骨头从肩胛盂中脱出的一种病症。肩关节即肩肱关节，是由肱骨头及肩胛骨的肩胛盂构成，肩胛盂小且浅，为肱骨头关节面的1/4～1/3，通过纤维软骨构成的盂唇加大关节接触面积增强稳固性。其周围有喙肩韧带、肩胛上横韧带及肱骨横韧带。喙肩韧带起自喙突外上缘，止于肩峰内前下角，与喙突、肩峰构成喙肩弓，可以从上方帮助肩关节维稳。肩胛上横韧带包绕肩胛上切迹，形成肩胛上神经走行通道同时上分有肩胛上动脉穿行。肱骨横韧带起止于肱骨大小结节，附着于结节间沟上方，起到稳定肱二头肌长头肌腱的作用，同时形成肩袖间隙的外侧面。肩关节囊松弛薄弱，前方尤甚，这种结构使肩关节拥有了全身关节最大的活动度，前屈：0°～170°，后伸：0°～60°，外展：0°～170°/180°，外旋：0°～70°，同时关节稳定度相应下降。熊昌源教授在临床中总结指出，肩关节脱位根据肱骨头相对关节盂的位置分为前脱位和后脱位，临床上肩关节后脱位比较少见，但当肩关节向后脱位时，临床X线片检查时易漏诊，此时应特别注意侧位片出现“灯泡征”影像（图3-7），必要时应进行CT扫描，以排除脱位可能。

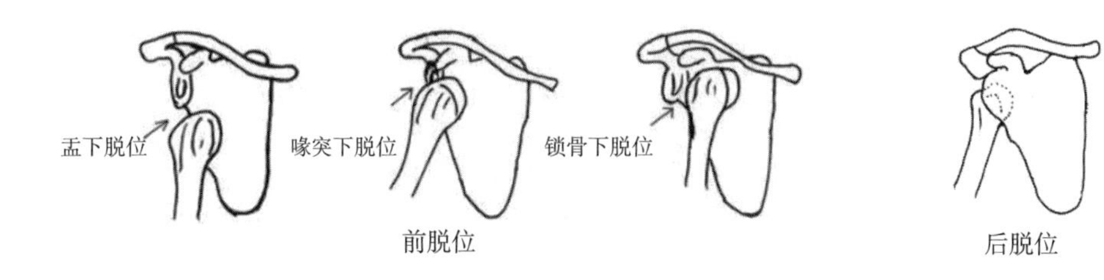

图3-7　肩关节脱位

四、肩峰下撞击综合征

肩峰下撞击综合征是指冈上肌出口处因肩峰前外侧端、肱骨大结节上端或肩锁关节骨质增生，使肩峰与肱骨头的间隙变窄，肩峰下滑囊、肌腱等软组织因挤压或撞击而产生炎症、损伤、退变甚至肌腱断裂等病理改变的综合征。肩峰结构通常指肩胛骨外上方的扁平部分，其与锁骨外侧段一同构成肩锁关节，肩峰与肱骨头之间的区域称为肩峰下间隙，其中有肩峰下滑囊和肩袖的部分肌肉肌腱走行。

该综合征包括肩峰下滑囊炎、冈上肌腱炎、肱二头肌长头腱鞘炎、肱二头肌长头撕裂等损伤。熊昌源教授总结指出，在临床中的冈上肌出口位片中应注意辨别患者肩峰形态分型(图3-8)：Ⅰ型肩峰较为平坦；Ⅱ型肩峰较为圆滑；Ⅲ型肩峰呈钩状，Ⅲ型肩峰最易引起肩峰下撞击综合征。

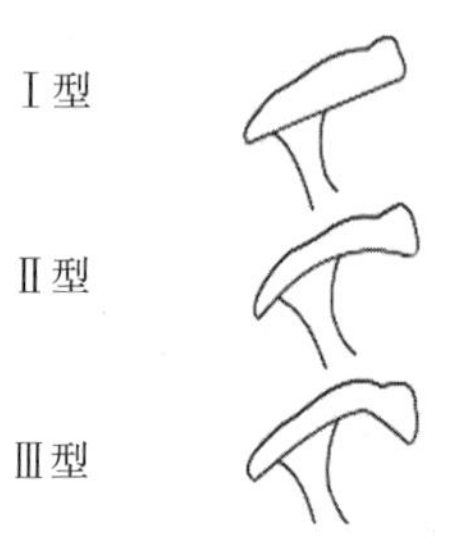

图3-8　肩峰形态

五、肩关节周围炎

肩关节周围炎又被称为肩周炎、五十肩、冻结肩、肩凝症，是肩周肌肉、肌腱、关节囊等软组织发生慢性炎症，形成关节内粘连，以肩痛、活动障碍为临床特征的一种疾病。其发病原因主要为伤后治疗不当、长期过度劳损及软组织退行病变等，其病理表现主要是肩关节囊及其周围韧带、肌腱的慢性非特异性炎症，关节囊与周围组织发生粘连，因而又称粘关节囊炎。熊昌源教授在临床中总结提出，肩关节周围炎多数患者肩关节广泛疼痛，压痛点多在肌肉附着处，如喙突、肱骨大结节等，肩关节活动各方向均受限；但以外展、外旋及后伸最为显著，临床上要注意与多种肩痛疾病进行鉴别。肩袖损伤患者常伴有外伤史或劳损病史，夜间或活动后症状加重，肩关节活动往往外展上举无力；肩峰下撞击综合征外展上举时疼痛明显加重，落臂试验体征阳性。

肩周肌肉包括三角肌、冈上肌、冈下肌、小圆肌、大圆肌、肩胛下肌、前锯肌、胸大肌，其中肩胛下肌呈扇形，起自肩胛骨前缘的肩胛下窝，肌束向斜上外侧止于肱骨小结节内侧(图3-9)，可使肩胛关节内收、旋内。其为肩袖中唯一的内旋肌，与其余肌肉维持肩关节力偶平衡，因腋前襞大部分由肩胛下肌组成，故其较易发生粘连。

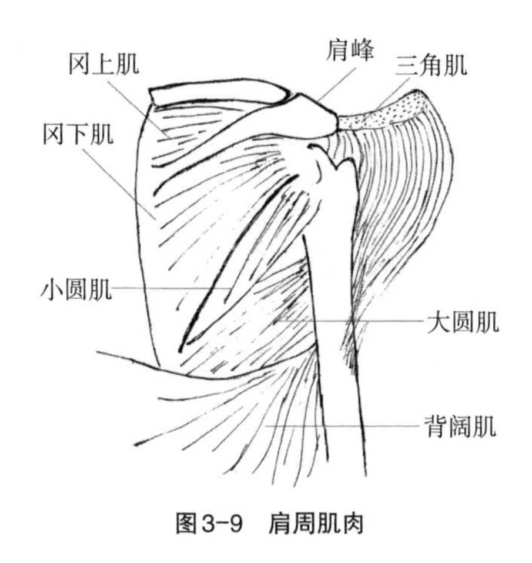

图3-9 肩周肌肉

六、肩袖损伤

肩袖损伤是指因各种原因导致组成肩袖的肌肉肌腱受损，从而影响肩关节的正常外展活动功能的一种疾病。肩袖由冈上肌、冈下肌、小圆肌、肩胛下肌四块肌肉肌腱组成，其肌腹内面与关节囊紧密相连，外面与三角肌下滑囊相贴。肩袖包绕肱骨头上端，将肱骨头纳入关节盂内，起到稳定关节、协助肩关节外展和旋转的功能(图3-10)。

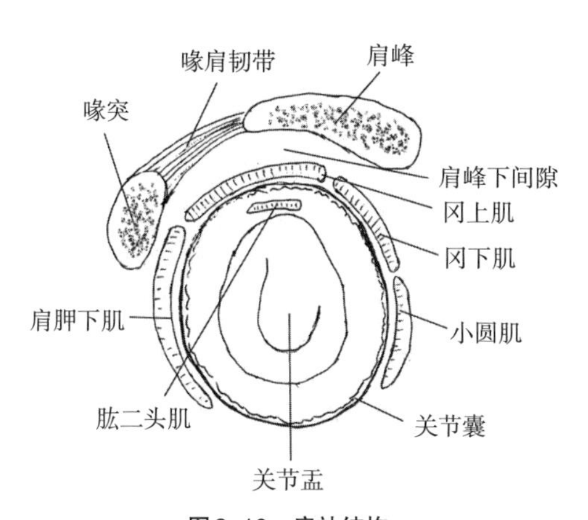

图3-10 肩袖结构

熊昌源教授在临床中总结提出，长期劳损和肩峰撞击导致的肩峰下滑囊炎和肌腱炎症是引起肩袖损伤的主要原因，其发病率占肩关节疾病的17%～40%，其中冈上肌为最常见的损伤肌肉，约占一半。冈上肌起自肩胛骨冈上窝，向外走行于喙肩弓下缘，止点以扁舌形肌腱附着于大结节上部骨面。伤后，肩峰下疼痛明显，且向三角肌止点放射，尤以外展60°～120°疼痛最为剧烈。

第三节　胸部常见病的实用解剖

一、肋骨骨折

肋骨骨折多因直接暴力或间接暴力于胸部而发生，多见于第4～7肋。肋骨是一种弧形扁骨，其肋头处有上下两个内凹关节面：肋头的下关节面与同序的胸椎上关节面相关节、上关节面与上位椎体的下肋凹相关节，还有肋头与两椎体间的椎间盘相关节。肋结节位于肋头收缩延续形成的肋颈后，其与同序数椎体横突相关节。除第11、12肋末端游离外，第1～10肋末端皆经由软骨连接与胸骨形成胸肋关节。肋骨与胸骨共同构成胸廓，具有保护心肺加强呼吸的功能。

熊昌源教授在临床中总结提出，肋骨骨折位移方向通常与受暴力方式有关，直接暴力导致的肋骨骨折其断端通常朝内，间接暴力致肋骨骨折时其断端通常朝外（图3-11）。

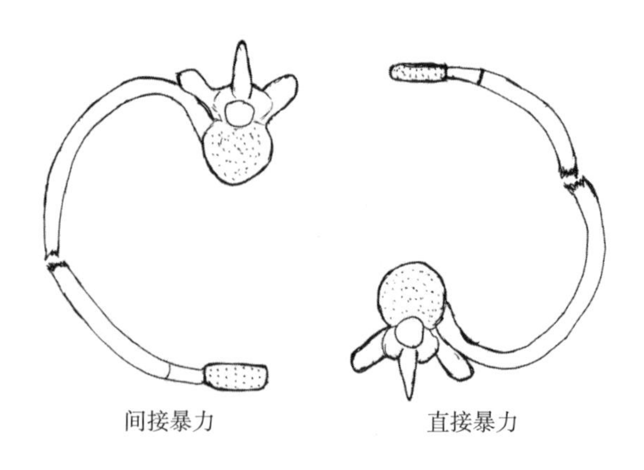

图3-11　肋骨骨折

二、肋软骨炎

肋软骨炎是一种非化脓性、非特异性自限性炎症病变，通常症状为局部肋软骨疼痛，其病因尚不明确。12对肋软骨连续于同名肋骨之上，第1～7肋肋软骨与胸骨肋窝构成胸肋关节，第8～10肋依次附着于上位肋软骨下缘，形成肋弓（图3-12）。第11、12肋软骨游离于肌层间构成浮肋。熊昌源教授在临床中总结提出，本病多发于年轻女性，好发于第2～5肋至软骨交界处，平片上一般无明显骨质改变,此项可用于鉴别病变。

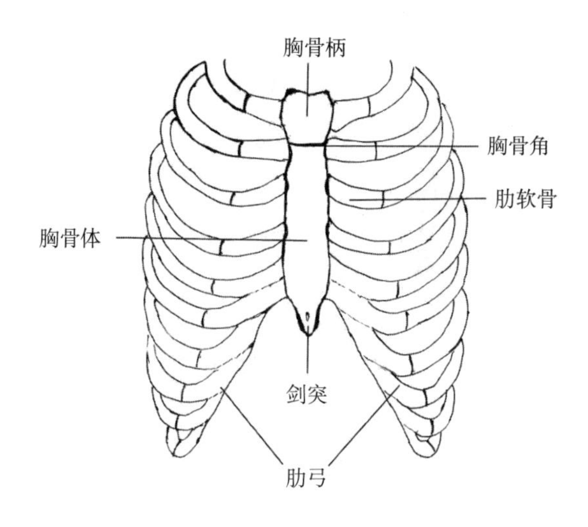

图3-12 肋软骨

三、肋间神经痛

肋间神经痛是指胸神经根因不同原因受到损害,如胸椎退变、结核、骨折等病因,肋间神经受到压迫、刺激引起炎性反应,出现胸肋间或腹部呈带状疼痛的综合征,此外胸膜、纵隔、肋骨的病变也可能出现肋间神经痛。胸椎椎体从上向下逐渐增大,横断面呈心形,前凹后凸。胸椎体的两侧上下肋凹与肋骨相连;胸椎椎孔较小,呈圆形或椭圆形;其横突粗壮,向后外侧伸,横突末端的前面有横突肋凹;胸椎棘突较长,呈叠瓦状向后下方倾斜排列;上下关节突关节面大致呈冠状位。这12块胸椎均具有以上特征。胸神经有12对,从相应节段发出后出椎间孔分为前支、后支、脊膜支。其中脊膜支分布于脊膜、椎骨、椎骨的韧带、脊髓内的血管;后支分布于背部,分为内侧支、外侧支支配椎旁肌肉及背部感觉,前支上11对为肋间神经,第12对位于第12肋下,为肋下神经。上下两肋骨之间有内外两层肌肉:肋间内肌和肋间外肌,两层肌壁间有血管神经靠上位肋骨走行。肋间内肌位于深层,起自下位肋骨上缘,止于上位肋骨下缘,肌束由起止方向斜向前上方,肋间外肌起于上位肋骨下缘,止于下位肋骨上缘,肌束由起止方向斜向前下方(图3-13)。

熊昌源教授在临床中总结提出,肋间神经痛通常表现在神经走行方向,从背部向胸前壁放射疼痛,胸廓扩张运动时疼痛加重,查体时可见棘突、棘突间或椎旁压痛、叩痛。

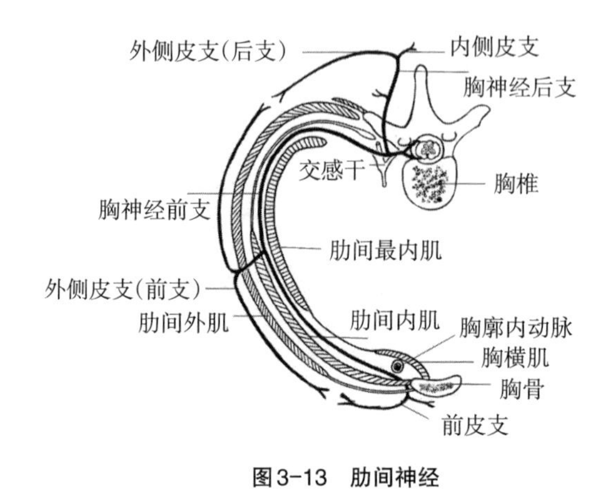

图3-13　肋间神经

第四节　腰部常见病的实用解剖

一、腰椎间盘突出症

腰椎间盘突出症是指因外力作用纤维环破裂或退行性改变导致髓核从薄弱处向后方或椎管内突出或脱出，而压迫或刺激脊神经，产生的一系列神经症状。其中因生活习惯L4～L5/L5～S1发病率最高。腰椎椎体结构包括椎体、椎弓根、横突、副突、上关节突、下关节突、乳突、椎弓板、棘突等骨性结构；腰椎间盘的主要组成部分有髓核、纤维环、软骨板(图3-14)。人体有5对腰部神经，每一脊髓节段分出一对神经根，L1神经根支配下腹部及腹股沟区，主导该区域的感觉及提睾反射和腹壁反射；L2神经根支配大腿前侧与前外侧，主导该区域的感觉及屈髋、内收；L3神经根支配大腿的前内侧以及膝关节内侧，主导该区域的感觉及大腿内收、膝反射；L4神经根支配骶髂部、髋部、大腿前内侧、小腿前侧、前内侧，主导该区域的感觉、伸膝动作和膝反射；L5神经根支配骶髂部、髋部、大腿和小腿的后外侧，包括足背拇趾，主导该区域的感觉及拇趾背伸。

熊昌源教授在临床中总结提出，腰椎间盘突出症状主要为腰部疼痛及被压迫神经的支配区域放射疼痛及感觉减退。其中腰痛症状主因沿后纵韧带上下分布的寰椎神经受到压迫引起。寰椎神经发自脊神经后支及总干，接受交感神经小支返回椎管。其神经纤维分布于椎间盘的外层纤维盘，其感觉神经同时分布于后纵韧带、硬脊膜、神经根袖等部位。所以临床上常见有些腰椎间盘突出患者症状表现只有腰痛,无明显下肢神经症状。

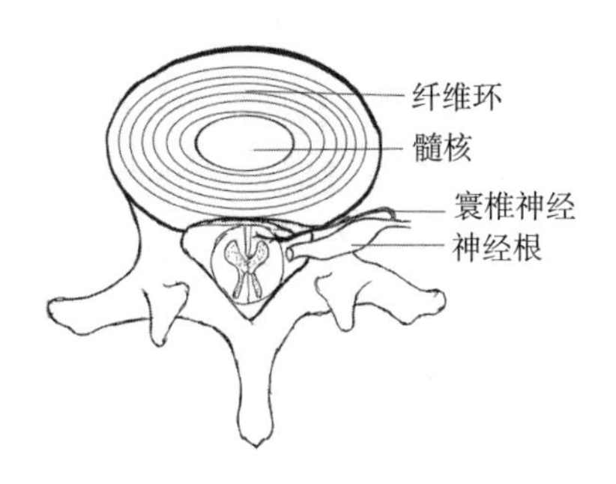

图3-14　腰椎间盘

二、腰椎椎管狭窄症

椎管狭窄症是指因骨质增生、黄韧带肥厚、退变性滑脱等原因导致椎管、椎间孔等神经通过区域变得狭窄,或因椎间盘、硬膜囊等软组织的病理改变导致椎管容积变小,压迫马尾神经而引起的腰腿疼及间歇性跛行等神经系统症状的病症。腰椎间的韧带与结缔组织包括:前纵韧带附着于椎体前缘;后纵韧带附着于椎体后缘椎管内;黄韧带附着于上下椎弓根之间;棘间韧带附着于上下棘突之间;棘上韧带附着于棘突后缘(图3-15)。

熊昌源教授在临床中总结提出,腰椎管狭窄症患者MRI检查常见其有关节突关节骨质增生、黄韧带肥厚、退变性滑脱等影像。而椎间盘突出症在MRI上的表现为椎间盘膨隆、突出、脱出、椎间盘游离体等。

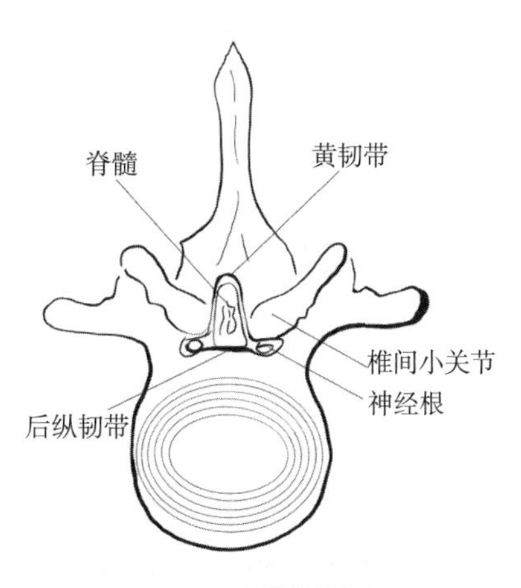

图3-15　腰椎椎管解剖

三、第3腰椎横突综合征

第3腰椎横突综合征是指以第3腰椎横突部明显压痛为特征的慢性腰痛。第3腰椎横突较长，横突间肌及横突间韧带连接于各横突间，是腰方肌、腰髂肋肌和多裂肌的起止点，腹内斜肌和腹横肌通过腱膜起始于此(图3-16)，因此横突对腰背部运动和稳定起着重要的作用。臀上皮神经走行于L1～L3横突的背面，并紧贴骨膜经过横突间沟，穿过起始于横突的肌肉至背侧。

熊昌源教授在临床中总结提出，它是腰肌筋膜劳损的一种类型，由于第3腰椎位于腰部生理弧度顶点，较多地附着筋膜而成为力学中心，加之外力作用或劳损等原因导致附着于第2腰椎横突处的肌肉损伤，致使血管、神经束受到刺激而产生疼痛等症状。所以说该病病源在第3腰椎横突，其横突末端压痛明显，可触及硬结，疼痛可向大腿后侧至腘窝平面以上扩散，臀部条索物位于臀中肌后缘，下肢疼痛不超过膝平面。

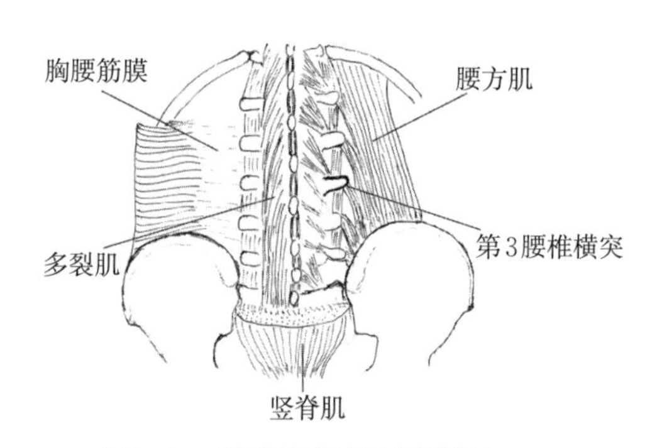

图3-16　第3腰椎横突及筋膜解剖

四、腰部肌筋膜炎

腰背肌筋膜炎多指因外部寒热刺激或慢性劳损，导致腰背部肌肉等软组织产生炎性改变的常见病变。腰背筋膜也可以称为胸腰筋膜，是全身最强大的筋膜，覆盖在整个腰背部、骶骨部，包绕骶棘肌，其位于皮肤、肌肉之间。其浅层较厚，起自腰椎及骶椎棘突、棘上韧带及髂嵴，向下附着于髂嵴和骶外侧嵴；内侧附着于胸、腰椎棘突，棘上韧带和骶中嵴；外侧附着肋角。深层起自腰椎横突，位于骶棘肌与腰方肌之间，向上附着于第12肋下缘，向下附着于髂嵴，内侧附着于腰椎横突，外侧与浅层融合，构成腹肌的起点。浅、深两层筋膜在骶棘肌外缘相合形成宽阔的腱膜，作为腹横肌及腹内斜肌的起点。

附着于背部腰区的肌肉及功能由深至浅有:腰大肌,运动及站立时转移躯干力量至腿和脚并稳定脊柱、骨盆、股骨三者位置;竖脊肌,保持腰椎位置稳定;下后锯肌,可通过降低肋骨协助呼气;背阔肌,内收、内旋、后伸肩关节;腹横肌,保持腰椎位置稳定;腹内斜肌,维持腹压保护内脏;腹外斜肌,维持腹压、保护内脏同时协助转体(图3-17)。

熊昌源教授在临床中总结提出,本病患者一般腰部广泛不适而无明显痛点,无神经根压迫症状,且屈髋、屈膝时背部筋膜拉伸,症状明显加重。肌筋膜的功能:①能减少肌间摩擦、约束肌腱、改变肌的牵引方向以调节肌的作用;②供肌肉附着以扩大肌肉在骨骼上的附着面积,并将肌肉的力传向骨骼;③肌筋膜决定骨骼肌的形状,起着支持骨骼的作用,并将功能、发育过程和支配不同的肌群分隔开。如果肌筋膜变紧和增厚同时存在则可引起许多临床症状,当肌筋膜组织增厚失去弹性时,神经传导功能受到损害,而后肌筋膜可能在肌筋膜痛中起关键性作用。

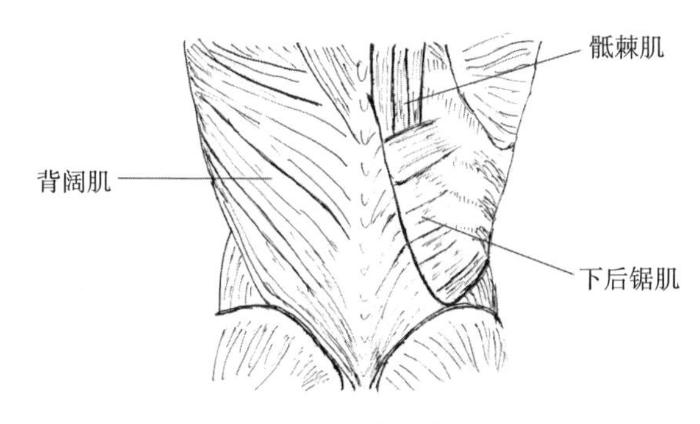

图3-17 腰背筋膜解剖

五、梨状肌综合征

梨状肌综合征是因梨状肌损伤产生充血水肿,使坐骨神经走行于该肌下缘的间隙变小,坐骨神经被压迫而产生的临床症状和体征。梨状肌起于骶骨骨盆面外侧缘中部,止于股骨大转子内侧顶端图(图3-18),其功能主要为髋关节外展时外旋股骨,以及运动时稳定骶髂关节。梨状肌下方通过的神经有阴部神经、闭孔神经、股后皮神经、坐骨神经、股下神经、股方肌神经。坐骨神经起自L4～L5神经和S1～S3神经根,从梨状肌下方穿出坐骨大孔,于腘窝处分为胫支与腓支,支配小腿所有肌肉及除隐神经支配区域以外的皮肤感觉。

熊昌源教授在临床中总结提出,当出现臀部和下肢沿着坐骨神经分布区放射性疼痛时,注意与腰椎间盘突出症鉴别,本病发生时,可在梨状肌分布区扪及条索状物,且压痛明显,常用查体方法为梨状肌紧张试验,必要时可做局部封闭,疼痛即刻消失即可确诊。

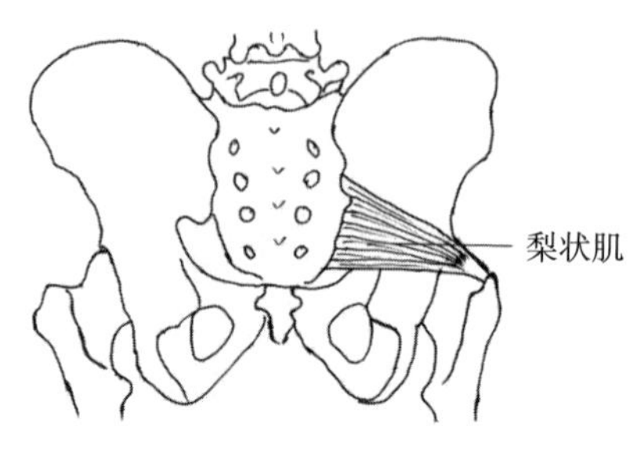

图3-18 梨状肌解剖

六、臀上皮神经卡压综合征

臀上皮神经卡压综合征是臀上皮神经跨越髂嵴部位,因软组织外伤或劳损受到卡压,从而产生的腰臀部疼痛及向大腿后侧放射疼痛或感觉异常的一种综合征。臀上皮神经是由L1~L3腰椎神经后支的外侧支混合构成,从深筋膜穿出后于髂嵴平面到达皮下达到臀部,分布于臀部外上侧及大粗隆的皮肤,支配该区感觉(图3-19)。

熊昌源教授在临床中总结提出,该病临床中主要以腰骶部疼痛不适为主要症状,臀上皮神经走行区域可触及条索感及压痛明显,在臀上皮神经出口处亦有明显压痛。与本病相比腰背肌筋膜炎通常痛无定处,且无明显神经压迫症状。

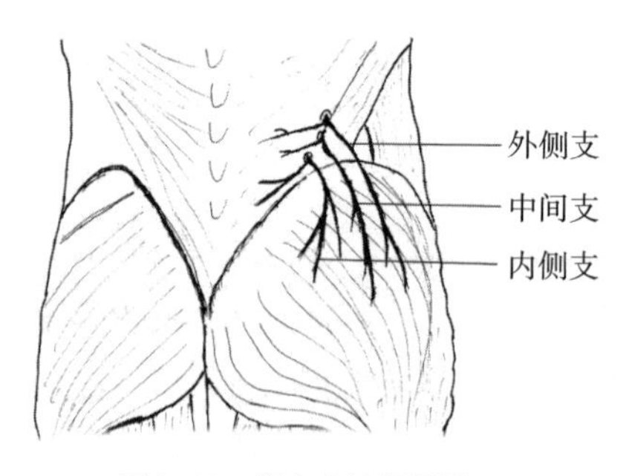

图3-19 臀上皮神经解剖

第五节　前臂常见病的实用解剖

一、肱骨外上髁炎

肱骨外上髁炎也称网球肘，为前臂腕伸肌群起始部反复牵拉所致的劳损性疾病。起于肱骨外上髁的前臂浅层伸肌腱：尺侧腕伸肌，其止于第5掌骨基底部尺骨侧结节；小指伸肌，其止于第5指近节指骨的背侧；指伸肌，其止点位于第2～5指指背；桡侧腕长伸肌，其止点位于第2掌骨背侧基底部；桡侧腕短伸肌，止点附着于第3掌骨远端背侧基底部。深层肌腱，有旋后肌，其起点位于肱骨外上髁、尺骨、桡侧副韧带和环状韧带，止于桡骨体背侧和外侧面(图3-20)。

熊昌源教授在临床中总结提出，该病具有以下特点：肘关节外侧疼痛，且呈持续进行性加重，可向前臂外侧放射。检查见肘关节外侧压痛，握掌、伸腕及旋转动作可引起肱骨外髁处疼痛加重，抗阻力背伸腕及前臂旋后试验阳性。

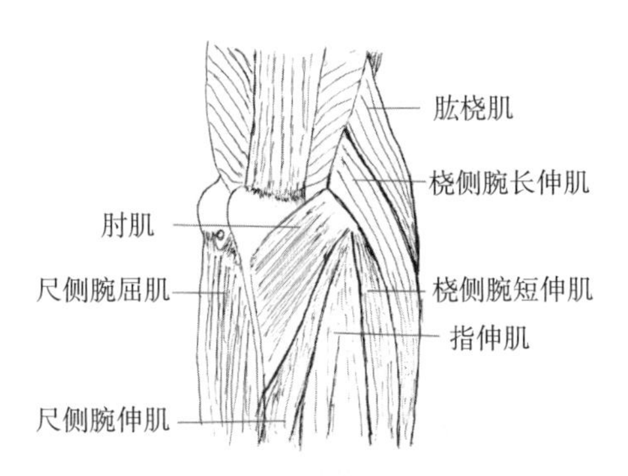

图3-20　前臂伸肌腱解剖

二、前臂骨筋膜间室综合征

骨筋膜间室综合征是指四肢筋膜间室内因外伤压力增大或内容物体积增大，导致间室内血管神经受到压迫，致使循环障碍、神经感觉减弱及局部皮肤水泡等症状，典型者有“5P”症：无脉、疼痛、苍白、感觉异常和麻痹，若长时间未处理则最终导致肌肉坏死发展为缺血性肌挛缩，甚至出现全身症状的综合病症。前臂骨筋膜间室综合征因肌肉坏死纤维组织修复形成瘢痕挛缩，可出现“爪形手”特殊体征。前臂骨间膜位于尺、桡骨之间，其中段较厚、上下略薄，纤维斜行向下内侧。前臂深筋膜包裹前臂各肌，并向深部伸入，内侧附于尺骨后缘，外侧附于桡骨，将前臂分隔为前、后两区。肘部深筋膜较细密，由肱二头肌腱膜编织，同时为前臂前面浅层肌提供了起点。前臂深筋膜在腕部增厚形成腕掌侧韧带，以约束前臂前群肌。前臂供血以尺动脉为主，桡动脉占5%～10%，尺动脉走行于旋前圆肌尺侧头与指深屈肌之间远端与尺神经并行，其分支有尺侧前/后返动脉、骨间前/后动脉。桡动脉走行于旋前圆肌上、指浅屈肌与拇长屈肌之间，其分支有桡侧返动脉肌支(图3-21)。

熊昌源教授在临床中总结提出，临床上前臂损伤尤其是尺桡骨双骨折的患者，应避免固定过紧，密切关注末梢血液循环，如出现“5P”症、被动牵拉痛，及前臂皮下张力高，则提醒我们应考虑前臂骨筋膜间室综合征可能，立即明确诊断并采取措施。

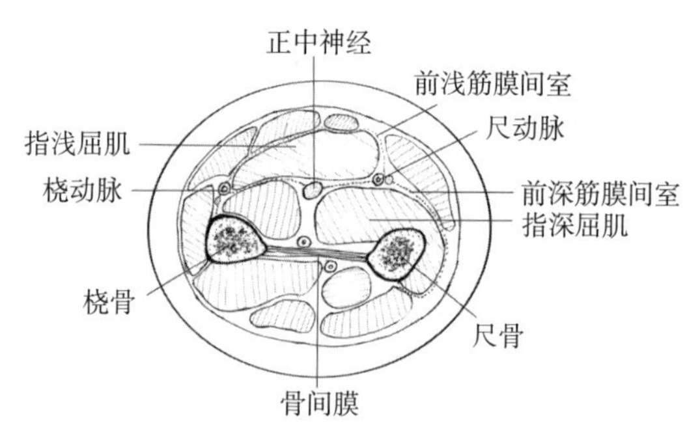

图3-21　前臂骨筋膜间室解剖

三、肘关节脱位

肘关节脱位多是因外伤跌倒所致的间接暴力作用于肘部，导致肘部的骨性结构骨折以及关节囊、韧带等软组织损伤而形成的关节移位。肘关节由肱骨内、外上髁与桡骨上端及尺骨冠突、鹰嘴共同构成的。肘关节囊内有肱尺、肱桡和桡尺近侧三组关节，肱尺关节是蜗状关节由肱骨滑车与尺骨半月切迹构成是肘关节的主体部分；肱桡关节是球窝关节由肱骨小头与桡骨头凹构成；桡尺近侧关节是车轴关节由桡骨头环状关节面与尺骨的桡骨切迹构成。除肱骨内外上髁外，余骨性结构均包裹于关节囊内，关节囊侧面增厚形成副韧带(图3-22)。

熊昌源教授在临床中总结提出，关节囊前后部较薄弱侧面有韧带包绕，且尺骨冠状突较鹰嘴突小。因此对抗尺骨向后位移要比对抗向前位移差，即肘关节后脱位较为常见。肘关节后脱位多是肘关节处于完全伸直位时，传达暴力或杠杆力使其过度后伸所致；肘关节前脱位多是在曲肘状态下，直接暴力作用于尺骨鹰嘴所致。肘关节脱位时常伴有肘部的骨性结构骨折以及关节囊、韧带等软组织损伤。

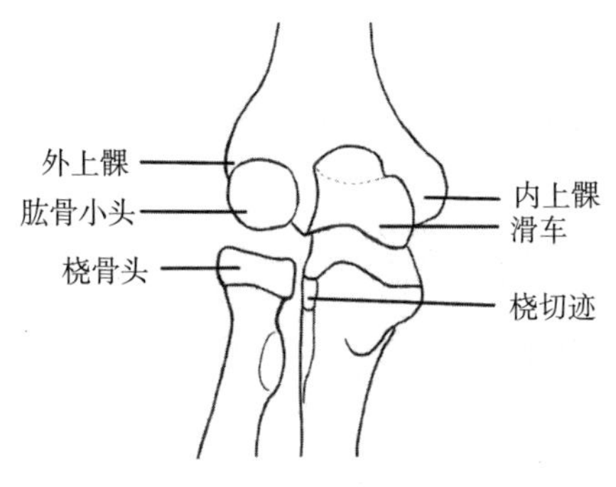

图3-22　肘关节解剖

四、桡骨头半脱位

桡骨头半脱位常见于2～4岁儿童，是儿童最常见的肘关节损伤。肘关节囊外有桡侧副韧带、桡骨环状韧带、尺侧副韧带协助稳定肘关节。

熊昌源教授在临床中总结提出，本病常有前臂提拉病史，由于幼儿桡骨头发育不全，桡骨头与桡骨颈直径相似，环状韧带松弛，前臂旋前受纵向力牵拉时，环状韧带卡在肱桡关节之间或从其桡骨的附着点撕脱，导致桡骨小头向远端移位，桡骨头即可从环状韧带中脱出(图3-23)。

本病手法整复一般不予麻醉，一手拇指抵于患肢肘窝桡侧偏下处，一手牵引患肢前臂至肘关节伸直位，前臂旋后时以拇指向内后方按压桡骨小头后曲肘，即可复位，复位后一般预后良好。

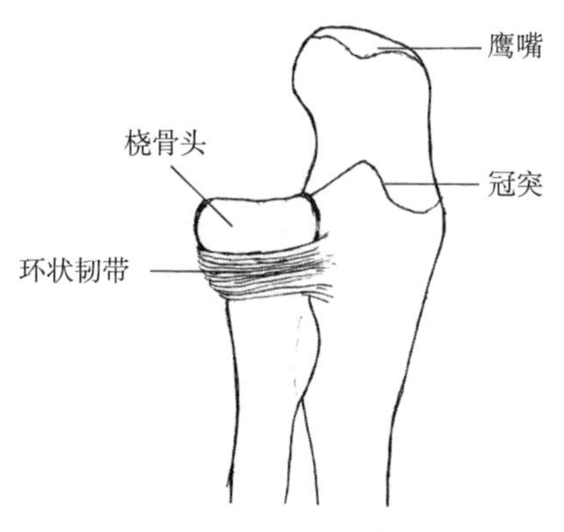

图3-23　上尺桡关节解剖

第六节　腕部常见病的实用解剖

一、桡骨茎突狭窄性腱鞘炎

桡骨茎突狭窄性腱鞘炎是指因频繁活动拇指及腕部，拇长展肌、拇短伸肌的肌腱在腱鞘中摩擦产生炎性渗出，导致水肿和纤维化，造成拇指活动时卡顿、疼痛等临床症状。拇长展肌起自桡骨、尺骨的背面和前臂骨间膜的肌腱，止于第一掌骨底部；拇短伸肌起于桡骨背侧前内1/3处和前臂骨间膜的间隙，止于拇指中间指骨掌侧基底部。两根肌腱共同构成"鼻烟窝"的外缘。腱鞘由内、外两层的腱纤维鞘构成，外层紧贴于内层腱纤维鞘，内层腱纤维鞘包裹肌腱，内、外层间有少量滑液(图3-24)。腱鞘可约束肌腱运动轨迹，亦可减少肌腱运动时受到的摩擦。

熊昌源教授在临床中总结提出，临床上往往发现此类患者有一个共同特点，要不是手工体力者，要不就是喂养婴儿的产妇或带养婴儿的老年妇女，"握拳试验"是一个非常典型的检查体征。

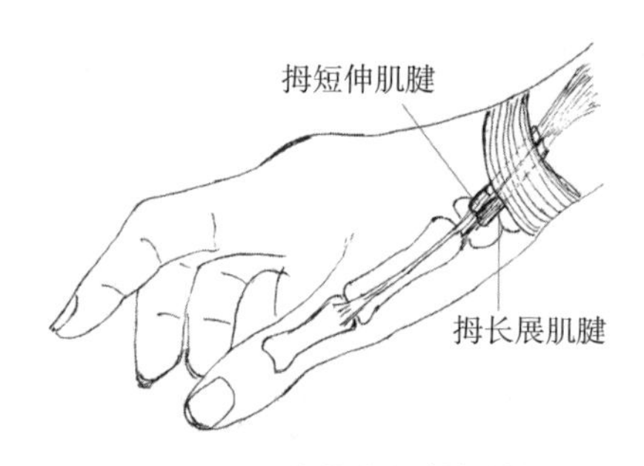

图3-24　桡骨茎突腱鞘结构

二、腕三角软骨损伤

腕三角软骨损伤多因腕关节挤压捻转暴力所产生。三角纤维软骨盘(关节盘)是三角软骨复合体的主体部分，外观呈三角形，起于桡骨远端尺骨切迹，覆盖于尺骨小头表面，止于尺骨茎突基底部和尺骨茎突凹(图3-25)，其主要作用为维持关节稳定。

熊昌源教授在临床中总结提出，三角软骨损伤时腕关节尺偏时症状加重，且伴尺侧关节间隙压痛。三角软骨复合体损伤后通常导致手握力下降、腕尺侧疼痛以及下尺桡关节不稳定，受伤严重时还会伴尺骨半脱位。特别需注意，腕三角软骨损伤可并发于桡骨远端骨折或腕部其他损伤中，此时腕三角软骨损伤的早期症状往往容易被其他损伤症状所掩盖而忽略。

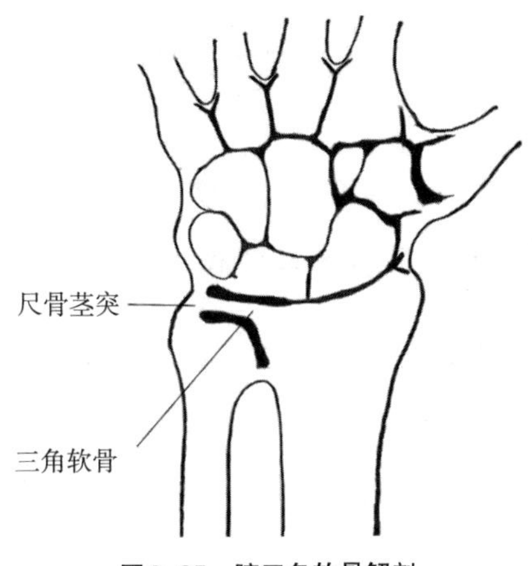

图3-25　腕三角软骨解剖

三、腕管综合征

腕管综合征是指当腕管中的组织压力因炎性渗出增高，或因软组织肿物使正中神经受到卡压，导致正中神经支配区域产生神经卡压症状(感觉异常或麻木无力)为主的综合征。腕管由腕骨及腕横韧带构成的纤维管道，钩骨、头状骨、大、小多角骨构成其桡、尺侧及背侧管壁，腕横韧带构成其掌侧壁。其中有正中神经和9条肌腱及腱鞘走行，由浅至深包括4条指浅屈肌腱、指深屈肌腱、拇长屈肌腱及腱鞘，其中指浅屈肌腱与指深屈肌腱组合包裹于屈肌总腱鞘内(图3-26)。正中神经由颈5到胸1神经根组成，由臂丛内侧束和外侧束的内侧根和外侧根汇合而成，其在腕处处于肌腱与腕横韧带之间、桡侧腕屈肌腱和掌长肌腱之间。正中神经支配旋前圆肌、桡侧屈腕肌肉、各指深浅屈肌、掌长肌、拇长屈肌、拇短屈肌、拇对掌肌和拇短展肌，于手掌支配掌侧三指半感觉区域。

熊昌源教授在临床中总结提出，本病除腕部Tinel征外，还合并有夜间麻醒史或屈腕试验阳性的症状。腕部Tinel征：叩击腕横韧带正中神经处，患者麻木、疼痛症状加重。

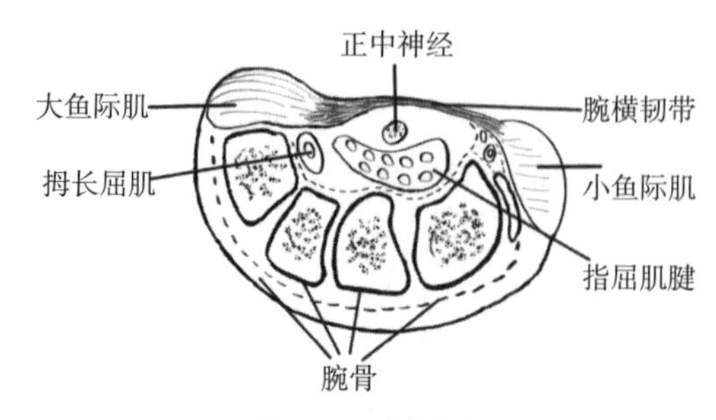

图3-26　腕管解剖

四、月骨脱位和月骨周围腕骨脱位

月骨脱位即指由于跌倒或其他外力作用于手掌背伸状态时,桡骨与头状骨相挤压,掌侧间隙增大,月骨掌侧韧带与关节囊破裂,则月骨与桡骨和其余腕骨相对正常位置发生偏移向掌侧脱出。若此时月骨未发生相对于桡骨的移位,而其余腕骨相对月骨脱位,则为月骨周围腕骨脱位。桡舟月韧带为腕部最大的韧带,起自桡骨茎突掌侧,斜向尺侧走行,附着于舟骨、月骨和三角骨;桡腕背侧韧带始于桡骨,止于舟骨、月骨、三角骨、头状骨(图3-27)。上述两条韧带在前臂旋前时使手掌沿桡骨方向活动。

熊昌源教授在临床中总结提出,复位前,应首先判断是月骨脱位,还是月骨周围腕骨脱位,从而才能施以正确手法整复,当出现月骨脱位时应判断掌侧桡腕韧带(桡舟月韧带)和桡腕背侧韧带是否均已断裂,以判断是否会发生月骨坏死,从而制订治疗方案。

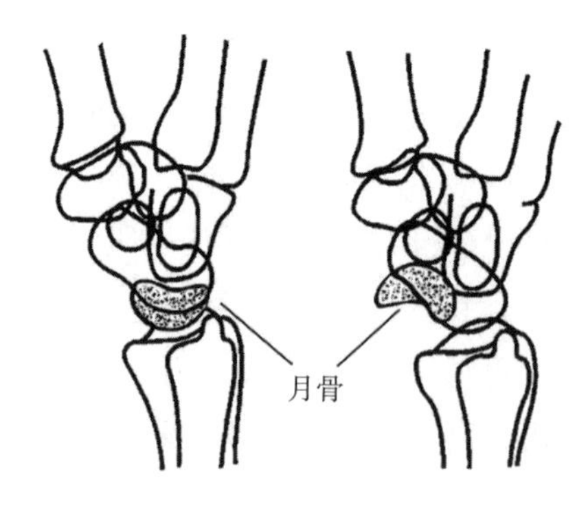

图3-27　月骨脱位

五、腱鞘囊肿

腱鞘囊肿发生原因不明,多为肌腱与腱鞘因摩擦劳损产生炎性反应而增生的囊性肿物,好发于腕背部及足背部腱鞘与肌腱空间较狭窄且活动度较大部位。

熊昌源教授在临床中总结提出,该病是发生在关节或腱鞘附近的囊性肿物,多为单房性,有时也可以是多房性,囊内含有无色或淡黄色的果冻状物,质地或稠或稀,囊壁外层由致密纤维组织构成,内层由白色膜覆盖,其大部分由腱鞘起源,一部分由关节囊起源。易发于腕背侧,尤其好发于指总伸肌腱桡侧的腕关节背侧关节囊处(图3-28),桡侧腕屈肌腱和拇长展肌腱之间。腕管内的屈指肌腱发生囊肿时,易压迫正中神经,诱发腕管综合征。

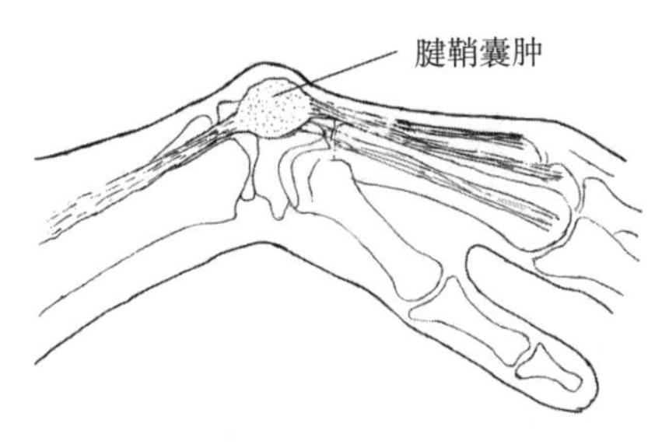

图3-28 腱鞘囊肿

第七节 手指常见病的实用解剖

一、指伸肌腱损伤

指伸肌腱薄而扁平,位于皮下,其上仅覆盖薄层皮下组织,比屈肌腱伸肌腱活动度更小、肌力更弱。伸肌腱的多种腱束组成伸肌机制,纤维与骨间肌腱和蚓状肌腱发生连接,贴覆于指骨背侧。伸肌腱无滑膜鞘,伸肌支持带在腕关节水平分隔为6个骨纤维鞘管,容纳12条伸肌腱。在手背区,伸肌腱各自分离,通过腱联合相互连接,腱联合主要功能是伸肌力量再分配,辅助手指张开;在近节指骨和中节指骨水平,伸肌腱发出中央束、侧腱和连接纤维。

指伸肌腱一般分为5个。

Ⅰ区:末节指骨背侧基底部至中央腱的止点之间。

Ⅱ区:中央腱止点至近节指骨中点伸肌腱扩张部远端。

Ⅲ区:伸肌腱扩张部至伸肌支持带远侧缘。

Ⅳ区:伸肌支持带下。

Ⅴ区:伸肌支持带近侧缘至伸腱起始部(图3-29)。

熊昌源教授在临床中总结提出,伸肌腱不同区域的损伤治疗方式也有差异,由于其具有丰富的纤维连接，断裂时较少发生回缩，用铝夹板固定早期制动，为后期功能恢复提供优良条件。

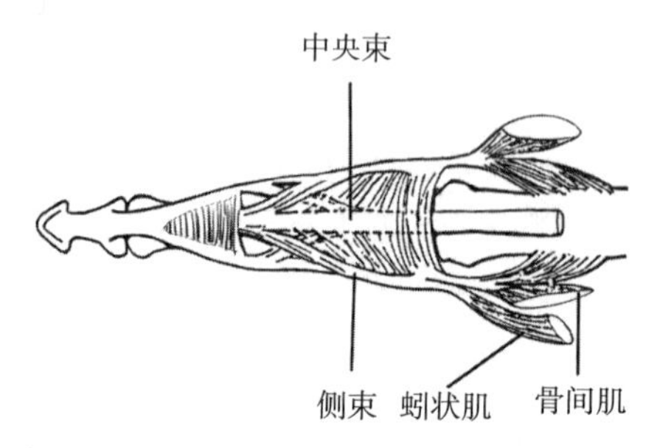

图3-29　指伸肌腱

二、指屈肌腱腱鞘炎

指屈肌腱腱鞘炎又称弹响指、扳机指，是由手指屈肌腱腱鞘内因机械性摩擦而产生的无菌性炎症改变，多见于手指屈伸活动较多的人群，发病部位以承担较多功能的拇指、中指、无名指为多见，可多个手指同时发病。指深屈肌腱起于尺骨前侧和内侧，止于远节指骨底部，指浅屈肌起点分布于肱骨头的内上髁和尺侧副韧带，尺骨头的冠突内侧，桡骨头的桡骨粗隆远端骨干前面的近1/2，4条肌腱止于第2～5中节指骨掌侧。拇长屈肌，起于桡骨中1/3及骨间膜前面，止于拇指远节指骨底。指深和指浅屈肌腱走行于同一腱鞘，指浅屈肌腱在近节指骨的中部分成两束包绕指深屈肌腱，止于中节指骨体。指屈肌腱腱鞘是由掌骨颈和掌指关节掌侧的浅沟与环状韧带组成的骨性纤维管（图3-30）。

熊昌源教授在临床中总结提出，腱鞘炎早期以消除无菌性炎症为主要治疗目的，临床中应用湖北省中医院自制的消瘀止痛膏局部外敷可起到立竿见影的效果。当然，中晚期腱鞘纤维增生、鞘壁增厚，仅外敷并不能消除疼痛，需要手术松解腱鞘，解除肌腱受压情况。

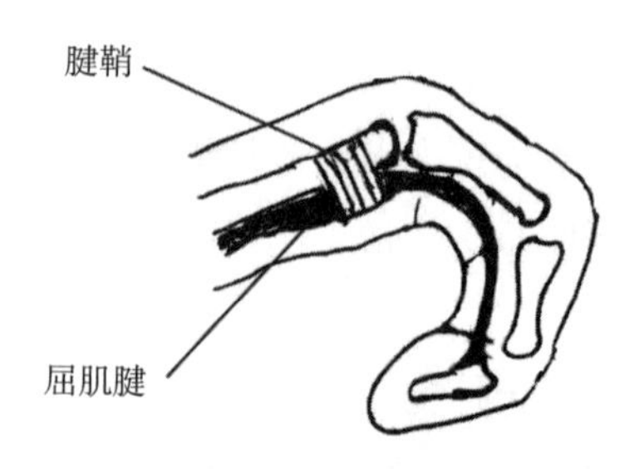

图3-30　指屈肌腱腱鞘

三、掌指关节脱位

掌指关节相当于进行手指屈伸动作时的合页，是手部的主要关节，由近节指骨基底、掌骨头、掌板、侧副韧带和副侧副韧带所组成，为双轴关节，具有屈伸、内收外展和一定量的回旋运动。掌骨头近似球形体，为凸状关节面，与之相对的近节指骨基底部则为凹状，曲率稍小于掌骨头关节面。掌指关节脱位时，食、中、无名指掌板被拖到掌骨头的背侧，横韧带掌侧，屈肌腱滑到掌骨尺侧，而蚓状肌滑到桡侧(图3-31)，而小指的屈肌腱滑到桡侧，小鱼际肌绕过掌骨头尺侧。

熊昌源教授在临床中总结提出，掌指关节囊在掌侧面增厚形成一层致密的纤维软骨板，即掌板，与掌骨连接松弛，掌指关节全脱位时，指骨底多向背侧脱位，掌侧关节囊破裂，掌骨头向掌侧突出，掌侧关节囊连同籽骨卡于指骨底及掌骨头的背侧，掌板亦常自近端撕脱而卡在脱位关节之间，影响手法整复。故复位时，常常需要做适当的反复转动以解锁。必要时，可能还需要手术切开解锁复位。

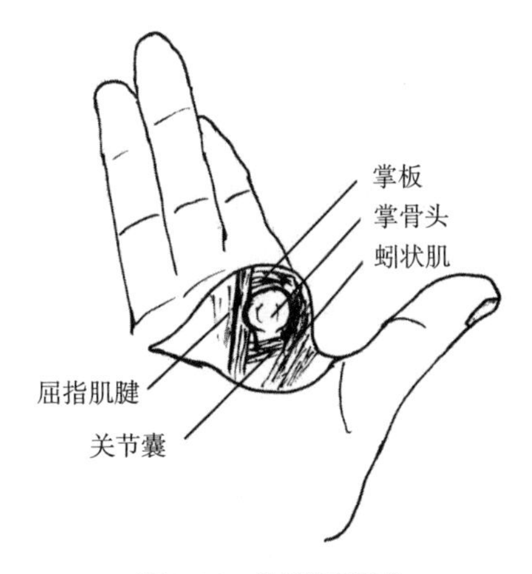

图3-31　掌指关节脱位

第八节　髋周常见病的实用解剖

一、弹响髋综合征

弹响髋综合征是因患者在体育锻炼或日常髋关节屈伸过程中发生髋部弹响而得名，发病机制为髋关节周围滑囊炎症、软骨剥脱、盂唇撕裂、肌腱钙化等。

熊昌源教授在临床中总结提出，临床中常见的弹响髋综合征主要由滑囊炎引起。髋关节周围有3个重要的滑囊，分别为髂腰肌滑囊、大转子滑囊和臀肌坐骨滑囊。髂腰肌滑囊是髋关节周围最大的一个滑囊，位于髂腰肌和髂股韧带之间，与其下方的关节囊相通，上方为髂耻隆突，内侧为股血管和神经。大转子滑囊多数为房性滑囊，位于股骨大转子与臀大肌之间。臀肌坐骨滑囊位于臀大肌与坐骨结节之间(图3-32)。

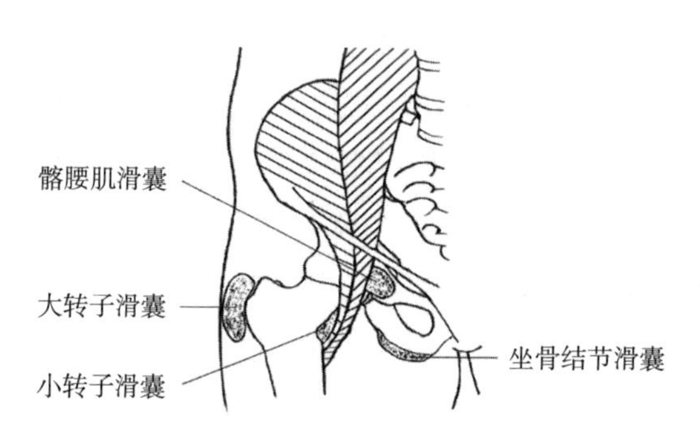

图3-32　髋关节周围滑囊

二、髋部扭挫伤

运动中髋部最易发生肌肉损伤，常在跨双关节的肌肉进行离心收缩时发生，损伤部位多位于肌腹一肌腱连接处或肌腹。熊昌源教授在临床中总结提出，肌肉损伤常见于双关节肌，例如股直肌、缝匠肌、髂腰肌及内收肌中的股薄肌。

股直肌是股四头肌中最表浅，唯一跨双关节的肌肉，主要有两个近端起点，直头和反折头，分别起自髂前下棘和髋臼上缘，与股内侧肌、股外侧肌和股中间肌联合形成一总腱，附于髌骨上缘和侧缘，向下延续为髌韧带，止于胫骨粗隆，位于股前方髂前上棘下约10cm处，损伤常因短跑或踢腿等爆发性屈髋动作导致，或髋伸展等过度离心负荷造成，出现可触及的肿胀和压痛。

缝匠肌起于髂前上棘，经大腿前面转向内下侧，止于胫骨上端的内侧面，由股神经支配，属第2～3腰神经节段，主要功能为屈髋和屈膝，使小腿内旋。

髂腰肌位于股直肌内侧，由腰大肌和髂肌共同组成，腰大肌起于第12胸椎椎体侧面，止于股骨小转子顶端，损伤常发生在髋被动过伸的过度离心负荷或抗阻力屈髋运动中，主要表现为腰大肌肿胀或股神经急性麻痹。

内收肌包括闭孔外肌、股薄肌、耻骨肌、短收肌、长收肌、大收肌、小收肌。股薄肌为内收肌组唯一一块双关节肌，故损伤最易发生于此，其位于鹅足肌的三角中心，走行于大腿内侧，起自耻骨联合，止于胫骨结节内侧（图3-33）。

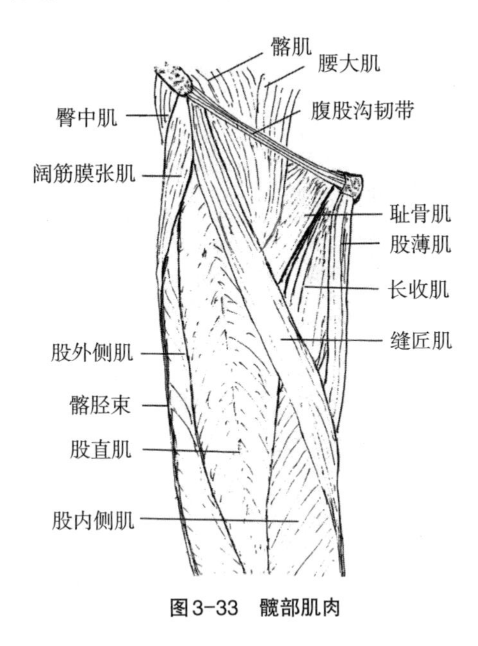

图3-33　髋部肌肉

三、股骨近端骨折

股骨近端是指股骨小转子下5～8cm的部分，它包括股骨头、股骨颈和股骨粗隆部。股骨粗隆部主要是松质骨，周围有丰富的肌肉附着。大粗隆（大转子）位置表浅。大转子的外侧面宽广而粗糙，自后上斜向前下有一条微嵴，为臀中肌的附着部。大转子的上端游离，有梨状肌附着在后面。下缘呈嵴状，有股外侧肌附着。小转子呈圆锥形突起，有髂腰肌附着其上。转子间线是关节囊及髋关节的髂股韧带附着处。转子间嵴显得隆起，有很多从骨盆出来的外旋小肌附着于其上（图3-34）。

股骨近端骨折是临床常见的创伤性疾病。其中最常见的是股骨颈骨折和股骨粗隆间骨折，尤其好发于患有骨质疏松的老年人。由于股骨解剖的特殊性，股骨颈的长轴线与股骨干纵轴之间形成一个110°～140°夹角，即颈干角，在重力传导时，力线沿股骨小转子、股骨颈内侧缘传导，而非股骨颈中心传导。熊昌源教授在临床中总结提出，股骨颈头下型移位骨折不愈合、晚期缺血性坏死率高，主要原因是严重破坏了头颈的血供途径，在内固定加带蒂骨瓣移植时，带股方肌蒂骨瓣有突出优势：一是肌腹宽、血供好；二是股方肌附着处距离移植区短，操作方便，肌瓣不易扭曲或痉挛；三是股方肌附着处宽，所取骨瓣能够满足骨折处骨缺损的需求。病例随访的结果也充分说明了股方肌肌蒂骨瓣的临床使用价值和意义。

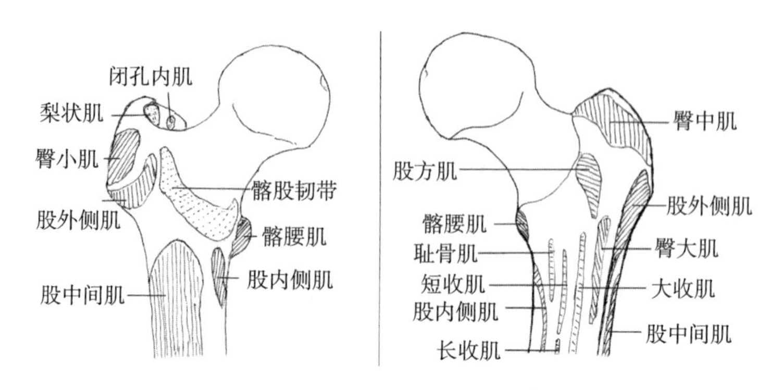

图3-34　股骨近端解剖

四、小儿先天性髋关节脱位

小儿先天性髋关节脱位又称发育性髋关节脱位，是小儿最常见的畸形，也是导致儿童肢体残疾的主要疾病之一。髋关节是典型的杵臼关节，由髋臼和股骨头构成，周围有纤维软骨构成髋臼盂唇，增加髋臼深度，股骨头软骨面约占球形的2/3(图3-35)。

小儿先天性髋关节脱位的主要原因有遗传性的浅髋臼、新生儿期韧带松弛以及臀位产的异常机械应力。熊昌源教授在临床中总结提出，小儿先天性髋关节脱位，应早发现、早治疗，一周岁以内患儿通过“人”形石膏保守治疗可有效纠正脱位问题。

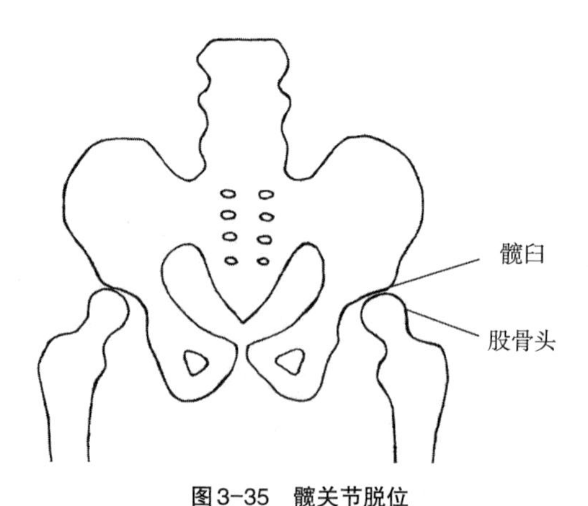

图3-35　髋关节脱位

第九节　膝部常见病的实用解剖

一、膝关节骨性关节炎

膝关节骨性关节炎是一种关节退行性疾病,多由慢性劳损、不当的运动方式、直接或间接暴力损伤等原因引起。膝关节由髌股关节和胫股关节组成(图3-36),由于解剖结构和生物力学特点,本病好发于髌股关节和内侧胫股关节,主要临床表现为关节疼痛和活动受限。

熊昌源教授在临床中总结提出,本病常表现为膝前及内侧疼痛、髌骨周围压痛及髌骨活动范围受限等,因腘静脉淤滞、髌骨静脉回流受阻、髌骨和髌股关节高压、内翻退变畸形导致。治疗要点在于加快腘静脉回流、减轻髌股关节压力,临床观察发现手法弹拨下肢后侧肌肉后,患者立感膝前轻松。观察分析发现压腿锻炼和手法弹拨可缓解腘绳肌和腓肠肌痉挛,使膝关节伸直,从而降低髌股关节压力,减轻患者疼痛。

腘绳肌位于大腿后侧,股外侧肌与内收肌之间。外侧为股二头肌,分为位于浅层的长头和位于深层不可触及的短头;内侧亦由两块肌肉组成,分别是位于浅层的半腱肌和位于深层较为宽大的半膜肌。

腓肠肌位于小腿后侧,位于小腿三头肌浅表层,由分别起于股骨内外侧髁后的内外侧头组成,在小腿中点处会合,移行为肌腱,联合比目鱼肌肌腱向下形成跟腱,止于跟骨结节。

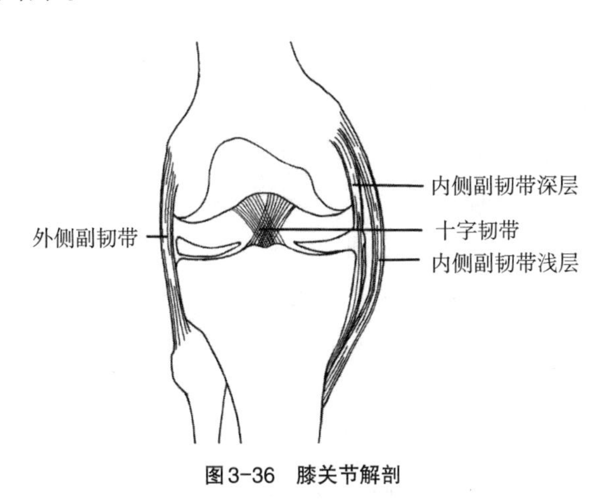

图3-36　膝关节解剖

二、髌骨软骨软化症

髌骨软骨软化症，好发于膝关节活动较多的人群，常表现为膝关节前方疼痛，步行或上下楼尤甚，久坐亦觉酸软疲乏，多因损伤或劳损导致髌股关节软骨发生粗糙、软化、碎裂、剥脱等改变的一种退行性病变，也可以看作是膝骨关节炎的一种早期病变。熊昌源教授在临床中总结提出，此病亦常见于久坐人群，因运动较少，股四头肌肌肉力量减弱，膝关节屈伸时位于中心的髌股关节压力较大，长此以往，易形成髌骨高压、骨髓水肿，髌骨外侧的软骨承受较大压力，进而出现损伤甚至退变。按髌骨形状所见，常常分为3种类型(图3-37)。熊昌源教授根据临床观察，髌骨软骨软化症的发生在Ⅲ型中占有更高比率。

Ⅰ型：内外关节面大小一致，约10%。

Ⅱ型：外侧关节面稍大于内侧关节面，约65%。

Ⅲ型：外侧关节面明显大于内侧关节面，约25%。

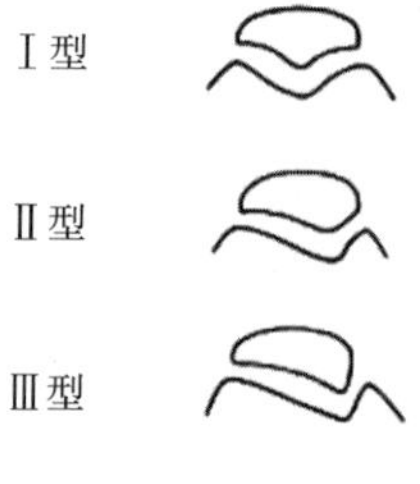

图3-37　髌股关节

三、外伤性膝关节僵硬

膝关节外伤性僵硬是骨科临床比较严重的一种并发症，表现为屈伸活动障碍。主要分为屈曲型僵硬和伸直型僵硬，前者膝关节长期处于屈曲位，后侧关节囊和屈肌群挛缩，腘绳肌向后牵拉胫骨，股二头肌和髂胫束收缩使胫骨外旋，常并发胫骨在股骨上的半脱位和胫骨外旋畸形；后者多由于股四头肌外伤后瘢痕增生或纤维变形，髌骨和股骨髁之间发生粘连，导致伸膝装置功能障碍。

膝屈肌群包括腘绳肌(股二头肌、半腱肌、半膜肌)、腓肠肌、股薄肌和缝匠肌；膝伸肌群由股四头肌(股直肌、股内侧肌、股外侧肌、股中间肌)构成。股四头肌是由股直肌、股外侧肌、股内侧肌和股中间肌四肌组成，在股骨远端融合成为股四头肌肌腱，与髌韧带相连附着于髌骨前方，是伸膝装置的重要组成部分(图3-38)。

股直肌起自髂前下棘和髋臼上方的凹陷，经髌韧带止于胫骨粗隆，跨越髋和膝两个关节,除伸膝功能外同时兼顾屈髋作用。股内侧肌起自转子间线下部、粗线内侧唇和股内侧肌间隔,经髌韧带止于胫骨粗隆,临床中常通过患者股内侧肌的形态判断肌肉力量的强弱。股外侧肌起自股骨粗线外侧唇和大转子下部,止于胫骨粗隆和髌骨外侧缘。股中间肌起自股骨干前侧与外侧、髌骨,经髌韧带止于胫骨粗隆。

本症患者因膝关节功能障碍不能正常行走和下蹲活动,严重影响其生活质量。熊昌源教授在临床中总结提出,对早期膝关节僵硬患者采用中药熏洗、功能锻炼、手法松解治疗,取得了一定疗效,同时提出对于保守治疗无效的患者应首选膝关节镜下松解,术后尽早指导患者做屈、伸功能锻炼,防止二次粘连。

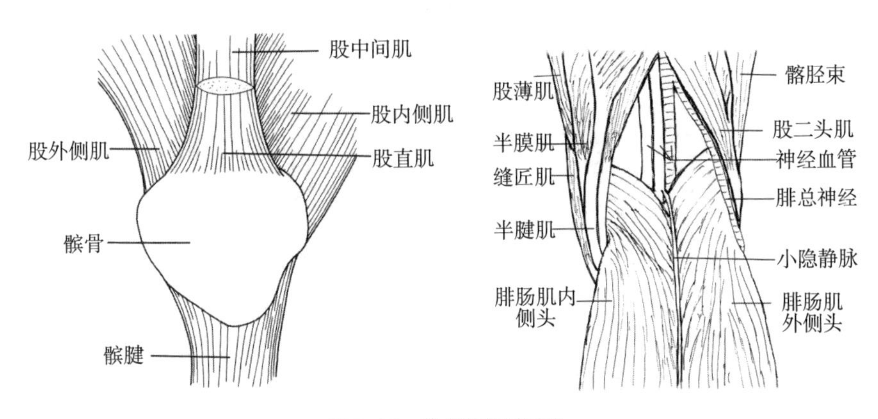

图3-38　膝关节伸屈肌群

四、膝关节半月板损伤

膝关节半月板损伤是临床上常见的运动损伤。半月板是位于股骨髁与胫骨平台之间的2个半月形纤维软骨盘,是膝关节的缓冲装置。

内侧半月板形似“C”形,前角窄薄,附着于股骨髁间窝前部,与膝横韧带融合;后角宽厚,附着于后交叉韧带(PCL)止点前方;向下与胫骨通过冠状韧带相连,同时附着于内侧副韧带的深层纤维,与关节囊紧密相连(图3-39)。因此活动性小、附着点相对稳定牢固,可增强膝关节稳定性。此外,内侧半月板后角呈楔形,与限制胫骨的过度前移及旋转的前交叉韧带呈协同作用,在前交叉韧带(ACL)失效后,将承担更大的应力,从而引起撕裂损伤。外侧半月板形似O形,中部宽阔,前、后部较窄,前角附着于ACL止点后外侧;后角紧附于外侧髁间嵴之后,内侧半月板附着处之前,分出半月板股骨韧带;与关节囊之间隔有腘肌腱,附着薄而松散,与外侧副韧带不相连,故而活动度较大。外侧半月板的后根紧靠

ACL后外侧束的后方,在膝关节后外侧不稳定时具有控制旋转稳定的功能,因此高度轴移的ACL损伤常与其合并发生。半月板损伤常发生在扭转外力引起的急性损伤,尤其在膝关节内旋或外旋时同时屈伸最易发生,或因关节不稳、慢性劳损引起的慢性损伤。此外,半月板及有关结构的发育异常,如盘状半月板或膝内翻畸形,更容易引起损伤。

熊昌源教授在临床中总结提出,半月板损伤早期,不合并软骨退变时,进行"三联法"保守治疗,通过正压和外翻侧压腿锻炼、抗阻伸膝、不负重屈伸等锻炼,增强膝关节周围肌肉力量以及关节稳定性,配合中药熏洗,可以有效地促进损伤半月板的修复,膝关节功能活动有望达到日常生活需求,大部分患者是可以避免手术创伤的。

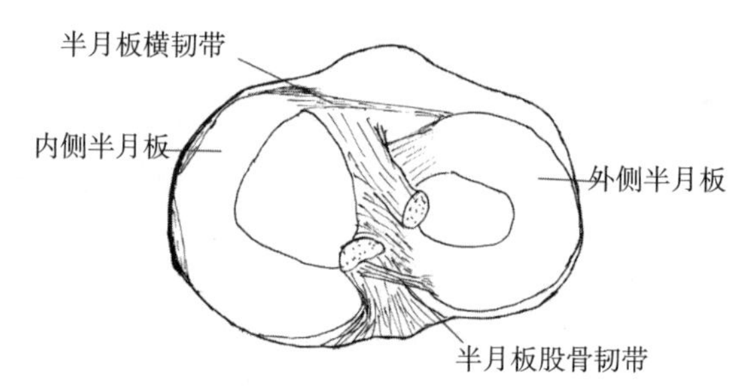

图3-39　半月板解剖

五、膝关节交叉韧带损伤

膝关节交叉韧带包括前交叉韧带(ACL)和后交叉韧带(PCL)。ACL是限制胫骨前移的主要结构,与外侧半月板前角相连,分为前内束和后外束,起于胫骨平台内侧髁间嵴的前方凹陷处,呈扇形走行,止于股骨外侧髁内面的后部,其胫骨附着点处较股骨侧宽大,故股骨附着点的损伤更为常见。内侧半月板后角较为宽厚,可辅助ACL限制胫骨的过度前移及旋转,且其前根位于髁间嵴前方胫骨前斜坡位置,因此ACL损伤时应力传导至半月板,常伴随内侧半月板损伤。

PCL是限制胫骨后移的主要结构,其全层位于膝关节内,属滑膜外韧带,主要维持膝关节屈曲位后稳定,抗损伤强度大,起于股骨内髁外侧壁,止于胫骨髁间嵴后缘,附着于斜坡结构(图3-40)。后交叉韧带损伤常见于车祸外伤,如仪表盘损伤,胫骨前方受到直接暴力或过屈过伸,多合并内或外侧副韧带损伤。

熊昌源教授在临床中提出,膝关节交叉韧带是膝关节的重要静力稳定装置,当受到损伤后就会引起膝关节的不稳,常常需要手术重建稳定装置。若非专业体育运动人员或基础疾病较多的患者,也可采取保守治疗,早期在佩戴支具的情况下，配合股四头肌练功锻炼，以增强动力稳定装置的力量来作为代偿，最终达到恢复关节功能活动以满足日常生活的需求。

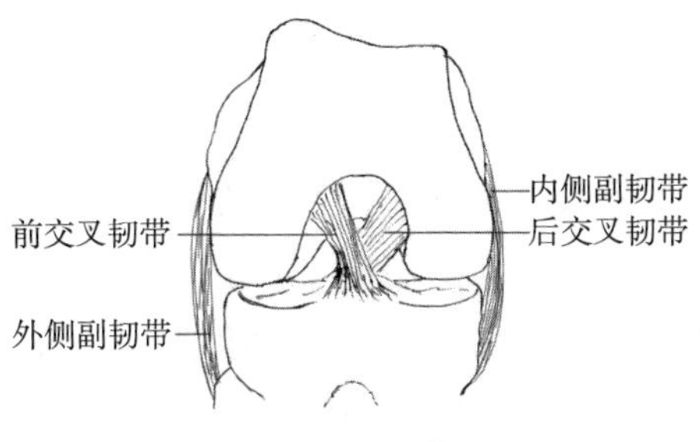

图3-40 交叉韧带解剖

六、鹅足滑囊炎

鹅足滑囊位于缝匠肌、股薄肌及半腱肌的联合止点与内侧副韧带之间，常由局部外伤或劳损引发无菌性炎症。生理情况下，滑囊未扩张，鹅足腱滑囊不显示，3块肌腱不易区分。缝匠肌位于浅层，走行于大腿前侧，起自髂前上棘，止于胫骨结节内侧。股薄肌位于最内侧，鹅足肌的三角中心，走行于大腿内侧，起自耻骨联合，止于胫骨结节内侧。半腱肌位于浅层，走行于大腿后内侧，起自坐骨结节，止于胫骨结节内侧(图3-41)。

熊昌源教授在临床中提出，鹅足具有特殊结构——滑囊，生理状态下滑囊可有效帮助肌肉和肌腱在反复运动的区域得到润滑。但因局部反复小创伤可出现膝关节内侧疼痛或局部出现肿块，需要与膝骨性关节炎、内侧半月板损伤、内侧副韧带损伤等鉴别。

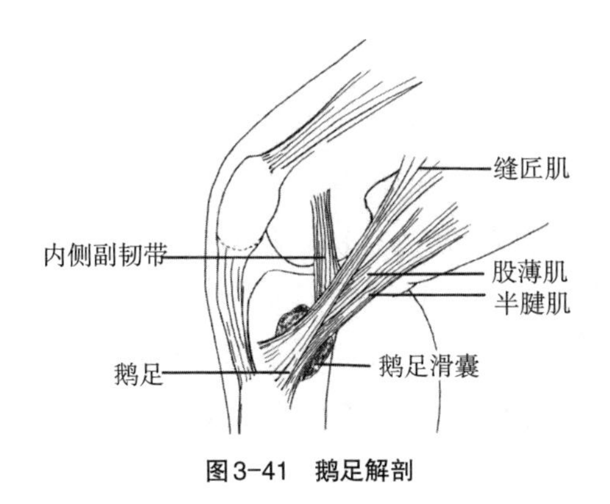

图3-41 鹅足解剖

第十节　足踝部常见病的实用解剖

一、踝关节扭伤

踝关节是人体负重最大的关节。踝关节的韧带结构包括两个韧带复合体，分别为下胫腓复合体及内外副韧带系统。踝关节扭伤是指因行走不慎或足部受力不均而引起踝关节内翻或外翻，导致出现以踝关节肿胀、疼痛、活动受限为主要表现形式的一种损伤。熊昌源教授指出踝关节扭伤尤以内翻位损伤居多，主要累及距腓前韧带和跟腓韧带。两者均位于踝关节外侧，距腓前韧带起于外踝前缘，向前内方，止于距骨外踝关节面及距骨颈的外侧面；跟腓韧带起自外踝尖，向后下方，止于跟骨外侧面中部(图3-42)。外翻位扭伤时因内侧三角韧带具有强大的内侧支持结构，故损伤常出现内踝尖撕脱性骨折。

三角韧带上起自内踝的尖部及前后缘，呈扇形向下止于跗骨。由于附着部不同，分为以下4部分：位于后部的胫距后韧带、位于中部的跟胫韧带、位于前部的胫舟韧带、位于胫舟韧带内侧的距胫前韧带。

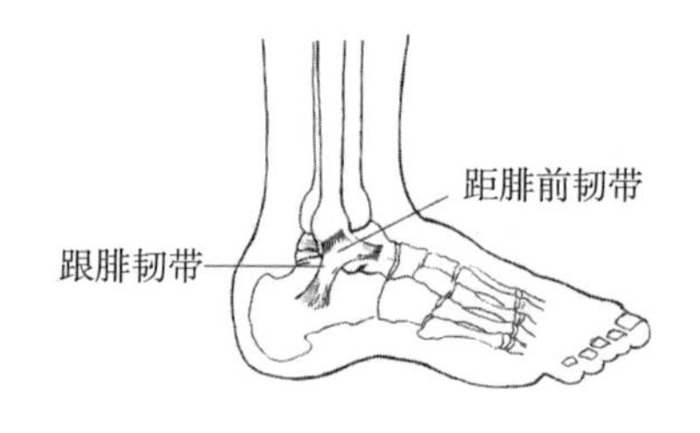

图3-42　踝关节韧带解剖

二、踝关节骨折

踝关节的骨性结构分为内踝、外踝、后踝及距骨。内踝是胫骨远端膨大向内下方突出的部分，内踝关节面是由有软骨附着的外侧面形成；外踝是腓骨远端稍膨大的部分；胫骨下端后缘稍向后突构成后踝，因下胫腓后韧带的存在而加深，限制距骨在踝穴内后移；距骨共有6个关节面，由头颈体三部分组成，其颈部供营养血管进出，有骨膜附着，体部位于踝穴内，两侧关节面分别与内外踝构成关节，马鞍形顶与胫骨平台构成的关节参与踝关节的组成(图3-43)。

熊昌源教授认为踝关节骨折应逆损伤机制复位固定，例如旋后－内收型骨折，足在损伤时呈内翻位，外踝受到牵拉，常出现外侧副韧带损伤或外踝骨折，复位固定时需外翻位，避免外侧结构受到二次牵拉。

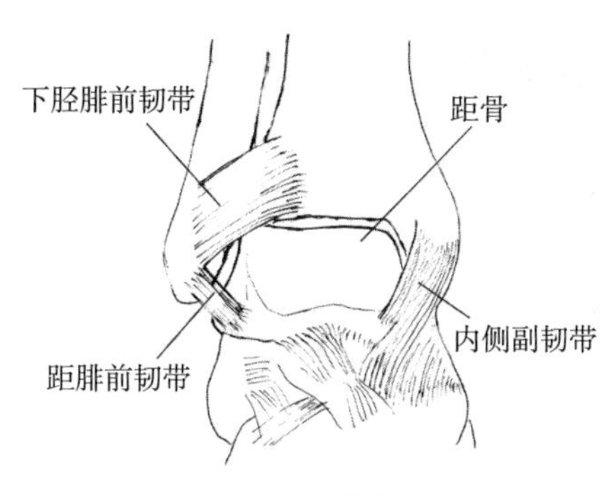

图3-43　踝关节解剖

三、跟痛症

跟痛症是指由多种慢性疾病所致的跟骨跖面疼痛，常见的病因有足跟脂肪垫炎症或萎缩、足跟滑囊炎、跟骨骨刺、跖筋膜炎。不同病因引起的跟痛症压痛点亦有不同，由脂肪垫炎症或萎缩引起，压痛点局限于足跟负重区偏内侧；由足跟滑囊炎引起，压痛点局限于足跟内侧结节下；由跖筋膜炎引起，早期压痛点局限于跖筋膜的附着点，后期可出现整个跖筋膜附着区域疼痛。

跖腱膜起于跟骨前内侧面，呈扇形展开，是一层较厚的纤维腱膜，位于足跖面，分为3束，分别是外侧束、中央束和内侧束，延伸至跖趾关节处分为5束，止于近节趾骨基底部。跖筋膜通过腱膜与后上方的跟腱相连续，组成跟腱—跟骨—跖筋膜复合体。跖筋膜和骨间韧带组成支撑内侧纵弓的软组织结构，和骨性结构共同维持足弓（图3-44）。临床中发现多数老年患者因韧带松弛导致足弓塌陷，足底受力不均，足内侧压力较大。熊昌源教授建议患者着硅胶足弓鞋垫，以维持足弓形态，平衡足部受力。此外，熊昌源教授提出，跟痛症的真正原因并不是骨刺，而是由跖筋膜附着处的慢性炎症引起的。用敲打疗法治疗跖筋膜炎，敲打痛点周围，宣通气血，减轻疼痛。

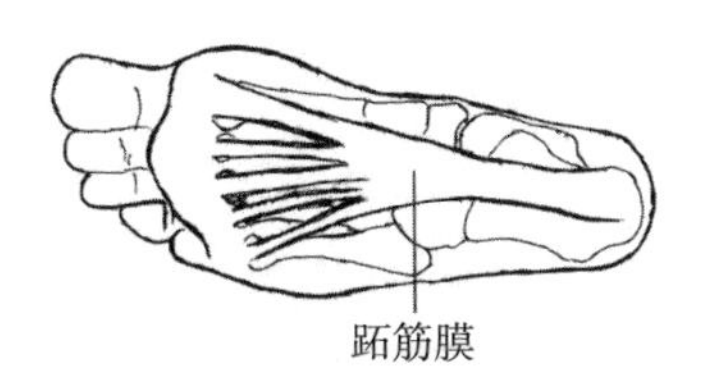

图3-44　跖筋膜解剖

第四章　诊 疗 要 领

第一节　骨 伤 诊 法

骨伤科疾病接诊的第一步，就是明确诊断，熊昌源教授常说，我们骨伤科医生同样要在严格的诊病辨证的基础上才能达到准确论治。如何明确诊断？这就需要我们骨伤科医生在熟练地掌握骨伤科基础知识的基础上，通过灵活运用骨伤科诊法，对骨伤科疾病作出一个快速、准确的判断，从而能够指导下一步治疗和康复的进行。

在教学与临床实践中，他经常谆谆告诫我们，中医骨伤科的诊法不外乎望、闻、问、切、量，但具体之中又极具骨伤科之特色。临床上各种诊法合参，便能让我们对所接诊的患者的疾病有一个全面的认识，这是一个合格的骨伤科医师必须具备的基础知识和素养。

一、望诊

望诊是骨伤科诊查的第一步，当我们从第一面见到患者，望诊便开始了。骨伤科的望诊，除其他各科同样的望查患者的全身情况，如神色、姿态、舌象及分泌物外，还应特别注意审察患者的步态、脊柱及肢体形态、损伤局部及其邻近部位的情况。通过望全身和局部、望形态和肿创等，便可初步确定损伤的部位、性质和轻重。其中排在首位的，是对患者的全面细致诊察。《伤科补要·跌打损伤内治证》中就明确指出："凡视重伤，先解开衣服，遍观伤之轻重。"这也是熊昌源教授在临床工作中反复告诫学生的重要经验和原则，即接诊重伤或多发伤患者时，第一要务便是褪去患者衣物，方便全面仔细地诊察，避免漏诊。熊昌源教授说，望诊说起来简单，做起来力求全面细致却难。除上述基本要素外，检查的顺序也很重要，务必做到先全身后局部、先患侧后健侧，兼顾双侧比对，着重诊查患侧。

(一)望神色,察言观色知病情

人体生命活动的主宰及其外在总体表现的统称,中国传统医学谓之“神”。人体五脏功能的协调,精、气血、津液的贮藏与输布,情志活动的调畅等,都必须依赖于神的统帅和调控。《素问·八正神明论》说:“血气者,人之神。”按传统中医学理论来说,人体的神所依赖的物质基础就是人体中最基础的精、气血、津液,反之人体的精、气血、津液的荣盛衰弱可通过神外在表现出来,望之,医者便可初步诊察患者病情。熊昌源教授强调说,神色之重要,望其晦明得失往往可断人生死。

曾有一青壮年患者因足部枪击伤由熊昌源教授接诊的案例。初诊时患者家属代诉其右侧足拇趾枪击离断伤,打开外包敷料局部骨骼及软组织损伤严重,肌腱骨质外露,但未见活动性出血,出血量却不多。望诊患者见其神志不清,呼之不应,面色晄白,口唇苍白,遍身汗出。熊昌源教授分析,《素问·移精变气论》中说“得神者昌,失神者亡”,即说明神的存亡关系着生死之根本,望其神就可判断人体正气的盛衰和损伤过程的转化情况。此患者局部枪伤出血,虽创伤严重,但出血量却不多,更不至于出现全身性衰亡征象,现在望患者神色却见其有气血大衰、精气逸散之象,疑问颇多。遂立即解开患者全身衣物,见患者左侧背部亦存在枪伤,内外贯通并出血严重,确认为全身多发伤导致的大出血。之后该患者虽经积极抢救,仍病重不治。

熊昌源教授总结说,望神色之经验,若人体精充神清、气色不变,是正气未伤,其病轻;若望之其精神萎靡、神色晦暗,则提示正气已伤,病情较重;若损伤后其出现神志不清、神昏谵语、面色苍白、汗出如油、目暗睛迷、四肢厥冷、瞳孔散大或缩小等诸多症候者,病属危重,预后差,恐伤重难以回天。

(二)望形态,身歪肢跛见真章

骨伤科病中,脊柱或肢体的损伤通常可伴有一定程度上的人体形态的改变。严重的骨折、脱位等损伤,脊柱或肢体往往出现明显的形态上的畸形,望之即能见真章。《素问·脉要精微论篇第十七》中说:“腰者,肾之府,转摇不能,肾将惫矣。膝者,筋之府,屈伸不能,行则偻附,筋将惫矣。骨者,髓之府,不能久立,行则振掉,骨将惫矣。”因此注意观察患者的形体姿态,身体歪斜,或肢体僵硬跛行,或局部畸形等,便可初步了解损伤的部位和病情的性质及轻重。

熊昌源教授指导说,临床骨伤科常可见诸多外在姿态异常明显的就诊患者,一望之下便可初步断病，其后辅助其他检查资料，往往其效如神。如颈部扭伤或颈椎小关节紊乱时，颈部常偏向一侧，俯仰转侧不能；锁骨骨折患者，多以健侧的手托扶患肢并有时伴歪头耸肩姿态；肩关节脱位的方肩畸形(图4-1)；膝踝关节损伤则常出现跛行等行走步态异常等，都是临床上非常常见骨伤科伴有形态姿势改变的疾病。熊昌源教授临床接诊中常遇到患者自诉手指麻木日久，在多家医院以颈椎病神经根受压予以诊治，疗效不佳，其患者来时，熊昌源教授往往嘱患者伸出双手，对比双侧手指筋肉及大鱼际的丰满程度，望之可发现患手多存在手指及大鱼际的筋肉欠饱满，皮肉干瘪之外貌，同时配合腕掌部叩击及压腕试验，可明确诊断为腕管综合征，之后切中病所施以治疗，收效显著。熊昌源教授提醒说，临床上我们除了通过望诊肢体的形态外在，还应进一步检查各关节活动的方向是否正常等，为了精确掌握患者病损的情况，往往还需结合医者给予被动活动如结合“量”“比”“摸”等诊法的综合运用，这将在后续章节中进一步叙述。

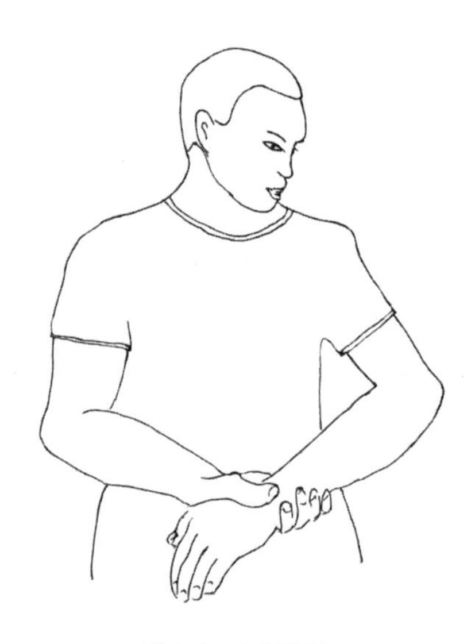

图4-1　方肩畸形

（三）望肿色，见微知著明病位

《杂病源流犀烛·跌扑闪挫源流》也说：“夫至气滞血瘀则作肿作痛，诸变百出……其损之患必由外侵内，而经络脏腑并与俱伤。”这说明损伤加之于人体，必伤及人体的气血营卫，导致损伤人体局部或全身性的气滞而血瘀，其病由外而内，经络脏腑常同时合并有损伤。熊昌源教授指出，患者来就诊，望其局部有瘀血留滞于肌表而成肿胀、瘀斑青紫之色变，则病损之位大体已定。临症时，轻伤者常肿胀较轻，皮肤稍有青紫或无青紫；而肿胀较重，瘀斑青紫明显者，则常病患有骨折、脱位或筋伤。按损伤时间来区分，新鲜损伤者瘀肿较甚，肤色青紫且深；陈旧损伤者瘀肿逐渐减轻，青紫渐退，肤色或同常人。

这方面熊昌源教授常提到一例曾接诊过的主诉膝关节疼痛的患者，给其留下了深刻印象。其人就医时，主诉膝关节肿痛不适，于膝关节局部外用药物及理疗均收效甚微，多方辗转后来熊昌源教授门诊就医。熊昌源教授询问患者病情后嘱患者平卧脱下长裤，暴露整个患侧臀部及下肢，望之见其臀部、髋部外侧至膝部皮下肿胀青紫明显，再次详细询问受伤经过，患者近期存在臀部摔伤病史。熊昌源教授分析说，此例患者主诉膝痛却病位不在膝，臀部外伤却出现由臀部开始皮下肿胀青紫蔓延至膝，实为臀部外伤后局部肌肉筋膜等软组织损伤出血，离经之血于皮下渗漏下行至膝，从而引发膝部肿痛不适。由此告诫我们临床诊查中须详细查体及问诊，必要时嘱患者解除衣物详细查体后方可明晓病位。

（四）望创口，寒热阴阳晓预后

骨伤科病中常可见各种局部创口，无论是患者金疮外伤时所造成的创口，还是手术切口，均是骨伤科临床上常要面对的特殊观察对象之一。如《圣济总录·金疮门》所说："金刃所伤者深……外观其形，若血出不可止，前赤后黑，或黄或白，肌肉腐臭，寒冷靳急者，其疮虽愈亦死。"骨伤科医师亦需掌握观察创口的各种变化指征，因其也往往决定着整体疾病的预后好坏。

熊昌源教授谈望诊创口的经验时讲，对骨折筋伤而伴有开放性伤口者，在诊查之时须注意创口的大小、深浅，创缘是否整齐，创口污染程度，其色鲜红还是暗紫，有无活动性出血以及量多量少等情况。而对已罹患感染的创口，还应注意引流是否通畅、肉芽组织和脓液性状。熊昌源教授辨证分析创口多以八纲为本，按中医传统八纲辨证，若见创口所分泌的脓液稠厚，为阳证、热证；若脓液清稀则为阴证、寒证。多年来熊昌源教授采用中西医结合的方法治疗了多例创口难收、窦道反复破溃的病例，均收效显著。其中一例疮疡难愈患者为熊昌源教授在临床教学中多次提及。该例患者小腿外伤后创口经久不愈，每于外院清创换药，费力耗时甚多，却均无法确切收敛创口，反复破溃渗液，缠绵日久。其人前来就诊时，熊昌源教授打开创口见其位于小腿下段内侧，深达骨面，周围无红肿发热，渗液清稀，肉芽鲜嫩色红，结合舌脉，辨证为正气未虚，邪热内蕴，治之以清热解毒、扶正祛邪之方药，配合创口局部换药，不日创口即愈合收敛，其效如神，后续随访多次均未见创口复溃。

《三因极一病证方论·附骨疽证治》提到："附骨疽……亦能作脓，着骨而生，及其腐溃，碎骨出尽方愈。"就是论述了通过望诊观察筋骨坏疽创口的形态来分析、确定治疗方案，并明确其预后好恶。

（五）望其舌，观质看苔察病性

望舌是传统中医四诊中望诊的重要组成部分，在骨伤科临床综合诊病辨证中同样占据一席之地，是我们区别且先进于西方医学的独到之处。《辨舌指南·辨舌总论》中说："辨舌质，可诀五脏之虚实，视舌苔，可察六淫之浅深。"人体气血之盛衰，脏腑的荣亏，病性之寒热虚实，邪气深浅消长等变化，均可借望诊舌质舌苔上而得到信息。传统的望舌可分为望舌质和望舌苔，两者一体两面，既有密切的关系又各有侧重。

舌苔的变化，可鉴别疾病之表里，以其过多或过少，可标志正邪两方的虚实对抗过程，从而窥探病邪的性质和病位的深浅，舌苔的厚薄反映了正邪之气的盛衰变化，从舌苔的消长和转化也可推测病情的发展趋势。熊昌源教授总结前人经验，分析临床所见，若患者见苔薄色白，表示寒邪初起在表，或筋骨损伤后复感风寒；苔白如积粉为创伤感染、热毒内蕴；若舌光无苔如镜面，表示阴虚胃津不足，这在老年人髋部骨折患者较为常见。舌苔的白、黄、灰、黑等之色泽变化标志着人体内部寒热及病邪发生变化。例如创伤严重者常见舌苔色黄，提示瘀血化热入里，为热证；若舌苔由色黄转为灰黑，则表示病邪较盛，多见于严重创伤感染或伴有高热或亡津等。若骨伤科疾病者创伤较重者，其舌紫绛而干且伴有发热，表示热邪深重，入营血分，灼耗津血；若筋骨伤病所见舌质青紫，表示瘀血凝滞，气血液运行行不畅；若全舌青紫，表示瘀血凝滞较重；青紫滑润者，表示寒凝气滞。若患者舌质淡白而舌体胖大边有齿痕者，多为创伤耗损气血导致机体气血虚衰或阳气不振的虚寒证，临床上骨盆及股骨干骨折等易造成大量失血而并发失血性休克者多见此类舌象。

二、闻诊

闻诊主要包括听声音和嗅气味两方面，《难经》曰："闻而知之者，闻其五音，以别其病。"骨伤科的临证中，最多的是听声音，而嗅气味应用面较小，多用作对某些伤口和分泌物的闻诊上。其中有"哑骨科"——小儿骨科这一特例，于闻诊中最考验医师功力。

（一）闻语音，响亮喑哑通病性

健康人语音洪亮、柔和而有力，代表其人元气充沛，身强体壮。于骨伤科病患来说，语高音亢且气粗者，为阳证、实证、热证，多见于创伤较重，或创口感染之患者；语低音弱不能接续者，为阴证、虚证、寒证，多见于气血不足之患者。临床上闻诊于望诊之后展开，通常一闻便可知病性，不渝藩篱。

熊昌源教授分析说，其中病重者，可见病患者语无伦次、妄言谵语、詈骂不避亲疏远近，为脑部创伤，或全身多处创伤较重导致的神躁志乱、精神失常，乃瘀闭清窍、扰乱神明所致；亦有病患言语声音低微，时断时续，提示创伤较重或病患日久，人体元气大损，营血耗伤。严重的胸部损伤，语音低微需耳语方可闻，多为多发性严重的肋骨骨折合并血气胸的表现。

骨伤科就诊人群中又有一类特殊人群——小儿”。小儿常无法准确诉说病情伤处，问诊不通，家属亦无法提供可靠的病史，为小儿骨科的常规诊疗应用造成了一定的不便。此时闻听患儿的啼哭叫声便是一种可帮助医者辨别其是否受伤及判断受伤部位的有效闻诊方法。熊昌源教授临床中接诊小儿亦多，同样有其独到的见解。诊查患儿时，若摸到其患肢的某一部位，小儿啼哭或哭声加剧，则往往提示该处可能有损伤，此时需针对性加强对该部位的检查处置。如临床最多见的小儿骨科疾病——桡骨头半脱位，熊昌源教授为我们讲授小儿骨伤时多举此例。患儿就诊时通常无法有效交代病情，仅能指出患侧肘部疼痛或哭闹无休，询问家长常有牵拉上肢的伤病史，医者去诱导患儿抬举患侧上肢则不能动，屈伸患肘时患儿又护痛明显。此时虽可凭借临床经验快速作出诊断并手法整复，但熊昌源教授强调，若遇较为复杂顽固的脱位亦不可忽略双侧对比拍摄双侧肘关节X线片或患侧CT检查辅助诊断及明确复位效果。通常此病复位后须嘱咐诱导患儿再次抬举双侧上肢，患侧抬举如常则为复位显效。

（二）闻骨音，骨折错位可占验

骨伤科闻诊中区别于其他专科的特异闻诊之处便在于闻听筋骨关节的特殊声音，有骨擦音、骨传导音、关节入臼音、筋骨弹响声等诸多类别。其中骨擦音、骨传导音是临证诊断骨折的必要性体征。《伤科大成·接骨入骱骨之小笋也用手巧法》说：“有皮肉不破而骨断者，动则辘辘有声……或碎骨在肉内者，动则淅淅之声。”说明骨折后不同的骨擦音是诊断骨折和辨别不同类型骨折的重要方法。

但临床上切记不可强行追求闻其声，因其出现必会导致患者痛苦加重。

而对于某些特殊部位或某些不易发现的长骨骨折如股骨颈骨折等，闻听骨传导音是避免漏诊的有效方法。检查时将听诊器置于伤肢近端的适当部位，或置于耻骨联合部上，或放在伤肢近端的骨突起部上，用手指或叩诊锤轻轻叩击远端骨突起部，可听到骨传导音。骨传导音减弱或消失说明骨的连续性中断。熊昌源教授提醒说，行此检查时应注意双侧对比，且检查时伤肢应不附有外固定物，且患肢应与健侧位置对称，叩击时用力大小也应相同。

《圣济总录·伤折门》曰："凡坠堕颠仆，骨节闪脱，不得入臼，遂致磋跌者，急须以手揣搦，复还枢纽。"关节脱位复位时，常可听到"咯噔"的低沉钝性的入臼声，这是明确复位成功的标志。闻听此响声后，应立刻停止拔伸牵拉，以免局部肌肉韧带及关节囊等周围软组织被牵拉太过而增加损伤。

（三）闻气味，寒热荣衰辨进退

患者的二便、痰液、口鼻之气、创口分泌物之类，为骨伤科闻气味之重点关注对象。其有恶臭者，多属湿热或热毒炽盛，于骨伤科中常见于创口感染，亦为骨伤科中最多见异常气味之病症，其病难治难愈。临床应对时医师须提高警惕，因其病程多缠绵反复，治疗繁复，预后差者不在少数，是纠纷好发之地。另外在骨伤科伤病中若见创伤伴有开放性伤口，且其伤口有异常恶臭者，为并发气性坏疽之征象，其病情进展迅速，预后多差，严重时患者可合并高热不退，药石难治，甚至出现死亡危象。

（四）知特异，以常达变心莫慌

骨伤科临床中于部分筋伤或关节病在检查时闻听特殊的摩擦音或弹响声。熟知并掌握常见下面几种特异声音，临阵时方可做到心中有数，处变不惊。

触摸活动关节时有时可听到"关节摩擦音"，其音粗糙多发生在骨性关节炎或创伤性关节炎等病。若摩擦感应手明显，甚至声响可闻则谓之弹响声。如髋关节伸屈活动时出现的弹响声，为阔筋膜在股骨大粗隆处前后滑动摩擦所致，亦称弹响髋，多见于先天发育异常或后天臀部肌肉注射失当所致，现代注射技术进步及产检养胎技术发展后此病发生逐渐减少。另一临床常见病即屈指肌腱鞘炎，跟随熊昌源教授出门诊时多见此类患者，其人不分工作种类、不分年龄段均有发生。其病在屈伸指时可常伴见弹响声，触摸时应指亦较为明显。它的病理改变为屈指肌腱慢性劳损，致使局部屈指肌腱鞘肥厚增生，掌指关节伸屈活动时肌腱与滑车滑动摩擦产生的声响,也称作弹响指。

三、问 诊

问诊是通过与病患或家属的问答来获取诊断疾病的信息的诊查方法,在四诊中同样占有很重要的位置。问诊一向被历代医家所重视,明代张景岳就指出,问诊乃是“诊治之要领,临证之首务”,更创作《十问歌》指明问诊之重要性。骨伤科问诊除既往病史及诊断学中“十问”的内容外,还应重点询问以下几个方面。

(一)问三问,骨伤骨病初明确

病患前来就诊的主要原因即为主诉,是其所陈述的最主要症状及其持续时间,往往是患者最痛苦和最需要解决的问题。熊昌源教授讲述说,骨伤科患者的主诉主要集中在3个方面,即疼痛、畸形(包括错位、挛缩、肿物)、肢体运动功能障碍情况,加上受伤时间共同构成主诉,因而于问诊时需加以侧重详问,也就是骨伤科“三问”。综合疼痛、功能障碍情况及病发时间,即可在骨伤科诊疗中获得第一手的临床诊断资料,初步明确骨伤骨病的基本情况。

骨伤科接诊病患时,疼痛往往是患者的首要就诊原因,要详细询问疼痛起始时间、部位、性质、程度,总结分析受伤机制及原因。总结熊昌源教授临床诊疗经验,一般痛轻伤亦轻,疼痛剧烈则损伤亦重。应问清患者疼痛的性质,是剧痛、酸胀痛、刺痛或其他种类;疼痛是持续还是间歇发作;痛点固定还是游走不定,有无放射走窜;有无与气候变化、劳累休息等相关。如伴有肿胀,还应详细询问肿胀出现的时间、部位、范围、程度以及与疼痛的关系。如有包块肿物,也应问其出现的时间,有无疼痛,是否进行性增大或缩小等情况,初步诊断后评估是暂时继续观察抑或是否可考虑手术切除之。

熊昌源教授强调,详细了解伤后躯干肢体功能障碍及变化情况,是分析病情,确定治疗的基础。若有功能障碍,应问明是受伤后立即发生,还是受伤后经过一段时间才发生。一般骨折、脱位的功能障碍多立即发生;骨病所导致的肢体功能受到影响则往往是得病后经过一段时间才会出现。如果病情许可,应在询问的同时由患者做出动作以显示其肢体的功能。临床常见的伴有躯干肢体功能障碍的疾病很多,如腰椎管狭窄症患者常有间歇性跛行状况,肱骨中下1/3骨折伴有桡神经损伤者通常伴有虎口区域的麻木及拇指背伸受限。

骨伤科中问损伤时间的长短,可以判断是急性还是慢性损伤,是骨伤科中选定治疗方案及判断预后的重要指标。临床上多以损伤后2周为界限,2周以内多称新鲜性损伤,多易治疗易康复,预后尚可;超过2周者称为陈伤旧伤,治疗复位多较困难,预后不佳,于筋骨外伤时严重失治者甚至遗留肢体残疾。如无明显的外伤而渐进性发病者,多为慢性劳损或疲劳性骨折,其治疗常阶段性进行,反复发作,难以根治。对于筋骨伤病伴有开放性创口者,病发时间也是决定治疗方案的重要因素。通常8h内可选择一期缝合创口,超过8h暂不关闭创口,待病情稳定后,二期再行进一步处置。

(二)问病因,机制预后了于心

骨伤科受伤原因及机制对分析损伤的形成、判断分型、预估预后有着十分重要的作用,询问病患受伤的原因往往就能对其机制作出分析,从而对上述因素作出大致定论。所以熊昌源教授常在临床上提醒我们临证时应详细询问患者受伤的原因。现实中,骨伤科伤病的原因也很复杂,有跌倒、扭挫、砸撞、机械绞轧之分;有直接暴力和间接暴力之分;有急性损伤和慢性劳损或感染之分。南宋陈言的《三因极一病证方论·三因论》中说:“六淫,天之常气,冒之则先自经络流入……或乃至虎狼毒虫,金疮倭折,踒折,疰忤附着。”可见骨伤科伤病的病因之复杂,内外皆可成因。一般生活性损伤,外力单纯,伤情也较轻;工程及交通事故等,外力复杂,损伤往往也较重,常为复合性、多发性损伤等,治疗困难,预后欠佳。

(三)问姿势,损伤性质便知晓

熊昌源教授教导说,损伤时的体位、姿势及外力作用方向等与损伤的性质、程度密切相关。因此,询问患者受伤时的姿势有助于对损伤部位及性质的判断。如从高处坠落时足跟着地,多可引起直接性跟骨骨折或间接性脊柱或骨盆骨折;询问踝关节损伤时足的位置及踝关节内翻或外翻姿态,可判定骨折损伤的分型并制定进一步的手法和固定方案;腕关节摔伤时手掌撑地(图4-2)或手背着地(图4-3)可导致不同类型的骨折,如科雷氏骨折或史密斯骨折,不同类型的骨折采用的中医整复手法及西医手术固定方案也有差异。熊昌源教授提到凡此种种,多与受伤时的姿势和部位有着直接或间接的关系,问诊时须多加留意,常可因此直切病所。

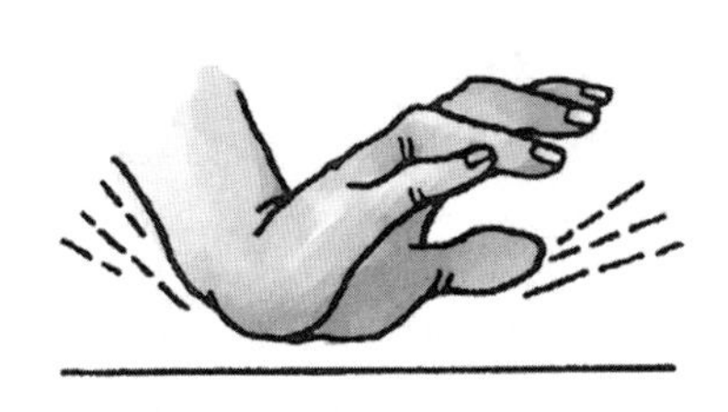

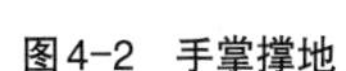

图4-2　手掌撑地

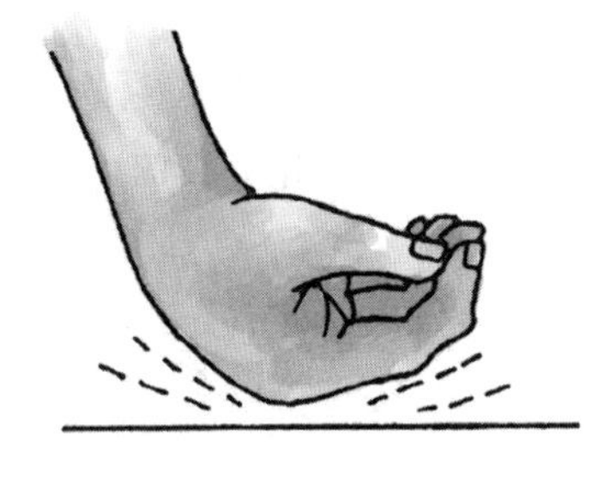

图4-3　手背着地

（四）全面问，综合分析勿错漏

除上述问诊的主要方面外，患者的过去史、个人史及家族史，包括既往的用药史、药敏史、手术外伤史等，亦需详细询问并记录在册，通过详细收集患者基本情况，综合分析，方便制定更加优良的利于骨伤科伤病的治疗及康复方案。

四、切诊

切诊于骨伤科诊查过程中也是应用广泛的诊法，在骨伤科的切诊中，包括脉诊和摸诊两方面。《正体类要·序文》中说："岂可纯任手法，而不求之脉理，审其虚实，以施补泻哉。"明确指出了切脉的重要性。通过切脉，医者可掌握人体内部气血、虚实、寒热等病变，为后续的总体辨证施治提供参考资料；摸诊可用于鉴别外伤的轻重、深浅和性质的不同，且可通过主动或被动的活动患者肢体躯干，判断疾病的损伤程度。熊昌源教授在临床教学中反复告诫学生，骨伤科医师需勤动手，而不只是看影像报告。通过动手的过程，不光是可以与患者产生肢体接触促使患者身心放松，同样也是我们切脉摸体获得第一手患者病情资料的过程。

（一）按脉搏，循指切诊明阴阳

《四诊抉微》载："滑伯仁曰，提纲之要，不出浮沉迟数滑涩之六脉，夫所谓不出六者。亦为其足统表里阴阳虚实，冷热风寒湿燥，脏腑血气之病也。"故骨伤科脉诊中有以浮脉、沉脉、迟脉、数脉、滑脉、涩脉六脉为纲的说法。结合其他脉象，医师就可从脉位、脉律、脉形方面切脉辨别患者机体阴阳寒热之变化，方便后续遣方用药。骨伤科切脉与中医内科等其他各科之切脉大体相同，但对于一般性损伤切脉则无明显变化。

中医历代名家对伤科脉诊均有精湛的论述。如《素问·脉要精微论》说："肝脉搏坚而长，色不青，当病坠若搏，因血在胁下，令人喘逆。”即胸胁损伤，脉弦紧者，为瘀血凝滞。《脉经·诊百病死生决第七》曰：“从高倾扑，内有血，腹胀满，其脉坚强者生，小弱者死。”又曰：“金疮出血太多，其脉虚细者生，数实大者死。”这指出脉证相符者为顺症易治，反者为逆证难治。

熊昌源教授总结中医骨伤科的脉法纲要，主要归纳为以下几点。

（1）瘀血停积者多系实证，其脉宜坚强而实，不宜虚细而涩；洪大者顺，沉细者逆。

（2）失血过多系虚证，其脉宜虚细而涩，不宜坚强而实；故沉小者顺，洪大者逆。

（3）六脉模糊者，证虽轻，而预后差。

（4）外证虽重，而脉来缓和有神者，预后较好。

（5）在重伤痛极时，脉多弦紧，偶然出现结代脉，系疼痛而引起的暂时脉象，并非恶候。

熊昌源教授分析说，骨伤科诊病虽因于伤而又不限于伤，病患自身机体阴阳寒热虚实的基础条件，也同样是制订确切治疗方案的重要参考条件之一，这就需要我们在切脉摸诊时详细分辨，综合眼下发生的伤情与患者既往的身体底子统一分析。临床上伤情较重者创伤感染可见脉数；严重感染邪热炽盛可见脉象洪数；创伤内出血脉率增快，同时血压下降；创伤出血过多出现休克危及生命，可见芤脉或细脉；各种损伤剧烈疼痛时多见弦脉，原有心脑血管疾患的创伤患者脉多弦紧而有力；若内伤气血而致久病体弱，肝肾气衰者脉沉细。浮脉在新伤瘀肿，疼痛剧烈或兼有风寒表证时多见；若是严重失血及慢性劳损患者，切出浮脉时则说明正气不足，虚象严重。损伤后期病患常有气血不足，若感寒邪，则切其脉见迟而无力。滑脉多见于胸部挫伤时血实气壅。涩脉多主气滞、血瘀、精血不足之证，筋骨伤病后血亏津少，不能濡润经络之虚证及气滞血瘀的实证多见。

（二）只手摸，心会意辨知病痛

《医宗金鉴·正骨心法要旨》将摸法列为八法之首，又名动诊，是骨伤科临床诊病中常用的手法检查，同时也是骨伤科首要和最重要的治疗方法。其义即所谓的“以手扪之，自悉其情”，又是“手摸心会”之意义所在。熊昌源教授在临床中指导我们从事骨伤科工作时指出，摸法不仅仅局限于诊查方法，同样也是骨伤科最常用的实操治疗手法。《仙授理伤续断秘方》指出：“凡损伤处，只需揣摸，骨头平正不平正便可见。”也是说明医者用手法检查来了解损伤、复位和愈合情况。医者通过双手对损伤局部的认真触摸，发现客观体征，可帮助医者了解损伤的性质,有无骨折或脱位、骨错筋伤等客观情况。摸诊时所须遵循的主要原则,即按序、全面、对比。

骨伤科摸诊的主要内容包括摸畸形、摸肿胀肿块、摸患处压痛处、摸肤温感觉、摸肢体的异常活动等。其中肿痛畸形往往是外伤严重导致骨折筋伤及脱位时最直观典型的表现。如肩关节脱位之关节盂空虚感、膝关节周围严重骨折时的浮膝征等,都是畸形比较明显的骨伤科疾患。中医所说气伤痛、形伤肿,一般新伤肿胀较快;若伤处肿大而硬者,为瘀血停聚,若病位在关节处,尚须进一步抽排;若肿大而软有捻发感者,乃皮肉腠理间有邪气聚积,应进一步查明原因。压痛的范围通常也与损伤的性质及严重程度成正比(图4-4)。

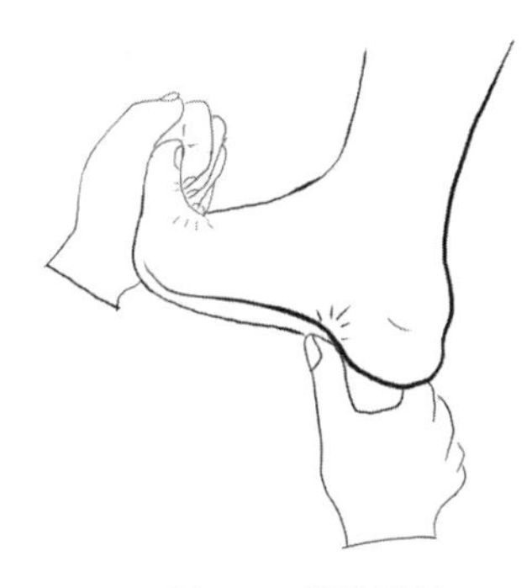

图4-4　跟骨骨刺

另外骨伤科诊疗中较易忽视的皮肤温度、浅感觉、返红速度情况,也需要医师在临床摸诊中常规关注,这对判断骨伤科疾病合并的血管、神经损伤至关重要。筋伤不一定有骨折,而骨折一定合并有筋伤,筋骨并重的理念同样是骨伤科诊疗的十六字“真言”之一。熊昌源教授总结说,通过触摸局部皮肤冷热的程度,可以辨别该病是属于热证还是寒证,了解患肢血液运行情况。若其肿而热,一般表示新伤或局部瘀热感染,另外一些特异性疾病如痛风性关节炎患者也可出现局部红肿;若其肿而发冷,则表示其性属寒;患肢远端冰凉、麻木、动脉搏动减弱或消失,则表示血液运行障碍。如胫腓骨双骨折合并软组织损伤较重者常出现骨筋膜室综合征,筋肉血管及神经均牵扯损伤,其远端肢体常出现“5P”征,预后差,需及时发现及时处置。

筋骨伤病中各种疾患的特殊体征检查也是多用于临床摸诊,如最常见的腰椎间盘突出症的直腿抬高试验及仰卧挺腹试验、肩关节脱位时的搭肩试验、膝关节半月板损伤时的麦氏征等。都是需要骨伤科医师在临床上反复学习反复实践从而达到熟练掌握的诊断技巧。

（三）摸有术，循规则动诊治同

熊昌源教授总结骨伤科的摸法时说，摸须有术，这需要医者遵循一定的规则顺序，仔细体验“手摸心会”的诊法要领。通过触摸以确定损伤的部位、性质和程度为诊断或为进一步检查奠定基础。其具体方法有触摸法、挤压法、叩击法、旋转法、屈伸法等名目。配合骨伤科经典正骨手法“摸接端提，按摩推拿”的八法，达到诊治通行的目的。

摸诊同样非常重视对比，须将患侧与健侧作对比，而后才能正确地分析通过摸诊所获得的病例资料的临床意义。“对比”法也经常应用于四诊过程中。如望诊和量法主要就是患侧与健侧在形态、长短、粗细、功能活动等方面的对比。此外，治疗前后的对比，如对骨折、脱位复位前后的对比，功能恢复过程的对比，对诊断都有很大的帮助。

五、量诊

量诊亦是骨伤科的常用的检查方法之一，《灵枢·骨度》中记载着“若夫八尺之士，皮肉在此，外可度量切循而得之”的句段，量法至今仍在骨伤科的诊断中广泛应用。对伤肢望诊的同时，可用软尺测量其长短、粗细，量角器或活动角度图对比测量关节活动角度等。通过测量法进行对比分析，可使辨别病症既准确又具体。

（一）测度量，长短粗细可诊病

肢体的长短、粗细通常可以反映不同状态下肢体的生理病理情况，对医师诊病治疗作辅助。熊昌源教授临床实践中教导我们，患肢的长短粗细与健侧不同均为异常，肢体延长，多见于肩、髋等关节向前或向下脱位，亦可见于骨折过度牵引等；肢体短缩在肢体多为骨折且伴短缩畸形，在关节则多见于髋、肘关节的向后向上脱位等。熊昌源教授特别提醒说，同为脱位，不同方向的脱位所导致的肢体长短变化也存在不同。如同为肘关节的脱位，后脱位则导致上肢缩短，前脱位常导致上肢增长（图4-5），故临床上需细心鉴别，同时可结合患者影像学检查资料，使用不同整复手法，切不可一概而论。粗细测量多取两肢体同一水平，肢体肿胀时取最肿处，萎缩则取肌腹部。若见患侧增粗显著且合并有畸形者，多属骨折及关节脱位等；若增粗却无畸形者，多为骨折筋伤后软组织肿胀等；若患侧变细则见于陈伤失治或有神经损伤日久而导致的筋脉肌肉萎缩等病症。

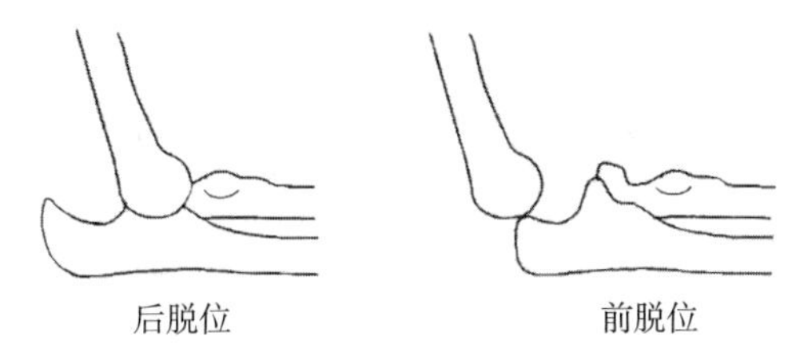

图4-5 肘关节脱位

(二)动关节,主动被动量角度

关节活动度分主动和被动活动两方面。主动与被动活动的可行与否,对鉴别诊断到底是筋脉肌肉损伤还是神经损伤有着重要的意义。熊昌源教授强调,测量患者肢体躯干的活动角度时,需分清主次先后,先嘱患者主动活动肢体,若其受限明确,再由医者检查被动活动。以临床最常见的肩关节活动受限为例,患者如有单纯的肩关节主动活动受限而被动活动尚可,提示可能患如肩袖损伤等疾病,此时患者因肩袖撕裂而主动活动受限,却能在旁人帮助下被动活动达到正常活动角度;如肩关节主动、被动活动受限均明显,则提示肩关节粘连性疾病如肩关节周围炎等。

肢体关节的活动方向,不外乎内收外展、内旋外旋、前屈后伸之类。定义关节的活动度的重要指标就是角度,通常我们采用量角器或活动角度表来测量(图4-6),患侧与健侧进行对比:如小于健侧,多属关节活动功能障碍;如大于健侧,多属关节韧带松弛骨折脱位严重。目前临床应用的记录方法多为中立位0°法。

需要牢记的是测量角度及主被动活动的注意事项,这在量诊开始前就需特别注意。首先就是提前鉴别是否有肢体躯干的畸形变化,以免漏诊误诊;其次就是注意测量开始前两侧肢体需在空间上位置上对称,测量时起止点要定点准确。

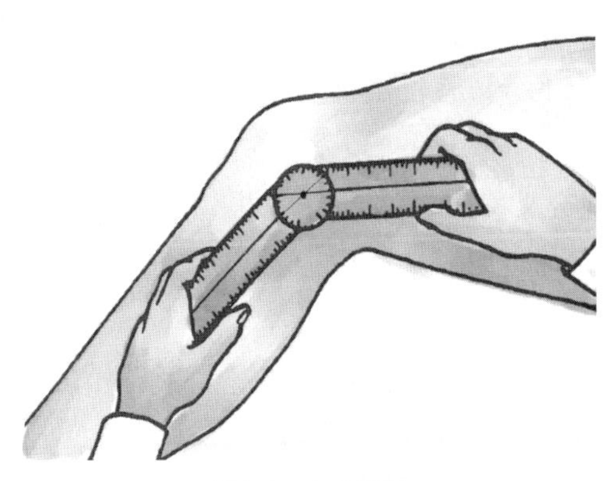

图4-6 角度测量

第二节 骨伤治法

一、手法

手法属于中医骨伤科损伤外治法的一种,尤其整骨手法是中医骨伤科医生必须掌握的基本功,它可单独施行也可配合其他方法使用。

人体肢体以骨骼为支架、关节为中心,由肌肉的收缩带动肢体运动。由于各种原因,肢体受到损伤引起骨折脱位,必然致肢体失去骨骼的支架或关节活动中心作用而不能正常功能活动。而手法就是将移位骨折或脱位损伤进行整复,恢复其正常或接近正常的解剖位置关系,重建骨骼的支架和关节活动中心作用,然后再通过固定、药物、功能锻炼治疗,以争取早期恢复肢体功能。《医宗金鉴·正骨心法要旨》说:“手法者,诚正骨之首务哉。”可见手法在中医骨伤科的骨折脱位四个基本治疗方法中的重要地位。

(一)手法准备

人体肢体各个部位的骨骼及其与周围软组织的关系,存在很大的区别,而损伤的原因和受伤时肢体所处姿势亦各不相同,故不同部位的骨折脱位损伤有其不同的创伤解剖特点。唐朝蔺道人《仙授理伤续断秘方》说“相度损处”,指的就是在整骨手法应用之前须对肢体损伤作出正确的诊断,应做到以下几点。

(1)熟知人体正常的解剖结构,即“素知其体相,识其部位”。骨折后,可发生重叠、旋转、成角、分离和侧方移位,简单的骨折只含有其中的一两种移位,复杂的骨折可以有三四种移位并存。任何一种复杂的骨折移位,均可分解为重叠、旋转、成角、分离和侧方移位。同一根骨的两骨折段,不能同时存在重叠移位和分离移位。临床上分离移位比重叠移位少见。在两根管状骨并列的部位,骨折后可出现交叉移位,这是骨折段发生重叠、旋转、成角、分离和侧方移位而又交错的结果,出现交叉移位,虽不要求每根骨的骨折段5种移位齐备,不过至少也要具备其中的一两种移位才能构成。所以交叉移位并不是一种独立的移位。

(2)通过手摸心会对伤情作出判断,在诊治过程中通过术者手的触摸所得的伤情进行综合分析,必须贯穿整个治疗过程。

手摸心会是一种诊断性整骨手法,古称摸法,多在实行其他整骨手法之前及过程中应用，为诊治折伤之要领。医者在检查诊断或整复治疗过程中，用手触摸损伤，并对触摸所得的异常体征进行分析、综合、判断，作出确切的结论，以达到在整复施术时心中有数。该法主要适用于骨折、脱位等病症，施行该法用力时，一定要轻巧，切忌粗暴操作和草率行事，以免增加患者痛苦。手法的运用是以正确的诊断为基础的，在手法操作过程中，要做到心中有数，就必须对病情有足够的了解，既熟知人体的正常结构，又对具体病变有充分的了解，才能根据不同性质的损伤选择适宜的手法。所以说"盖正骨者，须心明手巧，既知其病情，复善用夫手法，然后治自多效"。

（二）整骨基本手法

整复骨折移位的手法有拔伸、旋转、端提、挤按、折顶、分骨、触抚、纵压。熊昌源教授把这8种手法称为整骨基本手法。在此基础上，熊昌源教授不断对其进行优化改进。

1.拔伸

作用是对抗肌肉张力，矫正骨折重叠移位，恢复肢体长度。由唐朝蔺道人首创，蔺道人说："凡拔伸，或用一人，或用二人、三人，看难易如何。"根据患者骨折部位肌肉力量和重叠移位程度的情况，术者以双手或与助手分别于患肢骨折远、近端，纵轴进行相对拔伸、用力牵开，手法操作时注意稳定骨折近端，先顺畸形方向牵引，再逐渐调整至正常肢体力线，以矫正骨折重叠移位，恢复肢体的长度。（图4-7）

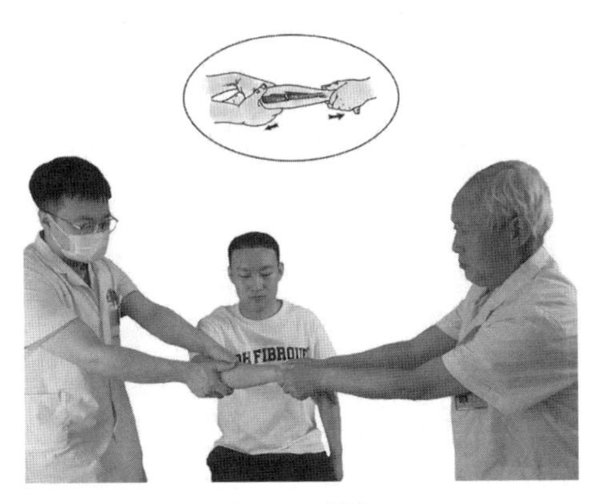

图4-7　拔伸

熊昌源教授指出，拔伸是整复骨折移位的基础手法，在运用过程中要注意以下几点。①力量大小的掌握和持续性，切忌使用暴力。刚开始要缓缓用力，逐渐加大牵引力量。②拔伸牵引先要顺着畸形方向，待短缩移位基本矫正后逐渐改变为沿肢体正常力线方向。③掌握其他手法使用的时机。骨折多合并两种以上的移位,须结合多种手法联合使用,把握好时机,待骨折端松动后,才能联合使用其他手法。

2.回旋

作用是矫正骨折的旋转和背侧移位。术者以双手或与助手分别于患肢骨折远、近端,旋转手法在拔伸的同时,以骨折远端对近端,按原来骨折移位方向逆向旋转复位。手法操作时如果骨折端有软组织嵌入,背对背移位的斜形骨折,须先判断骨折移位轨道,如操作中感到阻力,应及时改变旋转方向,同时旋转时适当减少拔伸力。(图4-8)

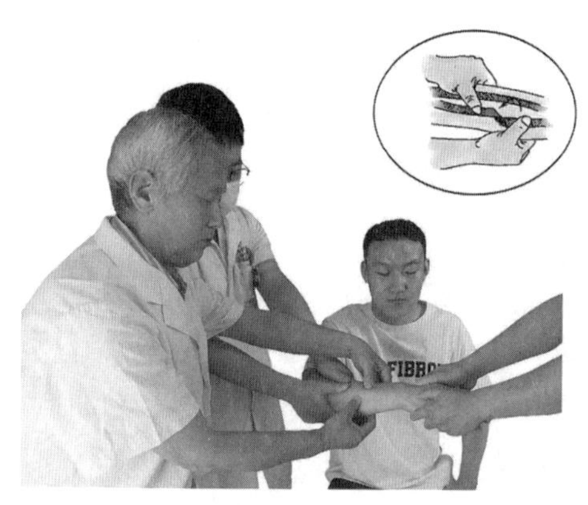

图4-8 回旋

熊昌源教授指出,旋转手法在运用过程中要注意以下几点。①注意逆创伤机制。在施行手法前一定要详细了解患者受伤过程和骨折移位机制,逆创伤机制复位才能达到事半功倍的效果。②注意软组织的解锁。骨折移位过程中往往有软组织嵌入,故在施行手法过程中如遇有较大阻力,不可使用暴力,应注意调整旋转方向,解锁软组织。③在施行旋转手法时应减少拔伸力量,避免软组织夹板的作用造成复位困难。

3.端提

作用是矫正骨折的前、后侧移位。端者,两手或一手擒定应端之处,酌其重轻,或从下往上端,或从外向内托,或直端、斜端也。提者,谓陷下之骨,提出如旧也,其法非一,有用两手提者,有用绳帛系高处提者,有提后用器具辅之不致仍陷者,必量所伤之轻重浅深,然后施治。倘重者轻提,则病莫能愈;轻者重提,则旧患虽去,而又增新患矣。术者以一手固定骨折近端,另一手手指或手掌向上托提,以矫正骨折的前、后侧移位。(图4-9)

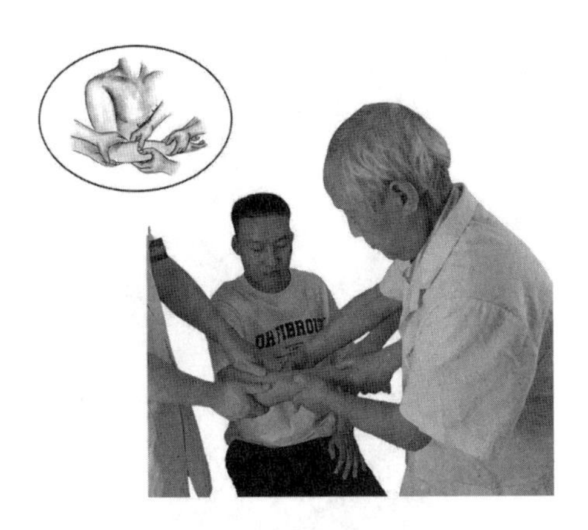

图4-9 端提

4.挤按

作用是矫正骨折的内、外侧移位。术者以一手固定骨折近端,另一手手指或手掌左右推按,以矫正骨折的左、右侧移位。(图4-10)

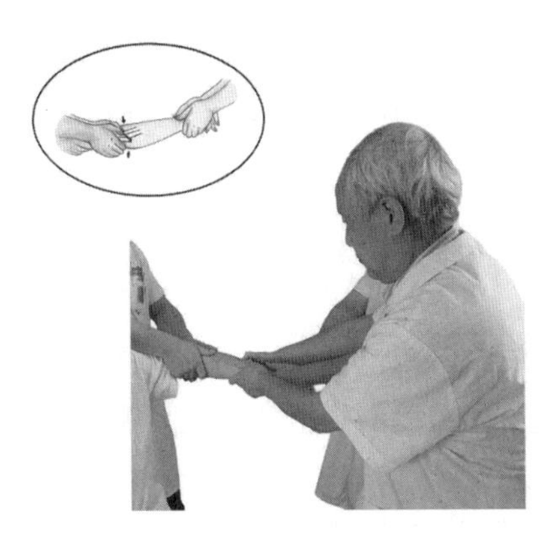

图4-10 挤按

熊昌源教授指出,端提挤按手法在运用过程中要注意以下几点。①端提挤按手法的联合应用。端提挤按手法主要是用来矫正骨折的侧方移位,包括前后和内外移位,故多根据骨折的移位联合应用。②手法使用时机的掌握。在使用端提挤按手法时,应先拔伸待骨折端在同一平面时再行手法,若拔伸未到位则易致手法整复失败。③施行手法部位的掌握。在运用手法时应注意力量应运用在骨折端的附近,避免距离断端过远产生杠杆力致复位失败或新的损伤。

5.折顶

作用是矫正严重重叠移位的骨折。肌肉丰厚部位骨折只靠拔伸不能完全矫正重叠移位时,术者与助手分别握住骨折远近端在拔伸的同时,术者以双手拇指置于骨折突出一端，余四指于骨折下陷一端，双手拇指向下按压加大原有成角，待对侧皮质相抵，然后反折，以矫正重叠移位。(图4-11)

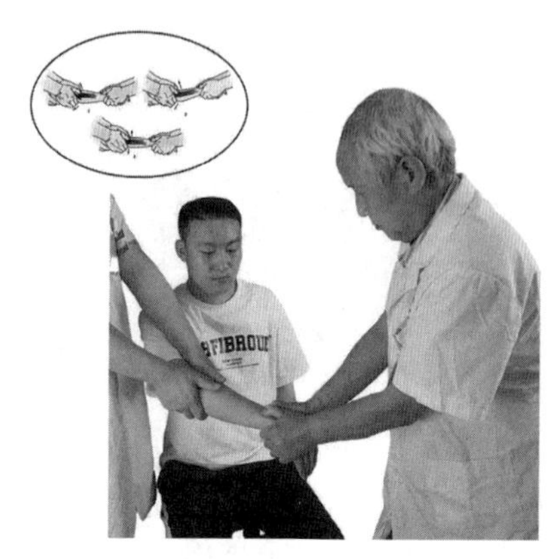

图4-11　折顶

熊昌源教授指出，折顶手法在运用过程中要注意以下几点。①手法的力度和角度的把握。在施行手法时避免暴力致产生新的损伤，同时折顶的角度亦不宜过大。②血管神经的保护。在致命血管神经附近的骨折施行手法时要注意血管神经的保护，避免损伤。③施行过程中的协同性。在施行折顶手法过程中，要注意术者和助手的协同、医者和患者的协同。

6.分骨

作用是矫正双骨并列部位骨折的移位。术者以双手拇指与食、中、无名指相向夹挤，复位因骨间膜牵拉靠拢的骨折断端。(图4-12)

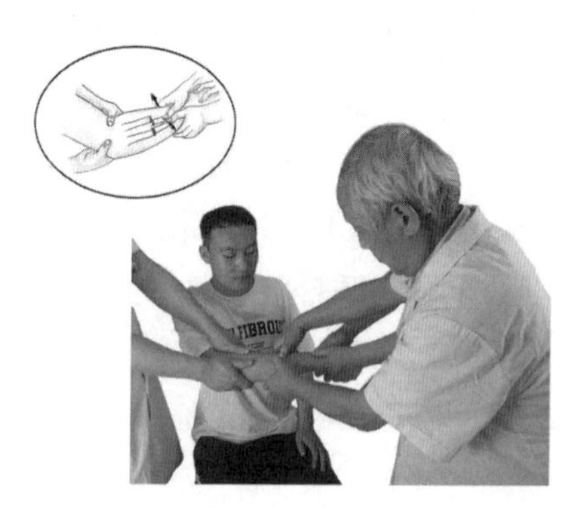

图4-12　分骨

熊昌源教授指出，分骨手法在运用过程中要注意以下几点。①用力方式的掌握。在运用手法时应避免用指甲作用于皮肤上，易造成皮肤破损，正确的方式是用指腹的力量。②分骨手法的时机。在施行分骨手法时，应在骨折的其他移位已基本矫正时使用。③并发症的预防。分骨手法应用于双骨并列的肢体部位,同时也是筋膜间隔区综合征好发部位,故要注意过度和反复使用手法造成筋膜间隔区综合征的产生。

7.触抚

作用是确定骨折是否复位,同时理顺肌肉肌腱。术者以拇指与食指再触摸骨折处,感知骨折断端是否有台阶及成角感,确定骨折断端是否准确复位;然后以拇指与食、中、无名指沿肢体纵轴抚顺肌肉筋膜。最终达到骨归位、筋入巢。(图4-13)

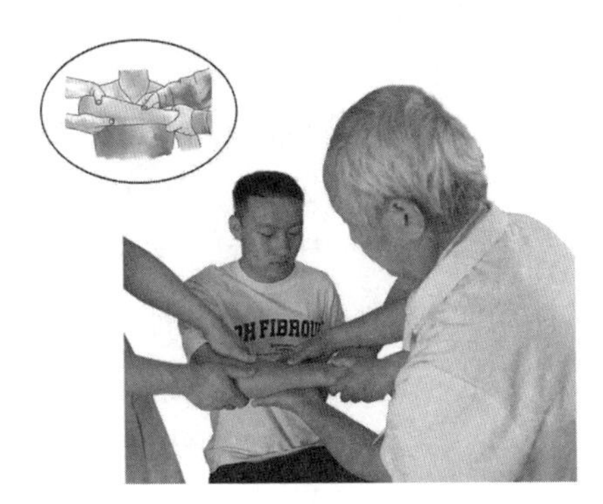

图4-13 触抚

8.纵压

作用是矫正骨折的分离移位。术者以一手固定骨折近端,另一手向近端推按骨折远端,以矫正骨折的分离移位。(图4-14)

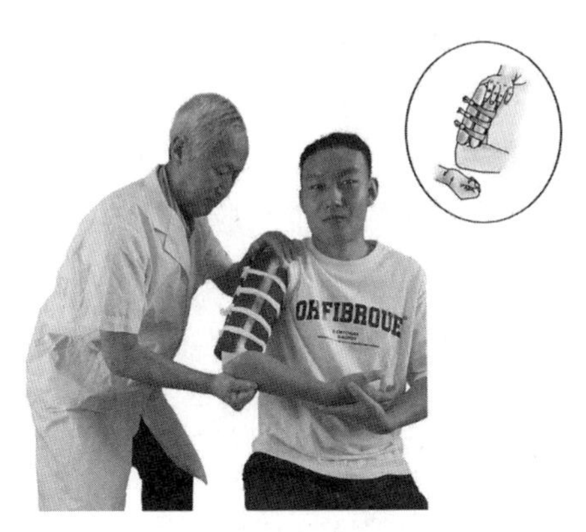

图4-14 纵压

熊昌源教授指出,纵压手法在运用过程中要注意以下几点.①要根据骨折的类型使用。纵压手法主要用来矫正稳定性骨折的分离移位,禁用于不稳定性骨折,如粉碎性骨折、斜形骨折等。②施行手法之前要判别分离移位是否由于软组织嵌入所致。③手法的灵活运用。既可使用沿纵轴叩击的方式消除较大的分离移位,亦可使用摇摆触碰的方式消除断端间的细小分离移位。

(三) 注意事项

在施行手法整复骨折时需注意以下几点。

(1) 注重骨折整复的整体性。整复骨折是一个集体协同动作,整复前必须有一个比较成熟的方案,包括人员分配、具体手法、步骤及注意事项,以及是否需要麻醉下复位等。与患者及家属充分交流沟通,使其了解整个治疗过程,以期达到医患充分合作。

(2) 意念归一,精神集中。在对患者骨折、脱位等伤情做出正确诊断后,医者与助手要对整复手法的施用、相互默契的配合做到心中有数,在手法整复的瞬间,精神意念要完全集中在伤病部位,手法技巧、力度和到位与否的判断上。这一切要素的正确无误地运用实施则又依赖于平日对“基本手法”的熟练程度和深厚基础。而临床实践经验的积累亦是“意念归一,精神集中”整骨手法成功运用的重要因素,以达到“手随心转,法从手出”的结果。

(3) 对患者分散注意力。医者通过言谈举措,使患者在接受治疗时心理放松、精神宽慰、充满信心、减少恐惧,注意力被医者分散到与受伤部位无关的其他方面,令其在很短时间内不知医者何时施用整复手法。医者要准确把握“意念分散”的最佳时机,果断实施整复手法,使患者肉体感受的痛苦降至最低。从这种角度讲,医者在准备施用正骨手法时预备阶段是“一心二用”:一方面要调整自己的意念,排除杂念和干扰,调气运功;另一方面要对患者施用分神法。从预备阶段过渡到意念归一施用手法整复骨折脱臼,仅有1～2s的时间,绝不可犹豫不决。

(4) 忌过度反复复位。对于骨折整复应尽量解剖复位,以恢复患者患肢正常的生理解剖关系。但在临床上对于一些病患,不能达到解剖复位时,应根据患者的年龄、工作特点和骨折部位的区别,掌握不同部位骨折的复位标准,可采用功能复位的标准。所谓功能复位指骨折整复后,虽未达到解剖复位,但其在骨折愈合后,对患肢功能无明显影响,满足其需求。切忌为追求解剖复位而过度反复复位,而加重患者损伤,造成不必要的医源性伤害。

二、固定

固定是骨折治疗中不可或缺的治疗手段,在骨折整复后必须给予有效的固定方式，方可使断端保持良好的对位对线，防止骨折、脱位再移位，也可借助固定来矫正尚未满意的整复，促进断端的愈合，是一名合格的骨科医生必须掌握的基础技能之一。

骨骼作为人体的支撑支架，起到保护软组织，运动作用。当骨的连续性遭到破坏，发生骨折，使骨的支撑性、运动作用和周围软组织遭到破坏。由于长期制动会引起一系列严重并发症，故早期的功能锻炼是骨折病治疗的重点，熊昌源教授对于骨伤患者在治疗时，一般按“手法整复、固定、功能锻炼加中药治疗”三个步骤，有效的固定可以重建骨折部位的刚度，维持骨折整复的稳定性的作用，从而使患者可以进行早期功能锻炼，减少并发症的发生，所以固定刚好起到承上启下的作用，说明其在骨伤科疾病治疗中的地位十分重要。《医宗金鉴·正骨心法要旨》言：“爰因身体上下、正侧之象，制器以正之，用辅手法之所不逮。”这也说明了骨折复位后，给予器具固定的必要性。

骨折的固定方法一般分为两类：一类为通过手法整复后，用于伤处外部的固定，称为外固定，一般分为小夹板固定、石膏绷带固定、持续牵引固定、支具固定等；另一类为通过手法整复或切开伤处软组织直接可视下复位后，在身体内部直接用内植物对骨折固定，称为内固定，一般分为接骨钢板、髓内钉、加压钢板、螺丝钉等。中医对于骨伤科疾病治疗的固定方法一般指外固定法，现对其做简要介绍。

（一）小夹板固定

小夹板固定术是我国传统固定术，在我国有上千年的历史，是中医学骨伤科的标志性治疗方法，晋代葛洪在《肘后救急方》中言：“疗腕折、四肢骨破碎及筋伤蹉跌方……以竹片夹裹之”。唐代蔺道人在《仙授理伤续断秘方》也提及了骨折治疗要在正确复位后使用夹板固定。我们要掌握好小夹板固定术的使用要求和操作要领，在临床上能为患者提供更好的治疗服务。(图4-15)

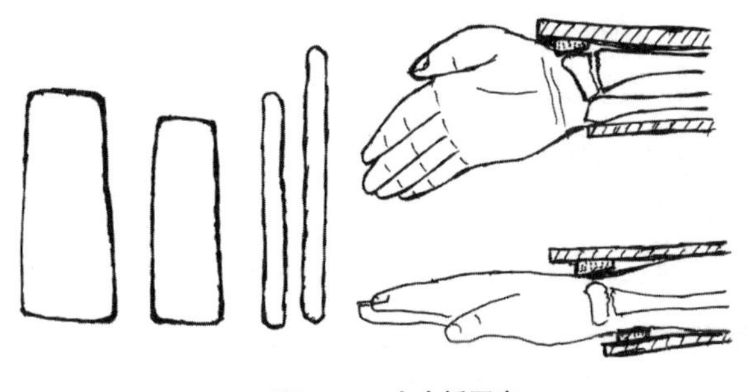

图4-15　小夹板固定

1. 小夹板固定术的优势

在现今广泛开展手术治疗疾病的医疗环境中，我们依旧会使用小夹板固定治疗部分骨伤科疾病，熊昌源教授认为小夹板固定术是中医骨伤治疗的一颗明珠，它有手术治疗所没有的优势。

(1) 相较于手术治疗，小夹板固定术在固定前先进行手法整复，一般只需达到功能复位即可，手术治疗下虽然可以尽可能达到解剖复位，但是在操作过程中会对周围软组织造成二次伤害，而小夹板固定术对于周围血管、神经、肌肉等的损伤较小。

(2) 小夹板固定术中使用的材料透气性较好，质量轻便，价格便宜，操作简单，能让患者较好地接受这一治疗方法。

(3) 小夹板固定术属于外固定，其直接给予患肢一个横向的固定力量，让本来会让骨折移位的肌肉牵拉的作用力，转变为使骨折断端嵌插的一个纵向作用力，使得骨折复位较为稳定，且由于小夹板固定术的固定力量较小，所以骨折断端仍具有一定的活动度，使得骨折处处于一个"微动"状态，这一"微动"状态和纵向挤压作用可以加快骨折愈合。

(4) 小夹板固定术一般不超关节固定，其固定只是减少了骨折端的活动，但不影响其进行正常的功能活动，可以及早地进行合适的功能锻炼，防止肌肉失用性萎缩、关节僵硬、减小肿胀等。手术治疗的一个很重要的目的就是固定后可以早起进行功能锻炼，小夹板固定术也可以达到这一目的，所以其在一定程度上可以代替手术治疗。

(5) 小夹板固定术由于其拆卸方便，可以较好地配合使用中药敷贴治疗，可以随时根据病情变化来改变固定的松紧程度，操作简单，而且不影响后续检查拍片成像的清晰度。

2. 小夹板固定的临床使用情况

小夹板固定术临床最常用于桡骨远端骨折，桡骨远端骨折是上肢最常见的骨折之一，伸直型骨折则是桡骨远端骨折中的常见类型，故在此以伸直型骨折举例说明小夹板固定术的使用，一般行小夹板固定复位术时多为两人操作，但是熊昌源教授在临床施行的过程中发现通过三人操作更为科学，一个负责整复，两人负责牵引。操作者先通过影像学了解骨折具体移位情况，达到施以巧力，心明手巧才能更好的整复的目的。患者采用坐位，患肢中立位，两助手进行拔伸牵引1～2min，术者根据骨折移位情况相反用力，通过摇晃推挤等方法使骨折复位，再于背侧、掌侧、桡侧各加压垫，加压维持复位，于前臂前后内外各放置其相应夹板，使用扎带捆扎。嘱患者再行X线片，检查复位情况。我们使用三人复位法使得术者可以更好地了解断端移位的实时情况，使得复位、对位更加良好，复原尺偏角、掌倾角，两个助手专门牵引，使得牵引力量加强，骨折更容易复原，减少了需要多次复位的可能性，减少了患者的痛苦。

3. 使用小夹板固定术注意事项

(1)病情要适合。使用小夹板固定术时要注意其适应证和禁忌证，只有在其适用范围内使用才能发挥其最大效应。小夹板固定术一般适用于四肢长骨干的骨折，例如桡骨远端骨折、肱骨外科颈骨折、肱骨髁上骨折等，当四肢受伤发生骨折时，如果是闭合性的骨折，若为肿胀严重、皮肤张力高、血液循环有障碍的患者，为避免软组织的再次损伤，临床上多可先采取石膏托固定或者持续牵引固定，待其肿胀消退后，再行手法整复和小夹板固定术；若患者为碾压伤、挤压伤，虽然表面软组织可能尚可，但内部血管系统受损，静脉回流障碍，使用小夹板固定术导致内部压力增加，伤肢肿胀加重，动脉受到挤压、供血不足，可能出现筋膜间室综合征，所以不宜使用；对于由高能量损伤引起的粉碎性骨折一般也不使用保守治疗，但可以使用小夹板临时固定，防止其再移位，减轻患者的疼痛，待其肿胀消退、皮肤张力减退后行手术治疗；另外对于闭合性的关节内骨折，不使用小夹板固定，损伤后发现肢体感觉异常、有神经性损伤的患者，不使用小夹板固定术，防止压迫对神经造成二次伤害；如果是开放性骨折，使用小夹板固定术，多采取清创术后再行内固定术；如果患者肢体较肥胖，使用夹板固定效果多不佳，一般也不使用小夹板固定术。

所以说小夹板固定术一般适用于骨折情况不复杂、复位要求不高、损伤较轻的四肢简单骨折，尤其是儿童的青枝骨折、老年人的上肢骨折等，因为儿童的骨骼有机质较多，骨质较为有韧性，骨折多不发生完全断裂，骨折整复后使用小夹板固定较为稳定，所以儿童青枝骨折十分适合使用小夹板固定；老年人上肢骨折由于其年纪较大，手术治疗又有一定的风险，且对于复位要求不高，多可采用小夹板固定术缓解其疼痛，使其恢复一定的功能即可。

(2)手法的使用要明确。骨折复位的过程是骨折移位的逆推，我们要清楚知道该处的损伤情况，肌肉韧带等的解剖情况，在医者脑海中形成一个患者断端的放映片，将与骨折复位有关的因素都在脑海中呈现，实际操作过程则是对头脑中模拟的重复，选择合适的复位手法后固定并非要求完全解剖复位，而是尽可能复位后,即可通过小夹板固定的压垫来辅助整复。切忌为了完美复位而不断使用手法,增加患者痛苦。

(3)固定力量要合适。小夹板固定的外部力量来自最后捆扎的扎带,所以施行小夹板固定术时对扎带的捆扎要十分注意。熊昌源教授认为,骨折固定要以在确保固定力量足够的前提下不影响肢体活动为原则,扎带松紧度要适宜,过紧会压伤皮肤、肢体缺血等,过松则影响固定的稳定性,由于患者损伤初期局部有炎症反应,局部静脉回流障碍,肢体肿胀,初期可以适当放松扎带,后续症状缓解,又需调紧扎带,扎带的松紧度一般以固定后能上下移动1cm左右为宜,所以医护人员需要时时照看患者扎带松紧度,并对其做出调控。

(4)压垫的使用要注意。需要根据骨折的移位情况以及局部解剖情况来放置压垫,压垫能对局部进行加压,在有成角畸形处,多于骨折线成角处放置一压垫,在对角上下放置压垫,使其形成杠杆力,对于侧方移位则在骨折线上下两侧各放置一个压垫,压垫不能超过骨折线,其对于骨折的整复起到了重要作用(图4-16),例如桡骨远端伸直型骨折,使用夹板固定,放置压垫来防止其重新发生远端骨折块的桡背侧移位。

(5)夹板的摆放有要求。一般的长骨干骨折固定时不会超过其相应关节,例如尺桡骨骨折时,其掌侧板不要超过肘关节,否则在患者屈肘时夹板可能压迫肘前动静脉,影响血液循环,不利于骨折的恢复,只要不是靠近关节骨折就要将关节露出,患肢可以更好地进行功能锻炼,使动和静有机地结合起来。

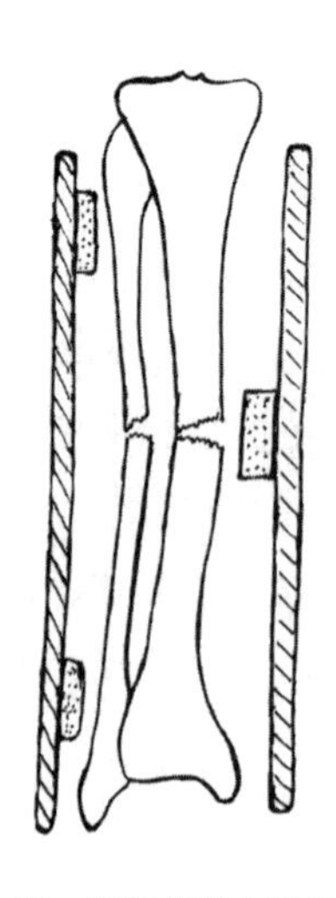

图4-16　压垫作用力效果图

(6)固定的体位要确定。在操作的过程中要注意不同的骨折有其不同的固定体位。一般从患处肌肉附着情况,复位前移位情况,外力方向,患者正常功能位等考虑。例如桡骨远端伸直型骨折,其由于患者在手背伸位时着地,使得原本稳定的腕部力学结构遭到外力破坏,腕背屈肌不足以抵抗外力和腕伸肌,发生了骨折,其典型影像学征象为骨折远端向桡侧背侧移位,近端向掌侧移位,前臂腕长、短伸肌附着于第2、3掌骨基底,强大的背伸力量趋向于将腕骨以及骨折远端向背侧移位,加重骨折后远端骨折块的移位,腕屈肌总是使骨折远端向掌侧移位,故当我们使固定处于背伸位时可以减少腕伸肌的力量,加大腕屈肌的力量,背伸位还可以使腕掌侧韧带紧张,而此韧带附着于桡骨远端,韧带牵拉的力量也可以成为骨折远端复位的一个力量,所以从这里看似乎背伸位是腕关节的固定位置,然而我们复位后进行固定的目的是通过外力来平衡骨折处的内部力量,复位后其骨折远端本身具备向桡背侧移位的趋势,若我们固定时单单考虑肌肉力量,使其背伸位固定,反而可能出现移位,使用小夹板固定时会在骨折断端移位处给予压垫,使其加大局部的压力,对抗骨折移位,所以在此骨折中一般选择腕掌屈尺偏位。

(7)固定后的处理要及时。夹板固定后要及时抬高患肢,加快消肿,必要时可口服活血化瘀之剂,尽早进行适当的功能锻炼,可促进血液回流,改善肢体肿胀情况,而且肌肉收缩可使肌肉张力增高,使得压垫的压力也随之增高,可以更好地起到矫正骨折残余移位的作用。

(8)固定后的观察要仔细。夹板固定后最好继续住院观察,密切观察患肢的活动、血液运行情况,肢端是否疼痛麻木,患肢温度、皮肤颜色等。若肢体肿胀不消退或加重,但感觉肤温、肢体末端活动正常,一般为静脉回流障碍,若出现肢体疼痛加重,不局限于骨折断端,即说明有血液循环障碍;要注意骨筋膜室综合征的发生,该征是小夹板固定,极易出现并发症,严重危害患肢健康,不可忽视,要及时松解扎带,必要时须及时切开筋膜室减压,其临床主要判断依据为“5P”征:无脉、疼痛、感觉异常、皮肤苍白、活动异常。在出现疼痛时就需注意,定期复诊,查看骨折恢复情况,以复查结果为依据,决定拆除固定的时间。

(二)石膏绷带固定

石膏绷带固定是指用医用石膏绷带固定患者骨折部位的方法,以前的绷带石膏是指熟石膏撒在绷带上制作成的石膏绷带,使用前须在温水中浸泡,方可使用，现一般使用高分子石膏，使用方便简洁。

虽然石膏固定术固定强度高，无弹性，不能随时改变其大小，使得患者在病情发展中，患肢大小发生改变后可能会松动或压迫患肢，且石膏固定范围往往较大，会超过关节，影响患肢早期活动锻炼，但是石膏操作简单，材料便宜，且能根据患者个体的不同对其进行塑形，固定效果尚佳。熊昌源教授曾用手法整复加石膏固定治疗胫骨髁骨折23例，在固定时通过静力性训练保持肌肉功能，石膏拆除后马上进行相关功能锻炼，减少了制动后遗症，疗效值得肯定，说明在移位不明显的骨折中，石膏固定术依旧是骨科临床的首选治疗方法之一。

1. 操作方法

根据骨折部位，选定相应型号的高分子石膏，以及数块医用棉垫和绷带。在固定部位用棉垫做内衬，减少软组织压伤。打开石膏包装袋，将患肢置于特定体位，根据患肢大小进行塑形、剪裁，使石膏贴合患肢，等待石膏自行凝固。

2. 石膏固定术注意事项

(1)使用石膏固定术时要注意病情。不是什么骨折都使用石膏固定术，在临床中石膏固定术和小夹板固定术一样，一般多适用于四肢骨折，相较于小夹板固定，石膏固定更为坚强，固定性更好，所以其多可应用于高能量损伤的骨折中。石膏固定一般多跨关节固定，邻近关节处骨折者一般多可用石膏固定；下肢骨折由于肌肉丰满力量较强，夹板固定常不牢靠，也多用石膏固定；开放性骨折、伤口处不会被石膏托挤压者也可用石膏托固定；对于移位明显的不稳定型骨折，也可以用石膏临时固定。软组织损伤严重的患者为防止二次挤压损伤多不选用石膏固定。所以熊昌源教授在临床中一般在骨折移位严重，或由于骨折部位处于关节，小夹板固定无法固定牢靠的情况下使用石膏固定，多数是手术前的临时固定，也有关节附近稳定型骨折的石膏固定治疗。

(2)固定操作要可靠。石膏较为坚固，容易压伤组织，在行石膏固定术时要注意衬垫的使用，可防止压疮，也可以使患者固定时更为舒适，但是患肢包裹衬垫容易影响石膏和患肢的贴合性，影响固定效果，也可以选择在有骨性突起的部分放置棉垫，其他部位不放，使得固定效果更佳。石膏塑形过程中要注意塑形的平整度，忌用手指捏压，使应力保持均衡，防止局部应力过大损伤局部软组织，绷带缠绕时操作要迅速准确，防止石膏移位，固定效果降低，修裁石膏边缘的锐利缘，注意需要露出肢体末端以便后续观察血液运行等情况。

(3)固定后观察要仔细。石膏固定术后肢体末端多裸露，便于观察患肢血液运行、皮肤颜色、肤温，以及肢体末端的感觉活动功能，肢体肿胀程度等，由于损伤初期患肢肿胀，所以石膏较宽大，数日后肿胀逐渐消退，石膏与肢体的贴合性降低，不能起到很好的固定作用，可能会导致骨折再移位，对周围组织造成损伤，所以此时需要医生每日查房时注意观察，若石膏宽松，则重新为患者更换贴合的石膏，若患者有开放性伤口者，要观察伤口是否感染，感染是骨折严重并发症之一，须及早处理。

(4)石膏固定后处理要及时。石膏固定后多可在患肢下垫一两个软枕头或被子等，使患肢抬高，促进血液回流，减轻患肢肿胀，若在冬季要注意患肢裸露的肤温，寒冷导致血流不畅，影响患肢恢复，要注意保暖，在夏季由于石膏固定患肢，患肢炎热且清洗不便，要注意患肢的卫生情况，特别是有伤口的患者，容易感染。石膏固定术会固定邻近关节，患肢活动不便，容易造成固定关节的僵硬、相关肌肉的功能性萎缩，导致患肢功能下降，所以熊昌源教授都要求患者早期多做静力性锻炼，防止肌肉萎缩，拆除石膏后则立马进行关节活动性锻炼，及早恢复其生理功能。

(三) 持续牵引固定

牵引疗法也是我们在临床中常用的方法，目的是缓解肌肉紧张和强烈收缩，使骨折或者脱位复原和患肢制动，术前的软组织松解等。此法在我国古代就已经有运用，元朝危亦林著《世医得效方》中指出“凡锉脊骨，不可用手整顿，须用软绳从脚吊起……杉树皮两三片，安在桑皮上，用软物缠夹定”。

1. 牵引疗法的临床使用情况

熊昌源教授认为四肢长骨干的肌肉多以纵行走行，与骨干的走行方向一致，在四肢受到损伤时由于外力的介入使得骨骼发生骨折，各肌肉的起止点位置关系发生了改变，当损伤结束后，外力消失，断端随着各自相应的附着肌肉和肢体重力的影响而移位，如果此时能有一外力持续沿着骨干纵轴牵引，克服损伤肢体的肌肉力量和肢体重力的影响，就能使肢体暂时恢复正常位置关系，同时由于四肢肌肉与骨骼走行方向一致，当人为给予它一持续性纵向牵引力时，肌肉的张力即会产生一个推动并维持骨折断端向中间靠拢的力量，起到肌肉夹板的作用，可以看出牵引对复位极其重要，若为不稳定骨折或者肌肉力量过强时，停止牵引会使骨折移位再次出现，故要持续牵引。

对于躯干脊柱的骨折我们也可以通过牵引来治疗，脊柱的骨折移位可以通过身体的重力作为牵引的力量来源,既获得了牵引力,同时也将重力这个作为移位的一个不利因素转换为维持复位的有利因素,例如颈椎轻度压缩骨折可以使用颌枕带牵引治疗。在持续牵引下骨折复原的不利因素都可转变为帮助复位的有利因素,充分说明了持续牵引是一项极具科学性和有临床价值的骨科治疗手段。

由于单纯使用牵引治疗骨折病程较长,时间往往以月计,长期卧床,长期制动对于部分人群无法接受,且由于无法早期下地进行功能锻炼,各种并发症发病率升高,所以现在单独使用的情况已经越来越少了。随着手术技术、内固定材料等的发展,使得手术治疗越来越普遍,骨牵引一般作为手术治疗的一种辅助手段,熊昌源教授整理了59例股骨颈头下、移位型骨折,在这些患者的治疗中,手术前都进行了患肢骨牵引治疗7～10天,事实表明骨牵引可以在术前减轻患者疼痛,水肿,缓解患者肌肉紧张,减轻局部压力,减少对神经的压迫,改善患者的断端移位,恢复部分力线,为后续手术治疗提供便利,所以即使它单独使用的情况在减少,但依旧是临床医生离不开的技术。

2. 牵引的分类

牵引根据其牵引方式和部位一般分为皮肤牵引、骨牵引、布托牵引三类。

(1) 皮肤牵引。指用皮牵引带包裹患肢,通过牵引装置使悬垂的重力作用于皮肤,达到对患处的间接牵拉作用,使骨折端分离,舒缓肌肉的技术。现医院一般用牵引带牵引,无须使用胶带包裹患肢,减轻了患者的不适,一般适用于皮肤完整的小儿、老年患者骨折、骨折断端移位不明显且不需要强有力牵引者。除骨折患者外,若有组织水肿、挛缩等也可通过皮肤牵引放松局部组织,缓解疼痛。关节滑膜炎等也可通过皮肤牵引减轻关节腔内压力、关节制动,促进积液及炎症的吸收。

(2) 骨牵引。在骨科临床中使用十分广泛,骨牵引一般分为颅骨牵引、尺骨鹰嘴牵引、股骨髁上牵引、胫骨结节牵引、跟骨牵引等。熊昌源教授在临床中常用胫骨结节牵引和跟骨牵引。

胫骨结节牵引和股骨髁上牵引都适用于股骨骨折、髋关节脱位、股骨颈骨折、粗隆间骨折等,现多用于术前牵拉开骨折间的重叠移位和放松强壮的下肢肌肉。熊昌源教授在临床上发现单纯从复位效果看股骨髁上牵引较胫骨结节牵引要好。但是我们使用牵引的目的不再是恢复断端的解剖结构,而是牵拉断端、放松肌肉,为手术治疗做好准备,而且股骨髁上牵引由于靠近膝关节,会增加膝关节肿胀,在髌上囊内形成粘连的可能,同时股骨髁上牵引进针处解剖结构复杂,内侧股神经、股血管束、腘血管束、隐神经等有损伤重要结构的风险,相较之下胫骨结节牵引进针处骨质表浅软组织覆盖少，操作更为简单，风险更小，所以认为胫骨结节牵引的优先度高于股骨髁上牵引。

跟骨牵引主要使用于小腿部位的骨折，如踝关节骨折、胫腓骨骨折等，其进针点为内踝尖与跟骨后下缘连线中点或中外1/3交点处。熊昌源教授认为应取中外1/3交点处为进针点，内侧屈肌支持带与跟骨内侧面和内踝之间围成了踝管内有胫后动静脉、胫神经、胫骨后肌腱、趾长屈肌腱、拇长屈肌腱经过，进针时须避开此结构。而有研究显示，跟骨后距踝关节内侧血管神经和外侧的腓肠神经的平均距离在3.4cm，所以熊昌源教授推荐使用中外1/3交点进针，以减少损伤软组织的风险。在胫腓骨骨折时，要注意胫腓骨的生理结构和功能特点，因为人类是直立行走的动物，胫骨又是小腿的主要承重骨，人类的跳跃、奔跑等会造成骨骼压力增加，为了适应直立行走的运动方式，所以人类胫骨有一个自然向外的生理弧度，该弧度大约为10°，可以起到缓冲的作用，所以在胫腓骨骨折时，如要行跟骨牵引术，则穿针牵引进针点要比出针点低约1cm，相当于约呈15°斜角进针，牵引时使患肢足部轻度内翻，目的是更好地恢复胫骨其本身的生理弧度，使得患肢的生理功能得到更好的恢复。

（3）布托牵引。一般指使用皮革或者厚布等按照牵引部位制作的有特定形态的器托，托住患者患部，再使用牵引绳通过滑轮利用悬重锤进行牵引治疗的方法。一般分为颌枕带牵引、骨盆悬吊牵引、骨盆牵引带牵引等。我们在临床上使用最多的是颌枕带座位悬吊牵引。

颌枕带牵引一般适用于颈椎病、颈椎间盘突出症等。该病多是由于长期姿势不当，造成局部肌肉疲劳、肌力减弱、颈椎的静力平衡失常，出现骨质增生、韧带的硬化，导致椎间孔狭窄、髓核突出、脊髓受压等病理性改变，颈部周围的神经受刺激出现疼痛，颌枕带牵引技术在无创的条件下改善了颈椎静力性平衡和缓解颈部肌肉的疲劳，对于缓解颈部疼痛有很好的治疗效果。其对于颈椎部的骨折一般起辅助治疗作用，牵拉骨折断端，恢复其部分解剖结构，缓解症状，制动患部，使其不再移位以防止二次损伤，对于手术治疗有十分积极的意义。

3. 持续牵引注意事项

（1）病情要合适。不同的骨折要选择不同的牵引方式，在上述牵引分类中已经有所论述，但是除了根据骨折情况区分牵引方式外还要注意患者自身条件的差异，如儿童能不选择骨牵引就不选择骨牵引，儿童骨骼尚在发育中，骨牵引是对其一种破坏，能避免则避免，而且儿童肌肉力量等多较弱，多不需要通过骨牵引矫正,老年人选择牵引前要检查其是否患有骨质疏松症,一般骨质疏松严重者牵引亦容易造成松动及骨折。

(2) 牵引重量的选择要适宜。一般进行牵引治疗,牵引重量要根据牵引类型及患者体重、年龄、骨折移位情况进行选择,皮肤牵引重量常为2~5kg,骨牵引重量常为体重的1/10~1/7,一般开始多为2~3kg,以后再根据患者骨折恢复情况来调节重量,老年人多不可增加牵引重量,其骨质较脆弱,皮肤血液循环较年轻人差,牵引重量过高有造成软组织损伤和二次骨折的可能。由于下肢肌力较上肢强,所以下肢骨折牵引力量多较上肢骨折强,可根据患者体重适当增加牵引重量,一般不超过10kg,颈部损伤牵引一般牵引力量较小,要根据其患病情况牵引,如软组织损伤多选择布托牵引,由于颈部软组织丰富血管较为表浅,牵引力量过大容易损伤软组织,一般3kg即可。若为颈部骨折则需根据骨折节段选择不同的牵引重量。

(3) 牵引方向是牵引的核心内容。牵引治疗主要纠正的是骨折的重叠成角移位,较少影响其旋转移位,所以牵引方向多要与骨骼轴线一致,影响牵引方向的主要是钢针的方向、钢针两端裸露是否等长,以及牵引绳的方向。如在胫骨结节牵引中,如果两端裸露不等长,则牵引绳方向与骨干纵轴方向不一致,则牵引力量在作用于骨骼时分配不均衡,可能会出现原骨折块的再次移位,骨折的对位对线不良,还容易造成钢针两端受力不均,出现滑动,容易对针口造成二次伤害,且由于钢针的滑动可能造成感染,所以在操作时要确保钢针裸露两端一致、悬垂,和绳以及患肢的中轴线在一条直线上。在牵引时钢针的穿针方向一定要正确,如果方向错误导致其与患肢纵轴不垂直则也会导致力量的不均衡,而且牵引方向不正确而产生力量的不平衡也会导致牵引针在伤口处来回滑动。所以我们在操作过程中一定要确保牵引受力平衡、方向正确,那么在牵引力量的影响下,肌肉夹板发挥其作用,骨折被部分恢复,减缓患者疼痛。

(4) 牵引后的密切观察。牵引后要观察患肢末端的血液运行,肤温、运动、感觉情况,如有异常须及时处理,观察患肢与健侧的长度差异,了解骨折断端的牵拉效果,每日观察其消肿情况,肿胀消退则及时进行手术治疗,密切观察两处针眼情况,看是否感染,若感染则要及时处理。

(5) 处理要及时。牵引后及时嘱托患肢进行功能锻炼,例如下肢的踝泵锻炼、主动的大腿肌肉的静力性收缩活动、上肢的握拳动作等。每天对钢针的进针口和出针口消毒清理,观察力线是否改变后及时调整。牵引时间要把控好,患肢和健侧肢体长度相差在1～2cm即可减轻逐渐牵引重量，防止过度牵引造成骨折断端分离，等待消肿即可手术。

（四）支具类外固定

支具是指用各种材质制成的用于保护人体脊柱四肢等部位的关节、软组织等的体外装置。其佩戴简单，患者可自行操作，广泛使用于临床中的颈腰部的急性扭伤。骨科临床常用的支具有颈托、腰围等。

颈托一般适用于颈部的软组织损伤，起到限制损伤部位活动、保护肌肉，有一定的支撑作用，可以缓解脊柱的压力，有利于局部炎症和神经根水肿的消退，减轻患者的疼痛。一般适用于颈部软组织损伤导致颈项肩部疼痛的患者。在佩戴支具后可以避免损伤处的过度活动。

腰围一般在腰部疼痛急性发作或慢性腰疼或者在进行工作外出时佩戴，其可起到限制腰椎活动，部分代替腰部肌肉支撑作用的功能，缓解了腰部的疼痛疲劳，常使用此工具者，平常需加强腰背部肌肉的锻炼，逐渐恢复腰部功能。

三、用药

中医治疗疾病终归是离不开理法方药，骨伤科的治疗也不外如是，在中医治疗筋骨疾病损伤中，使用药物治疗是对手法整复固定后的补充，是中医治疗骨伤科疾病的一种不可缺少的治疗方法，《周礼·天官》言："凡疗疡，以五毒攻之，以五气养之……凡有疡者，受其药焉。"说明在上古时期我国人民已经对骨伤科疾病使用药物治疗有一定的了解，并已经出现了外治和口服中药两种治疗手段，现代中医骨伤内外兼治的治疗原则和方法就是从此发展而来。

现代医学对于骨伤疾病的治疗多是通过早期的固定和功能锻炼来尽快恢复患者的正常生活，对于其后期调理方面多局限于类似中医练功疗法的现代康复锻炼手段，缺少对身体的整体调整，而通过中药内服外敷则是中医骨伤的优势之所在。

当有骨伤科疾病发生时，若是高能量暴力损伤，可能明显地伴有内脏损伤，在这种情况下，不管中西医都会对内脏做出相关治疗，但中医认为除此种有明显内脏器质性损伤外，其余情况亦要对内部脏腑做相关调理。《正体类要》中言："肢体损于外，则气血伤于内，荣卫有所不贯，脏腑由之不和，岂可纯任手法，而不求之脉理，审其虚实，以施补泻哉？"可以看出中医认为人体是一个由脏腑经络、气血津液、皮肉筋骨等组成的整体，外部的损伤必然波及脏腑；《素问·五脏生成篇》

言“肝受血而能视……指受血而能摄”，看出气血对于筋骨脏腑的濡养作用；《杂病源流犀烛·跌扑闪挫源流》中言“跌扑闪挫，卒然身受，由外及内，气血俱伤病也”，说明了损伤必会伤及气血。“肝主筋”“肾主骨”“脾主肌肉”，当人体筋骨皮肉受损时必会和内部脏腑有联系，气血要由脏腑产生，反过来又要濡养脏腑筋骨，脏腑失养筋骨也会受到损伤，损伤筋骨，气血液运行行失常也会影响到脏腑，即使没有明显的脏腑器质性损伤，其内在生理功能也是受到了影响，所以我们使用中医气血筋骨脏腑辨证治疗骨伤科疾病，予以中药内服外敷从整体上来治疗患者，可以更好地调节人体的整体功能，使得伤科疾病能更好地恢复。

（一）骨折病的临床用药

对于骨折病的临床用药，古人早已做了相关总结，提出了三期辨证法，熊昌源教授在临床也多按此辨证用药，但是在使用过程中还是会根据患者个人的具体情况来进行个性化辨证施治。

（1）骨折病早期。患者受外来暴力损伤，患肢多表现疼痛肿胀；无外伤则皮下多可见或多或少的瘀斑，此为有明显的瘀血积聚。如果有外伤则可见血液直接向外流失，由于周围软组织的损伤，导致血液运行不畅、骨折处瘀血内生。熊昌源教授说，气滞血瘀必是其主要病机，故在其局部疼痛肿胀明显时一般多用川芎、延胡索、厚朴、枳壳、枳实等；对于瘀血积聚，则多可选用桃仁、赤芍、莪术、水蛭、土鳖虫等，在使用中熊昌源教授多以桃红四物汤为主方加减治疗。由于患者局部损伤疼痛，多处于卧位，两三天后，患者多会出现腹胀、纳差、不大便等症状，临床多采取水煮番泻叶或者使用开塞露的方法治疗。番泻叶性寒凉，寒主收引，可能会加重血瘀，且攻下峻猛有损伤脾胃的风险，开塞露亦只能暂时收效，没办法解决问题。熊昌源教授认为作为一名中医，要治病必求于本，对于患者的症状进行辨证后再用药，一般多用大承气汤，效果显著，又由于患者有骨折病，所以多配伍红花、苏木、陈皮等活血化瘀之品。使用大成汤来治疗，既可通便又可化瘀。对于骨折病前期无外伤患者，熊昌源教授提倡使用院内制剂消瘀膏敷贴治疗，一般患者骨折无明显外伤后第二天即可敷用消瘀膏，在临床使用中发现消瘀膏对于骨折患者可以减轻软组织肿痛，具有起效快、操作简单的特点。

（2）骨折病中期。一般是损伤后3～4周，经过一段时间的治疗之后，骨折病已经初步恢复，周围软组织损伤修复，疼痛肿胀也已经减轻，在这期间，骨折处于初步愈合，断端已经有骨痂形成，所以熊昌源教授一般在活血化瘀的基础上加用杜仲、骨碎补、续断等接骨之药。患者若因下肢损伤长期卧床，“久卧伤气”，损伤造成的局部渗血或出血，造成气随血出所以骨折病都是有气血的损伤。同时熊昌源教授发现年轻人气血充足，骨折愈合快，老年人气血衰败，骨折愈合慢，同一个体不同部位骨折愈合速度不一致，往往血液运行较好的如前臂骨折、锁骨骨折等愈合快，如血液运行不佳的股骨颈骨折、腕舟状骨骨折等愈合较慢，说明骨折的愈合靠的是气血的滋养，但是由于前期气滞血瘀严重，若补气养血会加重瘀滞，所以消瘀是其重点，若患者拖延到骨折病后期才开始补养气血，往往气血已经亏虚，前一段时间的治疗中气血对于骨骼的滋养落后于其恢复，不利于其复原，可能出现骨折不愈合或延迟愈合，所以熊昌源教授采取在中期便开始益气养血，壮大患者气血，才能更好地滋养患者骨折恢复，方药中多加西洋参、白芍、生黄芪、白术、川芎、熟地等。

(3) 骨折病后期。一般已经骨折1个月有余，此时骨折处已经初步愈合，骨痂覆盖骨折两端，骨折端较为稳定，由于在前中期一直坚持行气、活血、化瘀，此时血瘀、气滞等症状已经大体上消失了，但是气血的虚损必然还是存在的。首先就是损伤对于气血的伤害，其次由于患者长期活动量减少，消耗减少，摄入受到影响，导致气血生成无源、人体正气虚损之象多明显，虽然在中期就开始益气养血，但在中期的补益多起辅助作用，是在行气活血、接骨续筋的基础上进行的补益，所以补益之效多在于减少其亏损程度，而有利于在后期更快补养。《素问》言“虚者补之”，所以在这一阶段熊昌源教授多从补益气血、脾胃、肝肾着手，补益气血多用人参、白术、白芍、熟地等，补养脾胃多加黄芪、陈皮、山药、木香、砂仁等，补益肝肾多可加滋阴之地黄、龟甲、山茱萸等和补阳之鹿角胶、菟丝子、肉苁蓉等。使用中药并无定式，在补益之法的使用中，熊昌源教授继续强调使用接骨续筋之法，伤筋动骨一百天，到了骨折病后期，骨折愈合依旧没有完全，依旧要给予患者促进骨折愈合的中药，在组方中多会加入续断、杜仲、骨碎补等。骨折病的治疗都十分重视其功能锻炼，为了更好地促进骨折愈合和功能恢复，熊昌源教授还主张局部中药敷贴和熏蒸等外用药辅助治疗。熊昌源教授认为在骨折后期使用消瘀膏外敷可以促进骨折端的愈合，由于活动量减少，局部组织血液运行不畅、气血不充，使用消瘀膏还可以促进局部血液循环，防止软组织的废用；熏蒸法在骨折病的使用可以贯穿疾病始终，要注意的是熏蒸也属于热疗，所以在疾病初期的24h多不得使用，有外伤者，在外伤处理好之前也不可以使用。熏蒸时，熊昌源教授多用自拟方伤科熏洗汤加减，选用伸筋草、羌活、独活、桑枝、川芎、透骨草、艾草等，可以促进血液循环、温通筋脉、舒筋活络,使骨折断端和周围软组织修复加快。

在临床中发现骨折病多发于青少年和老年人,青少年气血充足,新陈代谢旺盛,脏腑组织功能恢复快,骨折病修复较好,后遗症遗留较少;但老年人本身由于年老体衰,气血衰败,骨质已经有所丢失,受伤后修复慢,制动时间长,容易出现骨质的进一步丢失,对于其后续的生活造成影响,所以熊昌源教授说对于老年人还需防治骨质疏松症的发生,一般老年患者入院后我们多会抗骨质疏松治疗,熊昌源教授认为肾精不足是骨质疏松症发生的病理基础,“肾主骨”,肾中精气的盛衰决定了机体骨骼衰老的快慢,所以熊昌源教授在肾气丸的基础上,根据自身临床多年用药经验总结验方补肾健骨汤,以淫羊藿、肉苁蓉、骨碎补、龟胶、鹿胶等补肾壮骨,山药、丹参、田七等活血通络,促进骨合成,改善骨骼微循环,达到强筋壮骨的功效,这和骨折病后期的补益之法并无冲突,两者多可并行。

(二)对于筋伤病的用药治疗

骨伤科疾病中人体的损伤也可能未达到急性骨折程度,出现外力对于骨骼周围软组织的暴力性损害,或者由于长期自身对于机体的不当使用造成的慢性的损伤。其对于中药的使用与骨折部类似,也多是从气血脏腑入手,不过其中慢性劳损类由于时间跨度长,其气血亏损,正气虚弱中还会出现风寒湿邪的侵袭,对机体造成困扰的因素多较骨折复杂,对于病因病机的把握更为重要。

对于急性的软组织损伤,熊昌源教授根据患者损伤的程度不同来治疗。一般的自身跌倒扭伤,暴力不大,多是由于自身肌肉的突然收缩导致肌肉起止点或者肌肉纤维部分拉伤。例如最常见的踝关节扭伤、肩关节的拉伤等,对于内部脏腑影响较小,一般多采用固定加外用中药的方法治疗,临床中常使用消瘀膏于伤后24h敷贴患处,同时给与患肢中药熏洗,起到减轻患处肿痛,加强患处血液运行,促进其恢复的效果。如果是胸腰段的扭伤,多要求患者卧床休息,最常见的是腰部急性扭伤,疼痛多以腰骶部为主,治疗上多可内外兼治,口服中药加外敷中药一起使用,因为腰部周围脏器、肌肉繁多,损伤对气血脏腑的影响较大,而且相较于四肢关节的高灵活度而言,腰部多较稳定,且肌肉强壮,一般年轻人多不会发生扭挫伤,伤者多为老年人,或者本身就有劳损性的损伤或者先天不足者,所以对于躯干的损伤我们多要加中药内服,调理全身气血脏腑。对于腰部广泛性肿疼明显,多呈现胀痛,但又痛无定处,屈伸等活动受限的,多为气滞血瘀,以气滞为主,常用川芎、桃仁、红花、没药、当归、牛膝、赤芍、三七、香附、枳壳等配伍，加外敷消瘀膏和中药熏洗；如果表现为腰部疼痛、活动受限、关节僵硬、局部压痛点明显，多以血瘀为主，多使用活血化瘀、行气止痛药物，以赤芍、桃仁、红花、香附、牛膝、延胡索、川芎等组方，局部使用消瘀膏外敷。

除自身的扭伤、摔倒等外，还可能由外来暴力直接损伤软组织，多由钝器造成损伤，一般表皮未见明显破口，但是皮下组织有明显的损伤，如肌肉的挫伤、肌腱拉伤、内脏的挫伤、神经血管的挤压伤，可出现水肿、皮下瘀血的表现。

熊昌源教授对于这样的患者认为其症状明显比一般的扭挫伤要严重，由于其暴力较大，软组织损伤严重，可见明显的皮下瘀血，气滞血瘀依旧是其主要病理变化，其瘀血堵塞严重，阻碍气机，所以治疗应以血为先，祛瘀重于行气，多用桃红四物汤加减，常用药物为桃仁、红花、牛膝、柴胡、川芎、当归、瓜蒌根、赤芍、三七、木香等。除内服外，早期使用冰敷治疗，后使用消瘀膏局部外敷，起到活血化瘀、消肿止痛的作用，对于这类暴力较大的损伤，熊昌源教授说不能忽视对骨骼脏腑的伤害，不能排斥西医检查手段，应该积极对损伤局部行X线片和CT等的检查，必要时行手术探查治疗。

临床最为频繁多见的当属各种慢性筋伤疾病，患者多为中老年人，多由于曾经长期的劳作导致疾病积累，年轻时又未曾重视，多为久病成疾，年纪大后气血衰败、肝肾亏虚，所以往往迁延难愈。近几年，年轻人患以颈椎病为代表的慢性劳损病的比例在上升，多是由于长期不良的姿势导致的，多由于工作、学习等的特殊性，所以治疗效果也一般，对于这些慢性损伤性的调养，是中医骨伤科的特色之所在。

熊昌源教授对于此类患者的治疗多有心得，治疗前对于患者的病史一定要询问详细，了解其病程和发病原因，才能更好地辨证用药，临床常见的疾病为肩关节周围炎、颈椎病、慢性腰肌劳损、腰椎间盘突出症、第3腰椎横突综合征、腰椎管狭窄症、肌筋膜炎、肩袖损伤等，长期的劳损往往损伤正气、气血衰退、气血濡养筋骨失常，所以多可出现肩背酸痛、腰膝酸软、四肢疲乏，甚至关节变形等，对于患者的正常生活造成巨大影响，这些由于此类疾病气血受损，卫气固护失常，所以又易受风寒湿邪侵袭，临床发现大多数患者也多不耐受寒凉潮湿环境，熊昌源教授使用中药治疗这类疾病，相较于骨折病的后期常规用药一般多出了祛除外邪的部分，对于补益气血则是以一贯之法，常常选用黄芪、白芍、川芎、桂枝、当归、甘草、熟地等，如果还有肝肾亏虚者多加桑寄生、杜仲、五加皮等，关节屈伸不利者可加伸筋草、海桐皮，上肢疼痛为重则加羌活，下肢疼痛为重则加独活。同时此类疾病除了中药内服调理外，更为重视患者局部的中药外敷、功能锻炼、良好的生活作息等中医治疗手段，由于其症状多局限在局部，所以对于局部使用消瘀膏的外敷是十分合适的，可以较好地缓解局部肿痛，提高患者生活质量，向患者讲解其相关生活习惯对于疾病的影响，指导患者改善其生活作息，通过适当的功能锻炼，达到预防和治疗疾病的目的，这才是此类疾病的最重要的治疗方法，使用中药主要起到辅助作用。例如肩关节周围炎这样的局部症状明显的疾病，熊昌源教授尤为重视局部的中药外敷，多采取热敷法治疗，热力作用下可以使得中药药性更好地透过肌表直达病处，且在热力作用下可以更好地发挥活血化瘀的作用，多使用草乌、细辛、姜黄、红花、白芷、当归等，还要坚持手法按摩和功能锻炼，对于患处要注意保暖。又如对椎动脉型颈椎病治疗，也可以称其为颈源性眩晕，其症状表现主要为眩晕、头痛、耳鸣等，多从风、火、痰、虚等方面治疗，但是熊昌源教授认为对于此疾病不能这样简单论述，不同的年龄人群的治疗还是有所区别的，此病多是长期劳损导致颈椎周围结构退变，刺激周围神经和椎动脉出现动脉，血供应不足，对于老年患者，由于其脏腑虚衰、气血衰败，治疗多是以补法为其根基，再论治其余病邪，熊昌源教授临床上多使用熟地、山药、桂枝、牡丹皮、泽泻、茯苓、山茱萸、附子为基本用药，达到阴中求阳、少火生气、寓泻于补、补而不滞的目的，对于颈部强痛可加葛根，头痛严重则可加川芎，肝阳上亢、风火上扰可加天麻、黄芩、石决明、栀子等，心烦难眠可加酸枣仁、柏子仁等，还可加牛膝、杜仲、桑寄生等祛风湿、强筋骨、补肝肾，总而言之，临床应用时加以辨证调整即可。对于年轻患者，熊昌源教授认为其多是由于生活习惯紊乱、饮食不佳，导致其气血液运行行紊乱、流通不畅，气血瘀积化为痰火，甚至阴阳不和、阴精虚耗，多是呈现虚实夹杂之象，尤其以实为主，所以对其治疗首先要改变的就是其生活习性，辅以使用中药内服治疗，多以行气、活血、化瘀、化痰等为主使得患者气血液运行行畅通，筋骨柔顺得养，则颈项部的眩晕疼痛自解，熊昌源教授多以葛根汤为底方，再根据临床患者不同的症状选加半夏、陈皮、苍术、香薷、天麻、石决明、钩藤、川芎、延胡索、桑寄生、杜仲、桃仁、红花、牛膝等。再如腰椎管狭窄症，是由腰椎的退行性改变、骨质增生、椎间盘突出、韧带肥厚等导致椎管神经受到卡压，出现腰腿痛，熊昌源教授认为多从两个角度思考，一为患者本身虚衰、肝肾两亏、气血不足，导致筋骨失养，长期的损伤导致其发生代偿性改变，所以要调养肝肾气血；二为患者长期不当坐姿使得气血瘀滞于腰部，或者此处受外力冲击导致气滞血瘀，久瘀容易化热，同时由于其气血液运行行失常，机体卫外不固，易受风寒湿邪的侵袭，所以多要祛除外邪、行气活血，熊昌源教授临床多使用独活寄生汤加减治疗：独活、桑寄生、杜仲、牛膝、秦艽、茯苓、细辛、肉桂、防风、川芎、甘草、人参、当归、白芍、熟地，起到祛风湿、止痹痛、益肝肾、补气血的功效。若肝肾亏虚为主可重用桑寄生、牛膝、杜仲，若气血亏虚为主可重用人参、当归、白芍、熟地，若以风寒湿邪为主可重用独活、薏苡仁、伸筋草、海桐皮等。局部可外敷消瘀膏，活血行气止痛，最为重要的自然还是功能锻炼和改善个人生活习惯，以五点支撑拱腰法进行腰背肌锻炼，同时要求患者每天多卧床休息，减轻腰背部压力。总而言之对于此类慢性损伤性疾病，熊昌源教授多重视内外兼治，中药内服加局部外敷，在患者可接受的程度下进行功能锻炼、手法按摩，还要加强对伤病处的保暖，同时对于组织损伤严重需要手术治疗的也要积极进行手术治疗，熊昌源教授认为在临床中一个开明的中医要做到中西并重，对于一个疾病的治疗要分别采取中西医各自的优势方法，选择性使用。

（三）临床用药要点

首先，对于伤科疾病的治疗，熊昌源教授主张气血并重是其要点，但更强调整体治疗过程中要以气为主。熊昌源教授说，不管是血液的生成运行还是其濡养作用，都需要气的推动，形体之抗拒外力，百节得以屈伸活动都是依赖于气的充实。《医贯血症论》所说"血随乎气，治血必先理气"，在《医宗必读·水火阴阳论》言"气血俱要，而补气在补血之先，阴阳并需，而养阳在滋阴之上"，实乃治血之准则。治血必治气，气机调畅，血病方能痊愈，在大多数情况下，骨伤科用药活血和行气必不相离，多以行气为主，气行则瘀可化，但是也有瘀血淤积十分严重，此时则是以祛瘀为主，行气为辅，多是在严重创伤性骨折的早期，除此时之外多以行气为主，多使用有活血兼有行气作用的药物，首选便是川芎、延胡索、莪术、郁金等，再配以直接行气的药物，如青皮、陈皮、枳壳、乌药等。治疗过程中慎用寒凉药物，创伤科疾病本身气血淤积，寒性收引，热则行、寒则凝，《可法良规》言"凡损伤之症，若误饮冷水，瘀血凝滞，气道不通，或血上逆，多致不救"，所以说对于伤科疾病，寒凉之品多不使用，只有在早期出现瘀热互结或瘀血化热或局部红肿热痛有外伤感染者，可以使用清热药与活血化瘀药配伍使用，在临床中发现其配伍使用的止痛消肿效果更佳，但是要注意瘀热去则寒凉止，防止其寒凉太过，加重淤积。

其次，熊昌源教授十分重视伤科用药专药对专症，病证结合治疗。虽然中医治疗疾病强调整体论治，从整体来调养局部，但是骨伤科疾病多局部症状明显，且大多有其专用之药，且某一局部症状很多时候也会影响疾病整体的转归，所以在治疗时重视某些症状对症治疗是很有必要的，例如对于止血多用三七，麝香开窍，川乌治疗关节冷痛，胸部损伤多加桔梗，下肢损伤多加牛膝等。

同时，熊昌源教授更为重视疾病的预防，认为对于劳损性疾病多要未病先防，应加大对于各种人体退行性、劳损性疾病的宣传，特别是老年人其本身肾气不足、气血虚损、筋骨濡养失常，疾病前期又可能因为子女工作忙，不想麻烦他们，自身又不是特别方便上医院，且由于老一辈人多吃苦耐劳，对于前期的轻微不适多不重视，导致现在各种慢性损伤疾病大行其道，这时候就体现出了中医的优越性。要加大各种社会面的宣教，强调对老年人肾气的养护，呼吁老年人多可通过中药滋补肾气，未病先防，同时加大对各种不良生活习惯和各种适合老年人锻炼的动作的宣传。才能更好地配合临床治疗该类疾病。

对于伤科各类疾病的治疗，熊昌源教授强调要抓住其主要病机，不论其新旧之伤，多是伴有疼痛之症，不通则痛。其气机多是瘀滞，故活血行气之法多贯穿其始终，而对于劳损性疾病，其气机瘀滞已久，气血淤积导致经络失养，所以在治疗时多可配伍舒筋活络之品，改善筋络挛缩，多可用桑枝、伸筋草、徐长卿等，同时补益肝肾也是劳损性疾病贯穿始终的治疗原则，多要阴阳并补，宜阴中求阳、阳中求阴，临床中可选择使用肉桂、熟地、肉苁蓉、补骨脂、山茱萸、鹿角胶、杜仲等。

四、练功

练功疗法是指在治疗过程中进行各种功能活动锻炼从而达到预防疾病发生、缓解疾病症状、加速治疗愈期的一种治疗方法。其具有消除瘀血肿痛、缓解痉挛麻木、加速骨折愈合、避免骨质疏松、减轻肌肉萎缩、防治关节僵硬并促进全身康复的作用。练功疗法不单是一种辅助疗法，在骨伤科疾病的治疗中更是与手法、固定、药物治疗占据同等重要的地位。根据疾病的部位不同，练功也不尽相同，但骨伤科练功治疗的主要目的是促进受伤组织的加速修复和关节功能的最快恢复。

（一）不同部位的练功疗法

人体不同部位的骨骼和肌肉在形态上、功能上都有不同之处。如上肢骨偏向短小、灵活，下肢骨偏向粗大；上肢主要强调灵活性，下肢主要强调的力量，而躯干则主要构成人体脊柱、胸廓、骨盆等结构。上肢的尺桡关节既具有旋转功能，又有屈伸功能，肩关节更是可以360°任何角度运动，而且上肢肌肉组织附着的地方主要是骨突，多块且灵活，这都体现了上肢的灵活性。下肢的股骨、胫骨是人体最强大的骨头之一,主要用来承重,下肢的肌肉组织块数较少,但是大多附着于强大的骨头之上,功能上也不如上肢肌肉复杂,但是力量较强。因此,在练功锻炼上,不同部位的练功方法也不尽相同,上肢以恢复关节灵活度为主,下肢以恢复力量为主。

1. 上肢

1) 肩部

肩关节是人体正常关节活动中关节活动度最大的关节,因此保证肩关节活动度在骨伤科临床治疗中至关重要。不论是上肢骨折中的肱骨骨折、肘关节骨折等,还是伤筋疾患中的肩关节周围炎、肱二头肌长头肌腱炎等疾病,治疗后的肩关节练功疗法都是不可或缺的,从而达到辅助治疗、促进恢复的目的。熊昌源教授在肩关节治疗康复过程中,常常采用以下几种练功方法,旨在恢复肩关节的活动度。①正面爬墙法:面对墙站立,约一臂距离,两脚分开,与肩同宽,抬起双上肢,双手五指张开扶在墙上,五指用力缓慢向上爬行,同时双足缓慢向墙体靠近,使双上肢高举同时保证肘关节处于伸直状态,直至达到最大活动度后停留5s,然后双手再在双足缓慢向后退的过程中向下缓慢滑回远处。②侧面爬墙法:侧靠墙站立,约一臂距离,抬起靠墙一侧的上肢,五指张开扶在墙上,五指在双足逐渐靠近墙体的过程中用力缓慢向上爬行,直至达到最大活动度后停留5s,然后再在双足缓慢向后退的过程中向下缓慢滑回远处。③背后拉伸法:站立或正坐,双手向后背伸,掌心相对,双手尽可能交叉互握。④正立耸肩法:正立,在患肩不负重情况下尽可能耸肩,坚持5s后复原。⑤正立外旋法:正立,上臂紧贴胁肋部,肘关节屈曲90°,在上臂不离开胁肋部的情况下进行肩关节外旋活动,后期可利用弹力绳等固定腕关节进行负重训练。以上方法均可适用于肩关节周围炎、肱二头肌长头肌腱炎的功能锻炼,以及肩关节骨折、锁骨骨折术后的康复,但不同方法之间还是有一些差异。如正面爬墙法更侧重于肩关节的前屈功能,主要锻炼三角肌前部纤维、胸大肌锁骨部、喙肱肌、肱二头肌等肌群为主;侧面爬墙法则更侧重于肩关节的外展功能,主要以锻炼冈上肌和三角肌中间束等肌群为主;背后拉伸法侧重于肩关节的后伸功能,主要以锻炼三角肌后部纤维、背阔肌、胸大肌胁肋部、大圆肌、肱三头肌长头为主;正立外旋法侧重于肩关节的外旋功能,主要以锻炼冈下肌、小圆肌和三角肌后部纤维为主。

除了肩关节疾病的治疗中需要功能锻炼,在疾病的预防中也有相应的练功方法。下面介绍几种预防肩关节疾病的练功方法。①交替推掌法:站立或正坐,双手握拳，拳心向上置于两胁下，依次单手掌心朝外向正前方推出，直至上肢伸直后还原。②旋转侧推法：站立，两足分开，与肩同宽，双手握拳，拳心向上置于两胁下，躯干依次向两侧旋转，旋转时同侧手掌心朝外向斜前方推出。③交替托天法：站立，两足分开，与肩同宽，双手握拳，拳心向上置于两胁下，双手依次掌心朝上向上方托出，直至上肢伸直后还原。④站立蛙泳法：站立，两足分开，与肩同宽，双手握拳，拳心向上置于双乳下，先将双手向前方水平伸出，直至上肢完全伸直后，再将双手掌心朝下，同时向两侧打开，至双上肢呈一条直线后还原。⑤交替车轮法：站立，两足分开，与肩同宽，一手叉腰，另一手握空拳，以肩关节为圆心，以上肢长度为半径做画圆运动(图4-17)。

图4-17 肩部功能锻炼

无论是肩关节的预防性练功锻炼还是治疗期间的功能锻炼，都主要侧重于肩关节的灵活性而进行针对性训练，但是因为不同的活动须运用到不同的肌群，如果相关肌群有撕裂或断裂等损伤，应当酌情进行锻炼。因此，肩关节的练功疗法还应根据实际情况进行方法的取舍，不可一视同仁。

2）肘部

肘关节主要以屈伸以及前臂的旋转活动为主，因其治疗中肘关节需要长时间制动，造成关节内、关节周围肌肉或肌腱以及韧带筋膜之间的粘连，最终导致肘关节强直。因此，肘关节是人体正常关节中在受损后最易发生关节强直或功能障碍的一个关节，所以在肘关节损伤治疗后须尽早进行功能锻炼。肘关节损伤治疗后提倡尽早开始进行肘关节屈伸以及前臂旋转的“摇扇”运动(图4-18)。但肘关节不同疾患的练功疗法先后顺序也不尽相同。如肘关节恐怖三联征是肘关节后脱位合并桡骨头、尺骨冠状突骨折，必然伴随着关节囊、肘内侧副韧带、肘外侧副韧带的损伤，因此在练功锻炼中应防止韧带断裂、关节再脱位等情况的发生，前期建议以肘关节的屈伸功能锻炼为主，后期再进行旋转功能锻炼；肱骨外上髁炎、肱骨内上髁炎等疾患则建议急性期避免肘关节的旋转活动，后期减少肘关节的旋转活动，以屈伸锻炼为主；肱二头肌肌腱炎、肱三头肌肌腱炎则建议以旋转锻炼为主。

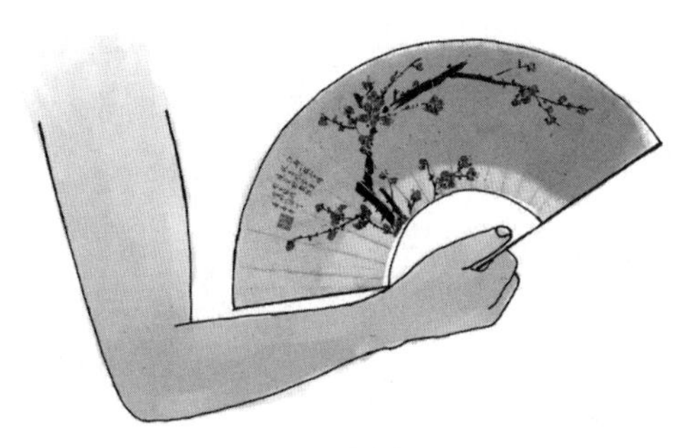

图4-18 “摇扇”运动

3）腕部

腕关节是由桡腕关节、腕骨间关节、腕掌关节等多关节相互关联形成的一个复杂关节，以屈伸以及尺桡偏为主要功能。因此腕关节的功能锻炼以腕关节屈曲、背伸以及尺桡偏为主，必要时可握重物进行负重训练。例如桡骨远端骨折患者提倡早期功能锻炼，可促进骨折局部血肿、水肿的吸收，加速患处血管的重建；腕管综合征可尽量行腕关节屈伸训练，避免保持一个姿势过久。

4）手部

手指小关节功能锻炼以主动手指屈伸为主，早期以恢复关节活动度为主要目的，然后再逐渐恢复抓握力。主动活动较差时可采取被动功能锻炼，可以手部按摩以减少肌腱和关节的粘连，解除肌痉挛，防止肌肉萎缩。但对于指伸肌腱断裂患者，治疗后先固定腕掌关节背伸30°～40°，掌指关节0°，同时用橡皮筋牵拉伸直指间关节，待肌腱修复后再进行功能锻炼，指屈肌腱损伤同理。

2. 躯干

1）颈部

颈椎骨折以及脱位在临床上建议以制动为主，以下介绍几种熊昌源教授用于预防颈部疾病以及颈部不当活动引起的各种伤筋疾患的颈部练功方法。①放风筝法：好似自己本人放风筝一样，抬头仰望天空，随着风筝的移动而缓慢地做头颈部的转动（图4-19），不论时间，不论场地，方便易行。②争力点头法：站立，两足分开，与肩同宽，双手叉腰，抬头看天，颈椎尽量后伸，达到最大活动度后还原，再低头看地，下颌尽量贴近前胸后还原(图4-20)。③多向探头法：站立，两足分开，与肩同宽，双手叉腰，平视正前方，颈部尽量向前伸，达到最大活动度后还原，然后头转向左前方，颈部向目视方向前伸，达到最大活动度后还原，再将颈部向右前方伸直，方法同前(图4-21)。④回头望月法：站立，两足分开，与肩同宽，双手叉腰，头颈向左后上方尽力旋转，双目视左后上方天空，达到最大活动度后还原，头颈再向右后上方旋转，方法同前。⑤用头画圆法：站立，两足分开，与肩同宽，双手叉腰，以下段颈椎为圆心，头做画圆运动，顺时针环绕3周后逆时针环绕。

图4-19 放风筝法

图4-20 争力点头法

图4-21 多向探头法

2）胸腰部

胸腰段屈曲压缩性骨折是临床上较常见的躯干骨折，可合并有脊髓损伤，失治后常常因为腰背肌肉萎缩、骨质疏松、软组织的粘连和疤痕而遗留终身腰背部疼痛。对于不合并脊髓损伤的胸腰段屈曲压缩性骨折患者，适合采用垫枕练功法治疗。具体方法如下：取仰卧位，伤椎后凸处垫枕；在伤后3～5天开始练功，按照五点支撑、三点支撑、拱桥支撑和飞燕点水的顺序逐步进行；合并不全截瘫者，主要靠上半身使劲，第一步用头和双肘关节撑起，腰背部腾空，第二步把上肢放在胸前，只用头把腰背部撑起。在垫枕练功期间，严禁病患下床站立行走，更不能弯腰活动，卧床时间一般为2个月为宜，3个月后方可逐步恢复工作。若多椎骨折或合并其他损伤者，应酌情适当推迟。由于胸腰段屈曲压缩性骨折病患的前纵韧带一般是没有断裂的，在伤椎后凸处垫枕时会因为躯干重力和杠杆作用使脊柱后伸，前纵韧带张力增加，使压缩楔变的椎体前方所承受的力量正好和受伤时相反，从而在前纵韧带椎间盘前部纤维环的张力作用下逐渐复位。由于脊柱生理弧度可依靠椎间盘的扩张来调节，即便伤椎没有复位或复位不完全，在其他椎体的代偿下，脊柱的生理弧度仍可保持正常，只要没有疼痛，一般不影响正常生活。患者通过在垫枕练功法治疗过程中的练功活动,不仅不会发生肌肉萎缩,而且可能比受伤之前更加发达。强大的背伸肌是脊柱稳定和功能活动的重要条件。由于练功活动,脊柱骨骼保持着正常的新陈代谢,因而也不会发生骨质疏松。练功活动同时还能行气活血、祛瘀消肿、减少粘连、软化疤痕。因此,患者合理采用垫枕练功法治疗,即使压缩椎体复位不理想,同样能预防腰背部疼痛后遗症,获得满意的治疗效果。

垫枕练功法主要针对胸腰段屈曲压缩性骨折患者,对于一般的腰椎间盘突出、腰椎椎管狭窄等脊柱疾患,可采用以下练功方法治疗。①五点支撑法:仰卧位,双膝关节屈曲,以两足掌、双肘关节及头部为支点,抬起骨盆,直至肩部、腹部、膝关节成一条直线,维持5s后缓慢还原。②三点支撑法:仰卧位,双膝关节屈曲,以两足掌和头部为支点,抬起骨盆,直至肩部、腹部、膝关节成一条直线,维持5s后缓慢还原。③拱桥支撑法:仰卧位,双膝关节屈曲,以两足掌和双手掌为支点,使全身腾空,直至身体呈拱桥状,维持5s后缓慢还原。④飞燕点水法:俯卧位,头、颈、胸以及双下肢同时抬离床面,再把两手臂向后方伸直,使腹部作为支点,直至身体呈反弧线,维持5s后缓慢还原。

胸腰段疾患重在预防,除常见的平板支撑(俯卧位下双肘屈曲90°支撑于地面,与肩同宽,上背部略微拱起,下背部自然弯曲,腹部及臀部充分收紧,双腿伸直,手臂、腰腹部和双脚形成3个支点,让身体躯干形成一条直线)、直腿抬高锻炼(仰卧位,将大腿、小腿完全伸直,脚背上翘,下肢抬高至足跟离开床面约25cm处或者下肢与床面形成约30°夹角,维持5s,然后缓慢放下,如此反复)、空踩单车(仰卧位,双上肢伸直掌心向下置于身体两侧,腹部收紧,颈部放松,保持上半身不动的情况下屈膝将大腿向腹部靠近,保持一侧腿贴近腹部的同时另一侧脚尖勾起向上方蹬腿,直至垂直向上后再换另一侧重复动作,如此反复)等锻炼外,还有以下几种预防性练功方法。①站立扭腰法:站立,两足分开,与肩同宽,双手叉腰,躯干先向左右侧屈,再向前后屈伸,做小幅度的弯腰动作。②弯腰摸足法:站立,两足分开,比肩稍宽,双手掌心向上托平,向上举过头顶,直至双肘关节伸直,再向前弯腰,双手攀双足踝关节,然后缓慢还原。③腰部画圆法:站立,两足分开,比肩稍宽,双手叉腰,腰部做画圆运动,顺时针环绕1周后逆时针环绕。④屈膝屈腰法:站立,两足分开,比肩稍宽,膝关节半屈曲,两手分别按在两膝关节上,先将躯干向左侧屈,还原后再向右侧屈,再缓慢还原(图4-22)。

图4-22　胸腰部功能锻炼

3. 下肢

1) 髋部

髋关节疾患的练功方法大相径庭。对于保守治疗患者，熊昌源教授认为功能锻炼能够改善受伤肢体的血液循环，有利于骨折愈合。在牵引和小夹板固定作用下的肌肉收缩活动，形成“肌肉夹板”作用，促使骨折端日趋稳定，促进骨折愈合，又能使功能尽快恢复。对于髋关节骨折髋关节置换患者，术后保持患肢外展位，穿防旋鞋。术后1天开始股四头肌收缩训练，床上肢体适当活动练习，早期扶拐下地练习行走。对于髋关节骨折非髋关节置换手术患者，具体练功方法如下。①术后第1天：由护理人员协助患者进行股四头肌训练，患者取仰卧位后，引导其将双下肢伸直，同时绷紧踝关节，护理人员用双手缓慢抬起患者的双下肢，以患者产生痛感为宜，保持3~5s，逐步放下，每次抬高、放下25组，每天3次。②术后第2天：由护理人员引导患者进行踝关节屈伸训练，取仰卧位，双下肢自然放松，最大限度地向上勾脚尖，保持10~20s，放松3s后继续绷紧脚尖，每次绷紧、放松20组，每天2次。③术后第3天：由护理人员引导患者进行抬臀训练，平躺于病床上，使背部、脚掌紧贴于病床；双手伸直平放于身体两侧，膝盖弯曲，大腿与小腿成90°夹角；吸气，用脚跟发力，最大限度抬起臀部，呼气，缓慢将臀部放下，每次抬起、放下20组，每天2次。④术后第4~5天：由护理人员引导患者开展下床活动，包括下地站立5min，于床边行走10min，进行平衡能力锻炼；练习平衡能力时，站立于床边，双脚与髋同宽，双手扶住病床边缘，用臀部发力，尽量向下蹲后抬起，每次下蹲、抬起10组，每天3次。

2）膝部

膝关节疼痛病因多样，根据不同病因导致的膝关节疼痛，练功方法也不尽相同。临床上膝关节疼痛常常是由于骨性关节炎引起的，其主要病理变化为软骨退变、滑膜炎症、骨内压升高和静脉淤滞，因此熊昌源教授采用压腿锻炼、手法弹拨和中药熏洗三者联合来治疗膝骨关节炎。压腿锻炼具体方法如下：患者坐位，在股四头肌不收缩的前提下，尽量将膝关节置于伸直位；然后上身前倾，两上肢伸直，尽量以两手去按压患膝，频率为每分钟6次，每侧膝关节连续锻炼5min，早中晚各3次(图4-23)。股四头肌不收缩锻炼膝关节伸直，可消除屈曲膝关节对腘静脉的挤压。膝关节的生物力学研究表明，膝关节屈曲角度越大，髌股关节压力越高。压腿锻炼可缓解腘绳肌痉挛，促使膝关节伸直，从而降低髌股关节压力。

对于膝关节外伤性僵硬则主要采用双腿前后位锻炼法和双腿并列位锻炼法。膝关节练功锻炼有促进膝关节局部血液循环，改善皮肤、肌肉营养状况，恢复肌肉弹性，减轻挛缩与粘连等作用。具体方法如下：①双腿前后位锻炼法，患者站立，双腿前后分开，健侧在后，两足立定，间距为60～80cm，患者双手压在患侧大腿中上段的前方，在有节奏间断屈曲健侧膝关节的同时，利用上身重力和双手压力，迫使膝关节屈曲；②双腿并列位锻炼法，患者站立，双腿外侧齐肩并列，两足立定，双手扶栏杆或床架，在间断屈曲检测膝关节的同时，利用上半身重力，迫使膝关节屈曲。每天膝关节屈曲锻炼2次，每次30～40min，并适当进行伸膝锻炼。

对于膝关节功能尚可者，可在日常生活中进行预防性练功锻炼。具体方法如下：双膝关节并拢微屈曲，双手扶在双膝关节上，做膝关节环转运动。

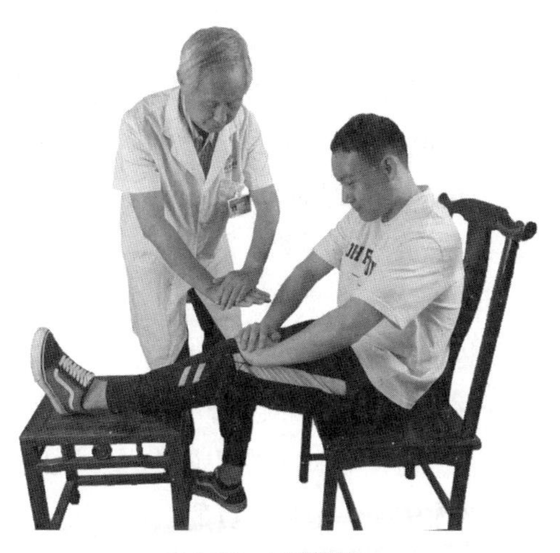

图4-23　压膝锻炼

3）踝部

踝关节和膝关节是人体负重最大的关节，损伤后的功能恢复情况直接影响人体站立和步态的姿势，以及劳动力的恢复。而踝关节损伤后遗留功能活动障碍者在临床上较为多见，故踝关节损伤后适当的练功锻炼极为重要。踝关节最主要的练功锻炼为踝泵运动，即患者仰卧位，做踝关节的极度背屈运动，达到最大活动度后坚持5s，再用力伸直踝关节，坚持5s后还原（图4-24）。

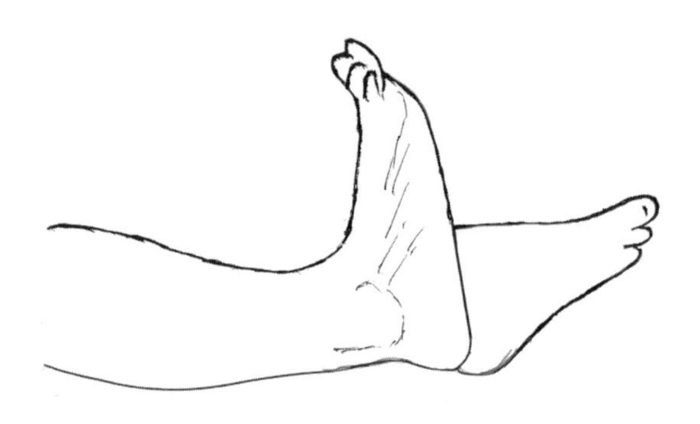

图4-24　踝泵运动

上述练功锻炼方法为人体部分关节局部练功锻炼，可单独一项锻炼但不仅限于单独一项锻炼，例如腕部桡骨远端骨折治疗康复，除了恢复腕关节的功能活动外，还应锻炼手部、肘部、肩部等关节等锻炼，以防出现关节强直。同理下肢、躯干的练功锻炼也应注意局部与整体结合，而非只关注于某一关节的局部功能锻炼。

（二）练功注意事项

练功疗法在临床治疗过程中是最简便最安全的治疗方法之一，但是这并不意味着练功疗法即是尽可能地活动患处关节。在进行练功疗法之前，需要做好充足的准备。首先便是要做好心理准备，练功疗法必然是一个漫长、需要长期坚持的治疗过程，切忌急于求成，而是需要耐心地、反复地进行练功锻炼。每一次的练功锻炼都是对关节活动的自我评价，练功疗法的首要条件是质量，其次是数量，切忌在练功锻炼过程中只注重数量而忽略了关节的锻炼程度，从而事倍功半。练功疗法需要患者充分发挥主观能动性，进行自主性功能活动锻炼。练功疗法亦如逆水行舟，只有坚持不懈地慢慢积累，最终才能恢复理想的功能活动。其次是正确的练功方法，练功疗法的最终目的是恢复关节活动，从而达到正常生活，但在锻炼过程中，尤其是骨折、脱位治疗后的初期，各种锻炼都必须以不影响治疗效果以及不引起剧烈疼痛为原则，在医师的正确指导下进行功能锻炼。切忌粗暴、强硬地被动活动。最后是整体与局部结合，肩关节疾患并不仅要注重肩关节的练功锻炼，同时还应预防上肢其他关节的强直，同样，上肢疾患也并不意味着可以忽视下肢的练功锻炼，而是应将整体与局部相结合，才能够达到满意的生活。

下篇
临证篇

第五章　经验启迪

骨伤科疾病的基本理论和技术早在周代及秦汉时期形成，如《仙授理伤续断秘方》《肘后备急方》《千金要方》《医宗金鉴》等古籍中有大量记载，但是世代传承，大众难以学到，门槛往往较高，专著较少，诊治经验在很长时间内大多靠口口相授才得以流传，鱼目混珠现象亦间或有之。中医骨伤科实践性很强，且民间流派众多，经验很丰富，如果仅仅看书学习，这只是万里长征第一步，要真正成为一名合格的骨伤科医生，最好是在此基础上师承跟师，单纯靠自己去摸索验证，处理一般常见病还行，但遇到一些稍复杂的疑难病或急重症就会觉得很无助，往往难以掌握其妙谛。如果有老师的可靠经验做指导，就会少走许多弯路，熊昌源教授中医正骨经验为我们的成长指明了方向。

第一节　正骨手法轻巧快　一气呵成痛苦少

正骨手法是中医骨伤科治疗骨科疾病的特色手段。熊昌源教授在临床工作中总结出中医手法整复治疗骨折脱位，不仅疗程短、疗效佳、愈后好，而且节省费用，免除患者手术之苦，但他也对这项中医特色技术在临床的应用现状与发展前景产生了担忧。

目前能熟练掌握手法整复并应用于临床的医生越来越少。骨科内固定材料及手术技术的发展、医患关系的严峻、进步一导致越来越少的青年医生能在临床中去学习和掌握这一门技术。手术固定固然可以更有效地恢复患肢的解剖结构，但是其代价确是牺牲了局部的血供，随着现在对软组织保护的重视，闭合手法因其在保护骨折断端血供的优势再次被大家所重视起来。严格按照手法整复的适应证来选择合适的患者，无论是从经济角度还是从临床疗效上看都较手术治疗有明显的优势。熟练地掌握中医正骨手法，就必须具备扎实的专业理论基础知识和操作技巧，在这一方面，熊昌源教授作出了很好的诠释。

虽然随着时代进步，当今的骨折损伤多半是以高能损伤及复合损伤为主，传统的正骨手法已不能完全适应现在的骨科疾病谱。但是这并不意味着正骨手法就是落后的，现今仍然有大量的骨折疾病是非常适合进行手法整复治疗的。比如中老年的桡骨远端骨折、小儿肱骨髁上骨折等，既可以避免因年龄较大而可能引发的麻醉及手术风险，也可以避免手术后带来的伤口感染的并发症。严格掌握适应证才能让正骨手法在临床工作发挥其优势，避免让本该行手术内固定的患者失去最佳手术时机。适应证：①四肢闭合性骨折是手法整复的最佳适应证，即使是部分粉碎性骨折，通过合理的手法可以完全避免手术创伤的同时达到骨折愈合的效果；②对于创面较小的四肢开放性骨折。在经过规范的清创处理后也同样适用于手法整复。相对禁忌证：①对于创面较严重的开放性骨折。在进行规范的清创处理后，如果并不伴随严重的血管神经损伤且骨折形态简单，可考虑先行手法治疗；②对于非负重关节的关节内骨折，且骨折形态较简单，易于手法整复的患者也可行手法治疗。绝对禁忌证：①伴有血管神经损伤且创面加大的严重开放性骨折；②波及负重关节的关节内骨折，尤其是负重关节；③骨折部位难以进行夹板或者石膏外固定的骨折，如骨盆骨折、股骨颈骨折等。

有人认为伤后行手法整复的以6小时内最佳，熊昌源教授认为最好在伤后2小时内进行整复，此时软组织肿胀较轻，操作时成功率高，可避免因反复手法对位带来的二次损伤。原则上儿童骨折行手法整复的时间不应该超过5天，成人为7～10天。对于局部肿胀严重的患者，应临时固定待肿胀消退后行手法整复。怀疑有筋膜间隔区综合征者，必须立即探查。骨折复位可分为解剖复位、功能复位、姑息复位。①解剖复位：顾名思义是指骨折整复后骨折断端对位及对线达到解剖标准，往往只有通过手术才能达到。②功能复位：在纠正骨折断端的旋转、分离移位的情况下成人断端短缩不超过1cm，儿童不超过2cm，骺端对位达到3/4以上，长管状骨骨折对位达1/3，侧方成角畸形必须纠正，成人向前或向后成角移位不超过10°，儿童不超过15°。虽然目前的手法整复多半都是在X线透视下整复，但是我们并不提倡为了达到接近于解剖复位而进行反复的整复和透视，这样会明显加重患者局部皮肤和软组织损伤，严重者会造成局部血管神经损伤。如果复位困难也可早期行手术治疗。不可一味地过度追求解剖复位，应大力倡导功能复位，治疗的主要目的是于恢复功能。③姑息复位：对于老年或体弱有严重慢性疾病，因着重防止骨折严重并发症的发生。不要过度强调骨折对位及对线，骨折愈合后能恢复生活自理即可。

熊昌源教授认为手法应用是成功的关键。整复骨折移位的手法有拔伸、旋转、端提、挤按、折顶、分骨、触抚、纵压。熊昌源教授把这八种手法称为正骨基本手法。如果几种移位同时存在，一般应先整复重叠移位，再整复旋转移位，继则整复侧方移位。骨折移位常多是沿着某一条轨迹形成的，这一轨迹的方向就是造成这几种移位的几个外力的合力方向，应该把整复这几种移位的手法有机地结合在一起使移位的骨折端从相反的方向沿着移位的轨迹复位。无论整复何种骨折，无论施用何种手法，都应该力求把手法所用的力、肌肉的牵拉力及肢体的重力统一到整复骨折移位中来。但人体各个部位的骨骼与周围软组织的关系，有很大的差别，因此，不同部位的骨折有各自不同的创伤解剖特点，所以，在整复每一个骨折之前，都要“相度损处”，弄清楚每一具体骨折的移位特点，做到“知其体相，识其部位”，然后根据骨折移位所需要的力，把基本手法变为适合这一具体骨折移位特点的手法。只有这样，才能做到“机触于外，巧生于内，手随心转，法从手出”。

一、桡骨头半脱位医案

患者李某，男，3岁。

【首诊】患者家属自诉1天前牵拉患者左上臂时，患者突发左肘部疼痛，患肢上抬及前臂旋转受限，于外院急诊拍片示左桡骨头半脱位，予以手法整复后回家。当晚患儿仍局部疼痛，患肢拒绝活动，故前来我院就诊。查体：左肘关节前外侧稍肿胀，肘关节活动受限，桡骨小头处压痛明显。

【诊断】左桡骨头半脱位。

【治疗】在与患儿谈话之间，医者快速而轻柔施以手法整复，分秒间，患儿疼痛即刻消失，患肢上举，活动自如。

【按】桡骨头半脱位是一种较为常见的儿童骨科急诊疾病。儿童时期由于解剖上比较特殊，正常情况下桡骨小头由环状韧带包绕，儿童环状韧带未发育完全，相对较为松弛，在受到外力牵拉旋转前臂时桡骨小头容易由前内侧脱出，容易出现脱位，形成本病。发生时症状明显，同时也比较容易复位。本病一经复位后，一般在很短时间内就可恢复正常活动。复位前需详细询问患者病史并作出明确诊断，必要时需拍摄X线片，排除肘部关节骨折及感染的可能。只要了解局部解剖结构，熟练掌握复位手法，一般复位不难。一手牵引前臂，另一只手拇指按压桡骨小头，同时将前臂旋后曲肘即可，同时可感受到明显的弹跳感，提示桡骨小头复位，部分患儿亦可以无明显弹跳感，一般患儿疼痛感会立即消失，活动上肢可抬举过肩。但是在我们的临床工作中发现，部分患者由于环状韧带水肿或局部疼痛保护而影响复位，此时就需要我们根据临床症状准确判断是否复位，一般复位后患儿疼痛感会立即消失，如果局部疼痛无缓解，可待患儿情绪稳定后诱导患儿行抬举患肢的动作，验证复位情况。

二、肩关节脱位医案

患者张某，男，43岁。

【首诊】患者自诉半小时前踢球时不慎摔伤，左肩疼痛，活动受限。查体：左肩关节肿胀，可见少许淡红色瘀斑，搭肩实验(＋)。

【诊断】左肩关节脱位。

【处理】于我院急诊拍片示：左肱骨头脱位，未伴骨折。采用外展外旋复位法：让手臂肘部弯曲，之后缓慢使手臂向着远离身体的方向旋转。复位后上肢悬吊带固定患肢，消瘀膏局部外敷；口服桃红四物汤加减方。治疗：当归15g、熟地15g、川芎15g、白芍15g、桃仁10g、红花10g、延胡索10g、枳实10g。

【二诊】患者1周后复查，自诉肩部疼痛症状缓解，左肩局部可见明显青紫瘀斑。拍片显示肱骨头位置良好。嘱患者继续悬吊带固定患肢，加强肘部及腕部功能锻炼。在桃红四物汤主方上加用活血祛瘀药物：当归15g、熟地15g、川芎15g、白芍15g、桃仁10g、红花10g、水蛭8g、莪术10g。

【三诊】患者4周后复查，自诉肩部疼痛症状明显缓解，左肩局部未见明显青紫瘀斑。拍片显示肱骨头位置良好。解除肩肘带固定，局部以伤科熏洗汤煎水外敷，指导患者行左肩功能康复锻炼，避免粘连性肩关节周围炎的发生。

【按】肩关节脱位是最常见的关节脱位之一，约占全身大关节脱位的50%，常见于严重暴力或外伤之后，亦可见于韧带及关节囊松弛的老年患者，最主要的症状为疼痛及关节畸形伴活动受限，也可合并其他软组织损伤，故而治疗应以缓解疼痛和及时复位为原则。在临床工作中，肩关节的前下方的脱位比较常见。这是因为肩关节前方有盂肱韧带，上方有喙肱韧带加强，同时后方后关节囊及肩袖包裹，肱骨头不易发生向后脱位，肱肩关节的下方无韧带保护，是最薄弱的位置，肱骨头容易由此脱出。对于肩关节脱位就诊的患者，我们应该详细地完善其影像学的检查，除了常规的X线片以外，还要加做CT，部分患者需要做MRI明确诊断。临床上肩关节脱位的复位手法种类繁多。其中拔伸托入法、手牵足蹬法、椅背复位法这3种方法为我国中医学中常用的肩关节脱位复位手法,其效果确切。①拔伸托入法需要3人合作,患者取坐位,术者站于患肩外侧,以双手拇指压住患者肩峰,其余手指于患侧腋窝内托住肱骨干。助手站于患者健侧肩后,双手斜行环抱的方式固定患肩。同时,另一位助手握住患侧肘部,一手握住患侧腕关节上部外展外旋患肢,并由轻而重地向外下方缓缓拔伸牵引,此时术者插入患者腋窝的手将肱骨头向外上方勾托,第二名助手逐渐将患肢内收内旋,直至肱骨头回纳于肩关节。②手牵足蹬法是肩关节脱位的手法中最常见的一种,其效果也最为明显。患者取仰卧位,术者则站在患者的侧位,首先双手握住患肢手腕,然后用足跟抵住患肢腋窝,并予以作为支点,外展肩关节的同时持续牵引患肢,最后内收上臂,并用足跟向外挤推肱骨头即可复位。此方法存在引发肱骨近端骨折的风险。③椅背复位。此方法要求患者横坐在椅子上,使椅背在患肢的腋下。应用杠杆作用的原理,通过对患肢的牵引及肱骨头的旋转,最后使肩关节复位。

除上述3种方法外,通过临床总结,为同时满足保障患者疗效、减轻患者复位时的痛苦和降低医源性损伤三点要求,熊昌源教授采用外展外旋复位法,此方法可由一人完成。患者取仰卧位,术者将患肢屈肘并外展90°,逐渐外旋肩部,多数患者可自行复位,此方法不会有明显的肱骨头入臼感,对于骨质疏松的老年患者,可大大降低肱骨近端骨折的发生。熊昌源教授对于这样的患者认为早期须完善CT及MRI检查,明确有无肩袖撕裂或关节盂唇损伤,以及肱骨头有无骨性缺损。脱位早期气滞血瘀依旧是其主要病理变化,其瘀血堵塞严重,阻碍气机,所以治疗应以血为先,祛瘀重于行气,多用桃红四物汤加减,常用药物为桃仁、红花、牛膝、柴胡、川芎、当归、瓜蒌根、赤芍、三七、枳实等。除内服外,早期使用冰敷治疗,后使用消瘀膏局部外敷,起到活血化瘀、消肿止痛的作用。对于瘀血积聚,则多可选用桃仁、赤芍、莪术、水蛭、土鳖虫等,患者肩关节需要固定4周,以减少关节僵硬。无论年龄,患者都应在固定期间进行轻柔的摆动练习,以维持运动能力并降低肩关节周围炎的风险。

三、踝关节骨折脱位医案

患者李某,男,36岁。

【首诊】患者自诉1h前不慎扭伤左踝,局部肿痛剧烈。查体:左踝关节肿胀,内踝及后踝压痛明显,左踝关节活动受限,足背动脉搏动正常,足趾活动及感觉正常。于我院急诊拍片示:左内,外踝骨折,左后踝骨折,左踝关节脱位。

【诊断】左踝关节骨折伴脱位。

【处理】收入住院,临时予以手法整复后石膏托固定患肢。消肿1周后行左踝关节骨折切开复位内固定术。术前、术后早期予以桃红四物汤加减治疗:当归15g、熟地15g、川芎15g、白芍15g、桃仁10g、红花10g、延胡索10g、枳实10g、水蛭10g、土鳖虫10g。

【二诊】患者1个月后门诊复查。手术切口愈合良好,左踝关节可见少许青紫瘀斑,左踝关节可活动,末梢血液循环及感觉正常。X线片显示骨痂形成,骨折线稍模糊,内固定物牢固。口服复元活血汤加减:柴胡15g、瓜蒌10g、当归10g、红花10g、水蛭6g、甘草6g、酒大黄10g、桃仁10g,外用伤科熏洗汤煎水泡洗。

【三诊】患者2个月后门诊复查。左踝关节轻微肿胀,无明显压痛点,左踝关节活动可,末梢血液循环及感觉正常。X线片显示骨折线模糊,内固定物固定牢固。口服八珍汤加减:党参30g、白术30g、茯苓30g、当归15g、桃仁10g、川芎15g、白芍15g、熟地黄20g、酒大黄10g、甘草6g,外用伤科熏洗汤煎水泡洗。

【按】踝关节由胫腓骨下端和距骨构成,胫骨的内踝、后踝以及腓骨的外踝所组成的踝穴,将距骨包裹在其中。距骨体位于踝穴内,有坚强的韧带包绕,牢固且稳定,因此临床上单纯的踝关节脱位并不常见,往往都合并有骨折损伤。按照脱位的方向来看,分为外脱位、内脱位、前脱位、后脱位。一般临床上内侧脱位最常见,其次是外侧脱位,前侧脱位和后脱位较为少见。对于此类患者须行常规踝关节CT检查,避免遗漏骨折。早期行手法整复+石膏托固定可有效缓解局部肿胀,有利于后期行骨折固定治疗。根据骨折脱位的方向不同所采取的复位手法也有所区别。在进行复位前须对患肢行血管神经检查,主要包括足部动脉及胫后动脉,足背及足趾的浅感觉和运动情况。局部消毒后关节内注射利多卡因予以局部镇痛。①对于后脱位:首先从胫骨远端游离距骨,稍微跖屈足部并将脚后跟从胫骨轴向分离(即,将其拉开),第一助手提供对小腿的轴向反牵引;接下来保持脚跟轴向分离,在第二助手向前脚踝施加反作用力的同时,将脚背屈,以将距骨穹窿重新置入关节榫眼中。②对于前脱位:首先将脚背屈以分离胫骨与距骨,施加轴向牵引力,然后将脚直接向后推,同时助手对腿的后部施加反牵引力。③对于横向脱位:将脚后跟从胫骨轴向分开,然后将脚向内侧移动并背屈,复位后予以石膏托固定患肢,密切关注患肢末梢血液循环及感觉,警惕骨筋膜间隔区综合征的发生。在骨折早期，患者受外来暴力损伤，患肢多表现疼痛肿胀；气滞血瘀是其主要病机，故在其局部疼痛肿胀明显时一般多用川芎、延胡索、厚朴、枳实等；二次复诊时患者局部瘀血积聚，则多可选用桃仁、赤芍、莪术、水蛭、土鳖虫等，在使用中熊昌源教授多以桃红四物汤为主方加减治疗。在骨折后期，患者以气血亏虚为主，熊昌源教授多从补益气血、脾胃、肝肾着手，补益气血多用党参、白术、白芍、熟地等，补养脾胃多加黄芪、陈皮、山药、木香、砂仁等，补益肝肾多可加滋阴之地黄、龟甲、山茱萸等和补阳之鹿角胶、菟丝子、肉苁蓉等，故以八珍汤加减方治疗。伤科熏洗汤加减局部熏洗外用，选用伸筋草、羌活、独活、桑枝、川芎、透骨草、艾草等，可以促进血液循环、温通筋脉、舒筋活络，使骨折断端和周围软组织修复加快。

四、桡骨远端骨折医案

患者马某，女，67岁。

【首诊】患者自诉4h前不慎跌倒，左掌撑地后，左腕关节疼痛。查体：左腕肿胀，餐叉样畸形，左腕部活动受限，患肢末梢血液循环及浅感觉正常。于我院急诊拍片示：左桡骨远端骨折，桡骨远端骨折块向背侧及桡侧移位。

【诊断】左桡骨远端骨折。

【处理】手法整复后小夹板固定患肢。桃红四物汤加减口服。治疗：当归15g、熟地15g、川芎15g、白芍15g、桃仁15g、红花15g、延胡索10g、枳实10g、川芎10g。

【二诊】患者1周后门诊复查。查体：外固定夹板稍松动，左腕部肿胀，局部可见青紫瘀斑，左手各指活动及感觉正常。拍片示：骨折对位良好。处理：调整小夹板松解度，予以桃红四物汤加减口服。治疗：当归15g、熟地15g、川芎15g、白芍15g、桃仁15g、红花15g、延胡索10g、水蛭10g、莪术10g。

【三诊】患者3周后门诊复查。查体：小夹板固定牢固，左腕部肿胀减轻，局部青紫瘀斑减轻，左手各指末梢血液循环及感觉正常。处理：继续夹板固定，补中益气汤加减：黄芪15g、人参15g、白术10g、炙甘草15g、当归10g、陈皮6g、升麻6g、柴胡12g、生姜10片、大枣6枚、杜仲10g、骨碎补10g、续断10g。

【四诊】患者4周后门诊复查。查体：小夹板稍松动，左腕部肿胀明显减轻，局部青紫瘀斑消退，左手各指末梢血液循环及感觉正常。拍片示：骨折断端连接良好，骨痂形成，骨折线模糊。处理：去除夹板，指导患者行患肢功能锻炼，局部予以伤科熏洗汤熏洗治疗。

【按】桡骨远端骨折约占全身骨折的1/6,是上肢最常见骨折,对于干骺端骨折及矢状面关节面内等稳定型骨折手法整复小夹板外固定效果较好。

复位前须详细询问患者病史并拍摄X线片,确认患者骨折类型后行骨折端血肿内麻醉,待疼痛明显缓解后开始手法整复。一般在骨折端持续牵引下远骨折端逆移位方向整复后多可达到复位要求。复位后行小夹板屈腕尺偏位固定。复位后即拍摄X线片复查,了解复位情况,密切关注桡骨高度、掌倾角、为尺偏角以保证患者腕关节功能。小夹板固定后密观患者末梢血液循环及浅感觉。小夹板固定时间不应超过4周。过长时间的制动会导致关节粘连、腕关节的功能丧失。干骺端粉碎性骨折手法整复后因骨折块缺少皮质骨的支撑,易发生桡骨高度的丢失。桡骨高度丢失将显著改变腕关节的应力分配。因此,对此型骨折复位桡骨高度在恢复过程中未达满意高度的患者建议手术治疗。骨折早期气滞血瘀必是其主要病机,故在其局部疼痛肿胀明显时一般在桃红四物汤原方基础上加用川芎、延胡索、厚朴、枳实等;1周后复查对于瘀血积聚,则多可选用桃仁、赤芍、莪术、水蛭、土鳖虫等。3周后复查显示周围软组织肿胀也已经减轻,在这期间,骨折处于初步愈合,断端已经有骨痂形成,由于为老年患者,脉相显示气血亏虚为主,但是由于前期气滞血瘀严重,若补气养血会加重瘀滞,所以消瘀是其重点,若患者拖延到骨折后期才开始补养气血,往往气血已经亏虚,前一段时间的治疗中气血对于骨骼的滋养落后于其恢复,不利于其复原,可能出现骨折不愈合或延迟愈合,所以熊昌源教授采取在中期便开始益气养血,壮大患者气血,才能更好地滋养患者骨折恢复,方药用补中益气汤多加骨碎补、续端等强骨药。4周后复查显示骨折愈合良好,骨折断端稳定性良好,故予以拆除夹板鼓励患者早期行腕部功能锻炼,避免腕关节后期僵硬功能不佳。此时熊昌源教授多用自拟方伤科熏洗汤加减局部熏洗外用,选用伸筋草、羌活、独活、桑枝、川芎、透骨草、艾草等,可以促进血液循环、温通筋脉、舒筋活络,使骨折断端和周围软组织修复加快。

第二节　伤病用药精辨证　内外同治显奇效

熊昌源教授一贯主张,坚守中医人的初心,继承和发展中医文化是我们每一名中医工作者的使命。在继承方面,主张广泛学习各门各派的学术观点,极力反对师承一家,对各科草方、验方兼收并蓄,为其所用。故熊昌源教授一再告诫我们,千万不要因为老师的思维方式,言谈举止约束了我们的思想。鼓励我们广泛查阅文献,大胆探索。同时,他认为中医在保持自身特色的同时也要适应时代不断发展。由于中医药源于天然、副作用小、疗效确切、价格相对低廉,在缓解群众看病贵、看病难的问题上将大有作为。但是,继承中医,不代表是泥古不化,反对中医发展。中医必须发展,对现代医学应当引其所长、为我所用,不断提高诊疗水平和效果。对于常见骨伤科疾病精确的辨证论治、中西结合内外同治可能效果更为显著。

在诊治骨折方面,熊昌源教授认为当人体受到外力损伤后,常可致气血运行紊乱而产生一系列病理变化,人体一切伤病的发生、发展无不与气血有关。熊昌源教授认为,气血与损伤的关系是损伤病机的核心内容,因而在损伤的三期要注重调理好每一期的气血,无论内服外用,以气血调和为指导思想,处方用药围绕调和气血,使阳气温煦、阴精滋养,使疾病向好的方向转化。骨伤科疾病的临床治疗中往往也验证了这一点,在损伤中如不慎重调理气血,常导致气血失和、百病丛生,延误病情。《素问·调经论》中"五脏之道,皆出于经隧,以行血气,血气不和,百病乃变化而生,是故守经隧焉",又如《杂病源流犀烛·跌扑闪挫源流》中"跌扑闪挫,卒然身受,由外及内,气血俱病也"的理论依据对熊昌源教授在骨伤科疾病的诊疗中影响深刻。中医学认为肝主筋、脾主肌肉、肾主骨。熊昌源教授认为,人体的损伤与肝脾肾关系最为密切,伤病的发生、发展与肝、脾、肾脏腑功能失调密切相关。人全身气机的通畅条达、津液输布有序,有赖于肝的疏泄功能和脾主运化功能的正常。血液的运行和津液的输布代谢,又有赖于气机的调畅。如肝失疏泄必然引起气血津液运行障碍,最易导致内伤外损处经脉气血运行紊乱加重。若木旺乘土必然影响脾胃的运化,水液运行失调,经脉失于濡养或痰阻经脉而使疾病迁延。胃主受纳,脾主运化,故为气血生化之源,对损伤后的修复起着至关重要的作用。熊昌源教授在骨伤科疾病的诊疗中十分重视疏肝理气法,认为伤病初期以气滞为主者,应理气疏肝。后期在调补脾肾的同时,疏肝消导也同样重要,目的是使肝气条达。肝主筋的功能依赖于肝精肝血的濡养,由于筋在维持人体的稳定中起着关键的作用,是静力性平衡的主要功能单位,其损伤和退变是骨伤科疾病发生的重要原因。临床中,患者常有筋脉拘急疼痛、肌肉僵硬等症。因此采用柔肝养肝的治则,肝精肝血充足,筋得其养,才能运动灵活而有力,并能较快地解除疲劳。同时他认为:诊疗中还要考虑到肝血充盈才能养筋,筋得其所养,才能运动有力而灵活。临床常见患者肢体麻木、屈伸不利,这是肝不藏血的典型表现,治疗当灵活使用活血补血之方。肾主骨生髓,是肾精及肾气促进机体生长发育功能的具体体现,若骨失髓养,则易导致骨质疏松等骨伤科常见病,诊疗时注意补肾阳、益肾阴、阴阳双补等方法的选择,使肾精充足,阴阳平衡,骨髓得以充养。

对于骨折疾病的外治法,熊昌源教授认为不需要进行手术治疗的骨折患者,在治疗时按“手法整复,固定,功能锻炼”三步疗法,对每一步疗法,都要掌握一定的原则。在手法整复时,要求“筋骨并重”,任何损伤,当骨质受到损伤时,都在一定程度上会影响到软组织,致不同程度的受损,如果做到筋骨并重,既能恢复骨组织的正常结构,又能最大限度地减少软组织的损伤,对于骨折患者,在复位时则要求遵循“子求母”,即以骨折远端对近端的复位原则,整复时移动远折端(子骨)去对合近折(母骨)为顺,反之为逆,逆者难以达到复位的目的。而对于固定,功能锻炼则要求掌握“动静结合”的原则,熊昌源教授认为,固定与功能锻炼在骨折中占据同等重要的地位,中医骨伤之固定虽不及AO学派固定牢固,但二者有异曲同工之妙,AO是通过内固定使骨折获得纵向加压而稳定,中医治疗骨折是通过外固定使骨折获得横向加压而稳定。同时,中医骨伤之固定亦不影响患肢的功能活动,如通过夹板固定后通过肢体肌肉等长收缩及患肢非固定关节的功能锻炼,可以解决患肢肌肉萎缩及关节僵硬的问题。

在膝骨关节炎的诊治上,熊昌源教授认为膝骨关节炎属于中医“骨痹”的范畴。肝肾亏虚为病变根本,风寒湿邪为病变外因,经脉痹阻、血行不畅而成瘀,属本虚标实之证。因寒邪痹阻而引发的疼痛,《黄帝内经》称为“寒痹”,具有遇冷则剧、得温痛减的特点,治则为温经散寒、理气止痛,常用附子、细辛、川乌、草乌等大辛大热之品,取其温通经络、散寒除痹之功。熊昌源教授认为川乌、草乌联合桂枝、细辛、独活等增强除痹痛之功。其中,川乌尤善温经定痛,草乌以除痹痛见长。体弱而受寒轻者用制川乌即可达到较好疗效,寒邪胜者用生川乌,症状重者则联合运用川乌、草乌。因湿气壅滞而引发的疼痛,《黄帝内经》称为“着痹”,由于湿性重浊,具有肌肤麻木、关节重着不适等特点,治当健脾化湿为主,辅以温阳之品,助温化湿邪以行气通络。熊昌源教授常用白术、苍术、薏苡仁、制附子等治疗因久病多瘀而引发的疼痛,叶天士云“络瘀则痛”是也,常表现为关节肿痛、功能障碍,且胶结难解、缠绵不愈,因病邪易与瘀血凝聚、停留经络,须选用搜络透骨、散瘀化痰之品,以祛痰瘀、消肿痛,常选用全蝎、僵蚕、天南星、白芥子、蛤蚧等。

关于膝骨关节炎的外治疗法，熊昌源教授指出，静脉瘀滞和骨内压升高是退行性关节疾病相关疼痛的主要病因，故治疗的关键在于改善下肢静脉回流障碍、降低骨内压。采用压腿锻炼、手法弹拨和中药熏敷三联法治疗本病，患者股四头肌不收缩锻炼膝关节伸直，可消除屈膝对腘静脉的挤压；弹拨下肢后侧肌肉，加上压腿锻炼中的肌肉伸张，可促进静脉回流；中药熏敷的热效应和药物作用可使静脉瘀滞得以温通，使骨内压降低。膝关节的生物力学研究表明，膝关节屈曲角度越大，髌股关节压力越高，本病可因腘绳肌痉挛而引起膝关节屈曲。压腿锻炼和手法弹拨可缓解腘绳肌痉挛，使膝关节伸直，从而降低髌股关节压力。中医外治三联法直接作用于患处，改善微循环和血液流变性，降低骨内压，抑制关节炎症改变，延缓软骨退变，可起到消肿止痛、改善关节活动功能的作用。

在颈肩腰腿痛的诊治方面，熊昌源教授认为首先要力求诊断正确，为此不仅要仔细进行临床检查，而且要充分利用各种先进的理化检测技术。另一方面，他认为任何先进的检测方法都有一定的局限性，其检测结果必须与临床一致才具有诊断意义。在颈肩腰腿痛的治疗上，他体会到颈肩腰腿痛的治疗，对具体患者常常不是一个单纯的局部问题，中医辨证施治常可有效。他曾采用肩痛散通电加热局部外敷治疗肩关节周围炎，取得了较好的疗效。并在《中医正骨》《中国骨伤》期刊上发表了5篇相关学术论文。椎动脉型颈椎病在中医学中属“眩晕”范畴，即颈性眩晕，经云：“诸风掉眩皆属于肝”，其主要病机为肝肾阴虚、风阳上扰，是中老年人的常见病。古人云“无痰不作眩”、“无瘀不作眩”，眩晕常因“痰”与“瘀”而导致，本病发展又产生此两种病理产物。其中“瘀”始终贯穿其中。熊昌源教授认为，眩晕其病之本为肝肾阴虚、风阳上扰，且因气血亏虚、肾精不足，导致脑失所养，再有中焦痰湿内聚、清阳不升，故而引发眩晕。治则以调整阴阳、补虚泻实为主。临床表现主要为眩晕、头痛、耳鸣、心烦、失眠，头颈活动可使上列症状发作或加重，舌红、脉弦。颈椎活动受限，颈后压痛。X线片显示病变椎间隙变窄，病变椎间隙变窄，椎体钩椎关节侧方有骨赘，椎间孔变小。熊昌源教授用天麻钩藤饮加葛根治疗此类椎动脉型颈椎病。方中天麻、钩藤、石决明平肝熄风，山栀、黄芩清热泻火，牛膝、杜仲、桑寄生补益肝肾，夜交藤、茯神安神定志，葛根解肌透邪，除颈项强痛。

中医认为腰椎间盘突出属于腰腿痛范围，多由于劳损、风寒、扭挫导致经络不畅、气血瘀滞、筋骨失养，不通则痛。熊昌源教授主张大部分的腰腿痛均可采用保守治疗达到满意疗效而无须手术治疗,在临床多采用内外兼治的方法对患者进行治疗,其认为中医传统外治法在临床治疗过程中有着其他治疗方法无法比拟的优势,具有毒副作用少、临床疗效显著、易于被患者接受且价格低廉等诸多优势。中药熏蒸疗法集药疗、热疗与特定腧穴刺激于一体,使有效成分通过开泄的“腠理”直达病所,促使药物透皮吸收,改善局部肌肉痉挛,松解粘连,促进局部血液循环,促进炎性致痛因子的吸收和消除局部充血水肿,从而促进功能恢复。《黄帝内经》中即有“病在骨,淬针药熨,其有邪者,演形以汗”的记载。温化能温通督脉,温通足太阳膀胱经,散表邪,温腠理,驱寒柔筋,温血脉,温肾助阳,通调水道。

一、桡骨远端骨折医案

患者程某,女,76岁。

【首诊】患者因摔伤导致右腕部疼痛伴活动受限4h,于门诊就诊。查体:右腕关节肿胀,餐叉样畸形,腕关节活动受限。门诊拍片显示右桡骨远端骨折。

【诊断】右桡骨远端骨折。

【处理】予以手法整复患肢后小夹板固定。桃红四物汤加减:熟地黄、赤芍各30g,当归、郁金、桃仁各20g,制川芎、红花各10g,水煎服,每天1剂,于早、晚两次饭后分服;前臂悬吊固定,嘱注意观察患手末梢血液循环情况。

【二诊】患者1周后门诊复查,患者诉右腕部疼痛稍缓解。拍片显示骨折断端对位良好。骨折后1周属于骨折早期,患者疼痛稍缓解,局部可见明显青紫瘀斑。处方为桃红四物汤加减:熟地黄、赤芍各30g,当归、郁金、桃仁各20g,水蛭10g,制川芎、红花各10g,水煎服,每天1剂,于早、晚两次饭后分服;前臂继续小夹板固定,嘱注意观察患手末梢血液循环情况。

【三诊】患者3周后门诊。查体:右腕关节稍肿胀,夹板固定牢固,患肢末梢血液循环及感觉正常。治疗采用续骨活血汤加减:当归尾10g、白芍10g、生地12g、红花10g、地鳖虫10g、骨碎补10g、川续断10g、乳香10g、没药10g。

【四诊】患者5周后门诊复查。拍片显示骨折断端骨痂包裹,骨折线已模糊,骨折对位良好。拆除夹板后患者自觉患肢无力、活动不利。局部辅助予以消瘀膏外敷,中药熏洗汤局部熏洗治疗。

【按】骨折早期,患者受外来暴力损伤,患肢多表现疼痛肿胀;无外伤则皮下可见或多或少的瘀斑,此为有明显的瘀血积聚。如果有外伤则可见血液直接向外流失，由于周围软组织的损伤，导致血液运行不畅，骨折处瘀血内生。熊昌源教授说，气滞血瘀必是其主要病机，故在其局部疼痛肿胀明显时一般多用川芎、延胡索、厚朴、枳实等；对于瘀血积聚，则多可选用桃仁、赤芍、莪术、水蛭、土鳖虫等，在使用中熊昌源教授多以桃红四物汤为主方加减治疗。该患者病机为血气受伤成瘀，治法应以活血行气、消瘀止痛为主，故处方以桃仁、红花活血化瘀；熟地、当归滋阴养血；郁金、川芎行气活血；芍药养血和营。

骨折中期，一般是损伤后3~4周，经过一段时间的治疗之后，骨折已经初步恢复，周围软组织损伤修复，疼痛肿胀也已经减轻，在这期间，骨折处于初步愈合，断端已经有骨痂形成，所以熊昌源教授一般在活血化瘀的基础上加用杜仲、骨碎补、续断等接骨之药。此时应以接骨续筋法治疗为主，为祛瘀生新、接骨续损之法。适用于骨折已有连接但未坚实，疼痛有明显减轻，而瘀血未净的时候。方中骨碎补、川续断起到接骨续断的作用。红花、白芍、当归、生地等为化瘀消肿、活血止痛之品，使骨折断端瘀血疏化，为骨折愈合创造条件，否则瘀血不去，则骨难续也。

骨折后期一般已经骨折1个月有余，此时骨折处已经初步愈合，骨痂覆盖骨折两端，骨折端较为稳定，由于在前中期一直坚持行气、活血、化瘀，此时血瘀、气滞等症状已经大体上消失了，但是气血的虚损必然还是存在的，首先就是损伤对于气血的伤害，其次由于患者长期活动量减少，消耗减少，摄入受到影响，导致气血生成无源，人体正气虚损之象多明显，虽然在中期就开始益气养血，但在中期的补益多起辅助作用，在行气活血、接骨续筋的基础上进行的补益，多在于减少其亏损程度，而有利于在后期更快补养。《素问》言："虚者补之"。所以在这一阶段熊老师多从补益气血、肝肾着手，根据自身临床多年用药经验总结验方为养筋健骨汤加减：白芍20g、当归15g、续断15g、三七10g、杜仲10g、穿山甲10g、牛膝10g、木香10g、木瓜10g。方中白芍、当归具有养血、柔筋、止痛的功效，续断有补肝肾、强筋骨的功效，穿山甲祛风湿强筋骨，木瓜舒筋活络，三七活血化瘀，木香行气止痛，共奏养筋壮骨、活血通络之效。

二、腰椎压缩性骨折医案

患者刘某，女，81岁。

【首诊】患者不慎摔倒致腰部疼痛伴活动受限1天于门诊就诊。查体：脊柱无明显侧弯或后突畸形，腰1~2棘突叩击痛(+)，腰部活动受限，双下肢肌力及感觉正常,生理反射存在,病理反射未引出。门诊拍片显示腰1椎体压缩性骨折。

【诊断】腰1椎体骨折。

【处理】佩戴腰围,垫枕平卧休息。处方为复原活血汤加减:酒大黄、桃仁、鸡血藤、黄芪各15g,柴胡、当归、红花、穿山甲、天花粉、乳香、没药、炙甘草各10g,水煎服,每天1剂,于早、晚两次饭后分服。

【二诊】患者4周后门诊复查。患者诉腰部疼痛较前缓解,仍感酸软无力。骨折后3周属于骨折中期,患者疼痛明显缓解,X线片显示骨折愈合稍缓慢。方药用增骨汤加减:山药、茯苓各20g,熟地黄、山茱萸、威灵仙、伸筋草各15g,泽泻、乳香、没药、桃仁、红花、生龙骨、生牡蛎各10g,赤芝6g,血竭粉、红曲各3g,水煎服,每天1剂,于早、晚两次饭后分服。

【三诊】患者8周后门诊复查。患者诉腰部疼痛明显缓解,X线片及MRI显示骨折愈合。方药为补肾健骨汤加减:淫羊藿15g、肉苁蓉15g、骨碎补15g、龟胶10g、鹿胶10g、山药10g、丹参10g、田七10g。每天1剂,于早、晚两次饭后分服;配合腰背部中药熏洗及药罐治疗,指导患者行腰背肌功能锻炼。

【按】该患者病机为素体肝肾亏虚导致骨质疏松,扭伤后血气受伤成瘀,气血瘀滞,腑气不通,腰部疼痛伴腹胀便秘,遂以活血止痛、润肠通便为主要治法。选用复原活血汤加减,方中重用酒大黄荡涤留瘀败血,引瘀血下行;柴胡疏肝理气使气行血活,兼可饮诸药入肝经,两药合用,一升一降,以攻下瘀滞,共为君药。当归、桃仁、红花、鸡血藤活血化瘀、消肿止痛,共为臣药。天花粉既能入血分消瘀血,又能清热散结消肿;乳香、没药、当归养血活血止痛;续断、穿山甲强筋骨续筋接骨;黄芪益气行血,均为佐药。炙甘草调和诸药,共为使药。骨折中期病机为肝肾亏虚,气血瘀阻,本患者舌暗红、苔薄白,脉弦细,属肝肾亏虚证。选用增骨汤加减,方中以熟地大补肾阴,壮水之主为君药,用山萸肉之色赤入心,山药之色白入肺。味甘入脾者,从右以纳于肾。以泽泻清膀胱,而后肾精不为相火所摇。桃仁、红花、血竭活血祛瘀,乳香、没药通络止痛,生牡蛎、生龙骨重镇安神,茯苓清气分之热,则饮食之精,由脾输肺以下降。伸筋草、威灵仙祛风湿,不为火所灼。赤芝、红曲补气益血。骨折后期患者筋骨萎软、关节活动不利,病机以气血肝肾亏虚为主,选用补肾健骨汤加减。方中淫羊藿、肉苁蓉、骨碎补、龟胶、鹿胶等补肾壮骨,山药、丹参、田七等活血通络、促进骨合成,改善骨骼微循环,达到强筋壮骨的功效,后期配合中药熏洗及局部药罐治疗可有效缓解患者后期残留腰背部疼痛。以五点支撑拱腰法进行腰背肌锻炼，同时要求患者每天多卧床休息，减轻腰背部压力。

三、颈椎病医案

患者王某，女，56岁。

【首诊】患者因四肢麻木半个月于门诊就诊。门诊拍片显示颈部生理曲度变直，颈5～6椎间盘突出。查体：颈部生理弯曲平直，颈部肌肉僵硬，压痛明显，俯仰活动受限，痛处拒按，臂丛牵拉试验（+），压顶试验（+），四肢肌力正常，末梢血液循环良好，肌张力正常，腱反射存在，病理反射未引出。舌质暗紫，有瘀斑，舌苔薄白，脉弦。

【诊断】颈椎病。

【处理】桂枝葛根汤加减：葛根20g，生白芍、赤芍、生白术、当归、伸筋草各15g，炙甘草12g，柴胡、川芎、桂枝、红芪、赤芝各10g。水煎服，每天1剂，于早、晚两次饭后分服；配合颈部牵引，中药熏洗、烫熨、药物罐等中医特色理疗。

【二诊】患者4周后门诊复查，诉四肢麻木较前好转，偶感颈肩部疼痛，眠差，天冷则甚，上方基础上加乳香、没药各15g以活血止痛，鸡血藤30g以祛风湿兼以活血，合欢花20g以疏肝解郁安神。

【三诊】患者6周后门诊复查。诉四肢麻木明显好转，颈肩部疼痛较前减轻。效不更方，继予14付巩固疗效。

【按】病性为实证，病位在肾。治法以活血舒筋、通络止痛为主。桂枝葛根汤方加减治疗，方中桂枝解肌发表、调和营卫，葛根解肌退热、生津止渴共为君药；赤芍、生白芍活血止痛，川芎活血行气，伸筋草舒筋止痛共为臣药；佐以当归活血补血，赤芝养血安神，红芪活血补气；白术健脾益气、燥湿利水，柴胡疏肝解郁，炙甘草缓急止痛、调和诸药共为使药。疼痛不缓解时可加用乳香及没药，失眠可加用合欢皮。中药熏蒸疗法、烫熨、药物罐等中医特色理疗，使有效成分通过开泄的“腠理”直达病所，促使药物透皮吸收，改善局部肌肉痉挛，松解粘连，促进局部血液循环，促进炎性致痛因子的吸收和消除局部充血水肿，从而促进功能恢复。

四、颈椎病医案

患者李某，女，66岁。

【首诊】患者因头晕1周于门诊就诊，现以头晕恶心，伴颈部疼痛为主，患病以来,患者神清,精神可,无恶寒发热,纳差,睡眠差,二便调,情志正常,体力体重未见明显改变。查体:颈部生理弯曲平直,颈部肌肉僵硬,压痛明显,俯仰活动受限,痛处拒按,臂丛牵拉试验(一),压顶试验(一),四肢肌力正常,末梢血液循环良好,肌张力正常,腱反射存在,病理反射未引出。舌红苔黄,脉象弦数。门诊行颈椎MRI检查示:颈椎生理曲度变直,颈4~6椎间盘突出。

【诊断】颈椎病。

【处理】方药以天麻钩藤饮加减:石决明、薏苡仁各20g,钩藤、杜仲、茯神、生牡蛎各15g,天麻、川牛膝、益母草、桑寄生、夜交藤、酸枣仁、独活各12g,黄柏、栀子、赤芝各10g,黄芩、柴胡、川芎各10g,炙甘草6g。水煎服,每天1剂,于早、晚两次饭后分服;配合颈部牵引,中药熏洗、烫熨、药物罐等中医特色理疗。

【二诊】患者4周后门诊复查,诉头晕较前减轻,配合颈部牵引,中药熏洗、烫熨、药物罐等中医特色理疗,效不更方,继予14付巩固疗效。

【三诊】患者6周后门诊复查,诉头晕明显缓解,偶感颈部疼痛,嘱患者避风寒、慎起居,避免长时间低头或保持同一姿势,配合放风筝法,进行颈部肌肉放松锻炼。

【按】患者为肝阳上亢、肝风上扰所致,故予以平肝熄风、清热活血。选用天麻钩藤饮加减,方中天麻、钩藤平肝熄风,为君药;石决明、生牡蛎平肝潜阳,重镇安神,与君药合用以加强平肝熄风之力,川牛膝引血下行,并能活血利水,夜交藤,酸枣仁、茯神养心安神,共为臣药;杜仲、桑寄生补益肝肾,栀子、黄芩清肝降火,黄柏清热燥湿,薏苡仁健脾利湿,柴胡疏肝理气,赤芝补益元气,益母草和川牛膝活血利水,均为佐药;川芎活血止痛,炙甘草调和诸药,共为使药。除中药辨证方口服外,配合颈椎牵引及中药局部熏洗理疗可放松颈肩部肌肉,加快患者恢复。

五、腰椎间盘突出医案

患者万某,女,45岁。

【首诊】患者既往因久坐导致腰部间断性疼痛2年,1月前腰部感受风寒,现因腰部冷痛畏惧风寒1个月于门诊就诊。查体:腰椎生理曲度变浅,腰3棘突及腰骶部压痛,叩击痛(一),左下肢直腿抬高试验60°(+),加强(+),右下肢直腿抬高试验(一),加强(一)。双下肢肌力及感觉正常,生理反射对称引出,病理反射未引出,末梢血液循环及感觉正常。门诊拍片显示腰椎退行性变、椎间盘病变,MRI示:L4/5、L5/S1椎间盘突出。

【诊断】腰椎间盘突出症。

【处理】处方为补阳还五汤加减:黄芪40g,当归、白术各20g,赤芍、桂枝、防风各15g,地龙、川芎、红花、桃仁各10g,水煎服,每天1剂,于早、晚两次饭后分服;嘱其佩戴腰围,避风寒、慎起居,配合牵引、中药熏洗、中频脉冲、冲击波、热敷等理疗措施。

【二诊】患者4周后门诊复查,诉腰部冷痛较前好转,畏寒症状较前减轻。方以补肾壮筋汤加减:熟地黄、当归、山茱萸、茯苓各15g,怀牛膝、续断、杜仲、白芍、五加皮各10g,青皮6g,水煎服,每天1剂,于早、晚两次饭后分服。

【三诊】患者6周后门诊复查,诉腰部冷痛明显缓解,效不更方,继予14付巩固疗效,嘱患者适当进行腰背肌功能锻炼。

【按】该患者腰痛病机为风寒痹阻,治法以祛风散寒、活血通络为主。方中黄芪益气以促行血,当归活血养血,赤芍、川芎、桃仁、红花活血祛瘀,地龙通经活络,引诸药力直达络中,桂枝温通经脉,防风祛风除痹,白术健脾利湿,全方共奏祛风散寒、活血通络之功。4周后患者外感症状较前减轻明显,但因平素腰部劳损,久坐少动,阳气鼓动无力,根据患者病情变化改用补肾壮筋汤加减。以活血化瘀、补肾强筋为主。方中熟地、当归、白芍、山茱萸补益肝肾之精血,精血充旺,则筋骨强壮;配以杜仲、牛膝、五加皮补益肝肾、强壮筋骨;茯苓、青皮理气益脾,以助运化。诸药合用,共奏补肝肾、强筋骨之效。中药熏洗、中频脉冲、冲击波、热敷等理疗,促使药物透皮吸收,改善局部肌肉痉挛,松解粘连,促进局部血液循环,促进炎性致痛因子的吸收和消除局部充血水肿,从而促进功能恢复。

六、腰椎间盘突出医案

患者杨某,男,75岁。

【首诊】患者因腰膝酸软无力、恶寒喜暖1年,近半月劳累后加重,于门诊就诊。查体:腰椎生理曲度变浅,腰骶部压痛,叩击痛(—),左下肢直腿抬高实验(—),加强(—),右下肢直腿抬高实验(—),加强(—)。右侧胫前肌肌力4级,左侧胫前肌肌力正常,双下肢肌力及感觉正常,生理反射对称引出,病理反射未引出,末梢血液循环及感觉正常。门诊拍片显示:腰椎退行性变。MRI示:L2/3、L3/4、L4/5、L5/S1椎间盘突出;腰椎退行性变。

【诊断】腰椎间盘突出症。

【处理】方用金匮肾气丸加减：熟地黄20g，山茱萸、山药各15g，茯苓、泽泻、丹皮各10g，淫羊藿、牛膝各10g，制附子、肉桂各10g，水煎服，每天1剂，于早、晚两次饭后分服；配合牵引、中药熏洗、中频脉冲、冲击波、热敷等理疗缓解症状。

【二诊】患者2周后门诊复查，诉腰膝酸软较前好转，效不更方，继予14付巩固疗效。嘱患者适当进行腰背肌功能锻炼。

【三诊】患者4周后门诊复查，诉腰腿疼痛症状明显缓解。辅助予以伤科熏洗汤及药罐局部理疗。

【按】该患者为老年男性，素体肝肾亏虚，腰腿痛缠绵日久，反复发作，乏力，劳则加重，卧则减轻；四肢不温，形寒畏冷，乏力，舌质淡胖，脉沉细无力。病因先天禀赋不足，后天失调，久病体虚，年老体衰，房事不节，以肾经亏损，无以濡养经脉而发生腰腿疼痛，此为内因；病性为虚证，后者病位在肾。遂以补肝肾、强筋骨为主要治法。方用金匮肾气丸加减。方中以熟地大补肾阴，壮水之主为君药，用山萸肉之色赤入心，山药之色白入肺。味甘入脾者，从右以纳于肾。以泽泻清膀胱，而后肾精不为相火所摇。茯苓清气分之热，则饮食之精，由脾输肺以下降。不为火所灼。肉桂助附子温肾阳、补火生土。牛膝、淫羊藿补益肝肾，牛膝兼引药下行。中药熏洗、中频脉冲、冲击波、热敷等理疗，促使药物透皮吸收，改善局部肌肉痉挛，松解粘连，促进局部血液循环，促进炎性致痛因子的吸收和消除局部充血水肿，从而促进功能恢复。

七、膝关节骨性关节炎医案

患者王某，女，67岁。

【首诊】患者因双膝酸困疼痛伴酸软无力2年，半月前久行后加重于门诊就诊。查体：双膝关节稍肿胀，局部肤温及肤色正常，浮髌试验（－），髌骨研磨试验（＋），麦氏征（－），侧方挤压试验（－），抽屉试验（－），双下肢肌力及感觉正常。门诊拍片显示双膝退行性改变。

【诊断】双膝骨性关节炎。

【处理】处方以独活寄生汤加减：独活、杜仲、茯苓、党参、伸筋草各15g，桑寄生、防风、熟地、桑枝、延胡索各12g，川牛膝、秦艽、桂枝、生白芍、川芎、当归、炙甘草各10g，细辛3g，水煎服，每天1剂，于早、晚两次饭后分服；伤科熏洗汤局部熏洗治疗，辅助予以消瘀膏外敷，指导患者行股四头肌功能锻炼。

【二诊】患者4周后门诊复查，诉双膝关节疼痛较前减轻，酸软无力较前好转,仍感乏力。考虑到患者为老年女性,气血亏虚,在前方基础上去党参加生晒参15g,以增强益气补脾益肺、大补元气之效,增大四物汤的剂量:当归、熟地黄各20g,川芎、生白芍各15g,茯苓健脾利水增加至20g。

【三诊】患者8周后门诊复查,诉双膝疼痛缓解,酸软无力明显减轻。效不更方,继予14付巩固疗效。嘱患者避风寒、慎起居,佩戴护膝,注意保暖,不深蹲、不盘腿、不爬楼,适当进行股四头肌锻炼。

【按】该患者为老年女性,素体肝肾亏虚,疼痛缠绵日久,反复发作,乏力,劳则加重,卧则减轻;四肢不温,形寒畏冷,乏力,舌质淡胖,脉沉细无力。病因先天禀赋不足,后天失调,久病体虚,年老体衰,房事不节,以肾经亏损,无以濡养经脉而发生腰腿疼痛,为内因;病性为虚证,病位在肝肾。遂以补肝肾、强筋骨为主要治法,处方以独活寄生汤加减;本方重用独活为君药,辛苦微温,善治伏风,除久痹,且性善下行,以祛下焦与筋骨间的风寒湿邪。臣药以防风、秦艽、桂枝、防风祛一身之风而胜湿,桂枝温经散寒、通利血脉,桑枝、伸筋草、延胡索、秦艽祛风湿、舒筋络止痛而利关节,君臣相伍,共祛风寒湿邪。佐以桑寄生、杜仲、牛膝以补肝肾、强筋骨,且桑寄生兼可祛风湿,牛膝尚可活血以通利肢节筋脉,细辛祛风止痛,当归、川芎、熟地、白芍养血和血,党参、茯苓、甘草健脾益气,甘草调和诸药,兼使药之用。中药熏洗疗法集药疗、热疗与特定腧穴刺激于一体,使有效成分通过开泄的“腠理”直达病所,促使药物透皮吸收,改善局部肌肉痉挛,松解粘连,促进局部血液循环,促进炎性致痛因子的吸收和消除局部充血水肿,从而促进功能恢复。

第三节　动静结合缩疗程　愈合快来功能好

熊昌源教授认为,骨折固定要不影响肢体的活动,而活动又要求不引起骨折断端的移位。因此,对骨折有效的局部固定是肢体活动的基础,而合理的功能活动又是促进骨折加速愈合的条件。另外,固定之后,引导患者进行功能锻炼,肌肉的收缩可使肢体表面张力增加,压垫的压力也随之增加,从而可以矫正残留的移位,同时,通过功能锻炼,可促进骨折局部血肿、水肿的吸收,加速伤部血管网的重建。对于脊柱胸腰段压缩骨折的患者采用拱桥式挺胸功能锻炼,发现其更有利于压缩椎体的复位。此外,也避免了外伤的失用性萎缩,以及关节僵硬和骨质疏松等并发症的发生。熊昌源教授认为,脊柱胸腰段屈曲压缩骨折的主要问题是后遗腰背疼痛,其原因为腰背肌萎缩、骨质疏松、软组织的粘连和瘢痕,强大的背伸肌是脊柱稳定和功能活动的重要条件,患者通过以背伸肌收缩为主的功能锻炼,不仅不会发生肌肉萎缩,而且肌肉可能比以前更发达。

练功疗法在临床治疗过程中是最简便、最安全的治疗方法之一,但是这并不意味着练功疗法即是尽可能地活动患处关节。在进行练功疗法之前,需要做好充足的准备。首先便是要做好心理准备,练功疗法必然是一个漫长、需要长期坚持的治疗方法,在治疗过程中,切忌急于求成,而是需要耐心地、反复地进行练功锻炼。每一次的练功锻炼都是对关节活动的自我评价。练功疗法的首要条件是质量,其次是数量,切忌在练功锻炼过程中只注重数量而忽略了关节的锻炼程度,导致事倍功半。练功疗法需要患者充分发挥主观能动性,进行自主性功能活动锻炼。练功疗法亦如逆水行舟,只有坚持不懈地慢慢积累,最终才能恢复理想的功能活动。其次是正确的练功方法,练功疗法的最终目的是恢复关节活动,从而达到正常生活,但在锻炼过程中,尤其是骨折、脱位治疗后的初期,各种锻炼都必须以不影响治疗效果以及不引起剧烈疼痛为原则,在医师的正确指导下进行功能锻炼。切忌粗暴、强硬地被动活动。

一、桡骨远端骨折医案

患者张某,女,63岁。

【首诊】患者因摔伤导致右腕关节疼痛伴活动受限2h后于门诊就诊。查体:右腕关节肿胀明显,皮肤完整,餐叉样畸形,桡骨远端环形压痛(+),右腕关节屈伸活动均受限,右上肢末梢血液循环及感觉正常。门诊拍片显示右桡骨远端骨折。

【诊断】右桡骨远端骨折。

【处理】手法整复加固定。采用坐位,患肢中立位,两助手进行拔伸牵引1~2min,术者再根据骨折移位情况逆损伤机制用力,通过端提、挤按等方法使骨折复位,再于背侧、掌侧、桡侧各加压垫,加压维持复位,于前臂前后内外各放置其相应夹板,使用扎带捆扎。嘱患者再行X线片检查,检查见复位情况良好。处方为桃仁10g、红花10g、川芎15g、赤芍10g、当归15g、茯苓20g、丹参10g、独活15g、桑寄生15g、鸡血藤30g、威灵仙10g,3付水煎服,每天1剂,于早、晚两次饭后分服。指导其功能锻炼,手指屈伸活动:用最大力量握拳5s后再伸展手掌5s,每天总量500次。

【二诊】患者3天后门诊复查,诉疼痛略有好转,患肢肿胀不适。拍片显示骨折对位良好。处理方案:调整小夹板松紧度,前方不变,3付水煎服,每天1剂,分2次服,指导其加强练功活动,以主动手指屈伸为主,用最大力量握拳5s后再伸展手掌5s,每天总量1000次,以促进局部血液循环,加速患处血管的重建,同时配合肘关节、肩关节活动。

【三诊】患者1周后门诊复查,诉疼痛明显缓解,肿胀较前缓解,服药后胃脘稍有胀气不适。拍片显示骨折断端对位良好。处理方案:调整小夹板松紧度,前方加陈皮、神曲、鸡内金,7付水煎服,每天1剂,分2次服,嘱其加强练功活动,仍以主动手指屈伸为主。

【四诊】患者2周后门诊复查,诉稍有疼痛不适,肿胀较前进一步缓解,自觉患肢末端乏力。拍片显示骨折断端可见少许高密度影形成,骨折对位良好。处理方案:调整小夹板松紧度,前方去神曲、鸡内金,加用伸筋草、黄芪,7付水煎服,每天1剂,分2次服,嘱其继续保持手指屈伸练功活动,同时配合肘关节、肩关节活动。

【五诊】患者3周后门诊复查,诉疼痛明显缓解。处理方案:调整小夹板松紧度,处方为当归尾10g、白芍10g、生地12g、红花10g、地鳖虫10g、骨碎补10g、川续断10g、乳香10g、没药10g,7付水煎,每天1剂,分2次服。嘱其继续保持手指屈伸练功活动,同时配合肘关节、肩关节活动。

【六诊】患者4周后门诊复查,诉疼痛肿胀明显缓解,轻微疼痛局限于腕部桡侧,自觉患肢肌力稍弱,腕关节屈伸活动不利。复查X线片显示骨折断端可见少许骨痂形成,骨折线模糊,骨折对位良好。处理方案:拆除患肢夹板外固定,予以伤科熏洗汤外用熏泡患处。同时嘱患者加强患肢练功活动,以腕关节屈曲、背伸以及尺桡偏为主。

【七诊】患者6周后门诊复查,诉局部无明显疼痛肿胀,腕关节屈伸及侧偏活动正常,除自觉患肢肌力稍弱外,余无不适。

【按】对于骨伤患者,熊昌源教授在治疗时按"手法整复,固定,功能锻炼"三步疗法,对每一步疗法,都要掌握一定的原则。其中,功能锻炼要求掌握"动静结合"的原则,熊昌源教授认为,固定与功能锻炼在骨折中占据同等重要的地位,中医骨伤之固定虽不及AO学派固定牢固,但二者有异曲同工之妙,AO是通过内固定使骨折获得纵向加压而稳定,中医治疗骨折是通过外固定使骨折获得横向加压而稳定。同时,中医骨伤之固定亦不影响患肢的功能活动,如通过夹板固定后通过肢体肌肉等长收缩及患肢非固定关节的功能锻炼，可以解决患肢肌肉萎缩及关节僵硬的问题。

此患者在骨折早期，指导其行患肢末端功能锻炼，以主动手指屈伸为主，早期以恢复关节活动度为主要目的，然后再逐渐恢复抓握力。主动活动较差时可采取被动功能锻炼，可以手部按摩以减少肌腱和关节的粘连，解除肌痉挛，防止肌肉萎缩。桡骨远端骨折患者提倡早期功能锻炼，可促进骨折局部血肿、水肿的吸收，加速患处血管的重建。

骨折中期，患者疼痛明显缓解，X线片显示骨折开始愈合。此时以接骨续筋法治疗为主，为祛瘀生新，接骨续筋之法。适用于骨折已有连接但未坚实。疼痛有明显减轻，而瘀血未净的时候。治疗采用续骨活血汤加减：当归尾10g、白芍10g、生地12g、红花10g、地鳖虫10g、骨碎补10g、川续断10g、乳香10g、没药10g。本方中骨碎补、川续断起到接骨续断的作用。红花、白芍、当归、生地等为化瘀消肿、活血止痛之品。使骨折断端瘀血疏化，为骨折愈合创造条件，否则瘀血不去，则骨难续也。合理的功能锻炼可以促进骨折局部血肿、水肿的吸收，加速患处血管的重建，配合精细对指运动，以减少肌腱和关节的粘连。

二、胸腰椎压缩骨折医案

患者余某，女，68岁。

【首诊】患者因搬抬重物导致腰背部疼痛伴活动受限3h，改变体位时症状尤甚，不伴双下肢疼痛麻木等不适。查体：脊柱生理曲度尚可，未见明显畸形，腰背肌稍紧张，肤色肤温正常，胸12、腰1、腰2椎体棘突压痛(＋)，叩击痛(＋)，直腿抬高(－)，双下肢肌力肌张力尚可，末梢血液循环、活动及感觉正常。门诊拍片显示腰1椎体轻度变扁呈楔形，MRI提示腰1椎体压缩性骨折伴骨髓水肿。

【诊断】腰1椎体压缩性骨折。

【处理】嘱咐患者绝对卧床，处方为桃仁10g、红花10g、川芎15g、赤芍10g、当归15g、茯苓20g、丹参10g、独活15g、桑寄生15g、鸡血藤30g、威灵仙10g，3付水煎服，每天1剂，于早、晚两次饭后分服。嘱其取仰卧位，伤椎后凸畸形处垫薄毛巾，并逐步加厚。

【二诊】3天后，患者家属代复诊，诉患者疼痛较前稍有好转，翻身时仍感疼痛不适。处理方案：继续嘱患者严格卧床，处方不变，指导其取仰卧位，伤椎后凸畸形处垫薄枕，按照五点支撑的方法练功活动，屈髋屈膝屈肘，双足底、双肘、头部支撑于床面，用力挺腹，至最高点后停留 5s，缓慢放下，重复该动作，每天 3 次，每次 30min(图 5-1)。

【三诊】1 周后，患者家属代复诊，诉患者疼痛较前好转，疼痛范围较前缩小。处理方案：继续嘱患者严格卧床，处方不变，指导其加强练功活动，适当加厚薄枕，按照五点支撑的方法，逐步增加停留时间及次数，以次日腰背部微微发胀但不觉酸痛为宜。

【四诊】2 周后，患者家属代复诊，诉患者疼痛较前进一步好转，练功活动时自觉腰部酸胀乏力。处理方案：继续嘱患者严格卧床，处方加片姜黄、鸡血藤，配合活血化瘀膏药外敷腰部痛点，嘱其继续保持五点支撑的方法练功活动。

【五诊】3 周后，患者家属代复诊，诉患者疼痛较前明显好转，练功时腰部酸胀感减弱。处理方案：继续嘱患者严格卧床，处方不变，嘱其加强练功活动。

【六诊】4 周后，患者家属代复诊，诉患者翻身时疼痛感明显好转。处理方案：继续嘱患者严格卧床，处方为熟地黄 15g、山药 10g、山茱萸 10g、泽泻 10g、茯苓 10g、威灵仙 15g、桃仁 10g、红花 10g、乳香 10g、没药 10g、生牡蛎 10g、生龙骨 10g、伸筋草 15g，嘱其保持练功活动，告知家属约 2 个月后方可佩戴护腰下地，并且暂禁弯腰、负重等不当活动。

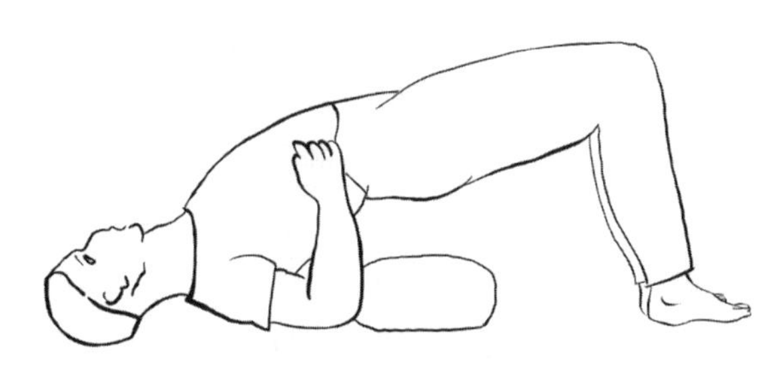

图 5-1　垫枕练功

【按】脊柱胸腰段单纯屈曲压缩型骨折患者的前纵韧带一般没有断裂，这是采用垫枕练功法治疗的解剖学基础。在伤椎后凸畸形处垫枕和进行腰背伸肌功能锻炼时，由于躯干重力和杠杆作用使脊柱后伸，前纵韧带张力增加，使压缩楔变得椎体前方所承受的力量正好与受伤时相反，在前纵韧带椎间盘前部纤维环的张力作用下逐渐复位。熊昌源教授认为脊柱胸腰段屈曲压缩性骨折的主要问题是后遗腰背疼痛。其原因主要是腰背肌肉萎缩、骨质疏松、软组织的粘连和疤痕。患者通过背伸肌收缩为主的练功活动，不仅不会发生肌肉萎缩，而且可能比受伤前更发达。强大的背伸肌是脊柱稳定和功能活动的重要条件。

有些患者治疗前的X线片只显示椎体前方压缩，看不到明显的骨折线；通过垫枕练功后，可见到骨折椎体的前上角翘起，并可显示出明显的骨折线和椎体前方高度增加，这是由于练功的作用，使压缩椎体复位的表现。但压缩椎体的复位高度并不是影响疗效的决定性因素。一个椎体压缩，可由其他椎体进行代偿，脊柱的生理弧度可依靠椎间盘的扩张来调节，即使椎体没有复位或复位不完全，脊柱的生理弧度仍可保持正常，同时，由于练功活动，脊柱骨骼保持着正常的新陈代谢，因而可防止或减轻骨质疏松。练功活动能行气活血、祛瘀消肿、减少粘连、软化疤痕。因此患者只要能进行合理的练功活动，即使压缩椎体复位不理想，同样能预防后遗腰背疼痛，获得满意的治疗效果。

三、胫骨骨折医案

患者李某，男，24岁。

【首诊】患者因外伤导致左小腿疼痛肿胀3h，查体：双下肢等长，左小腿肿胀，可见青紫瘀斑，肤温稍高，未见皮损，广泛性压痛（+），纵轴叩击痛（+），未触及明显骨擦感，患肢末端感觉、血液循环及功能尚可。门诊拍片显示：左胫骨骨折，骨折断端轻度移位。

【诊断】左胫骨骨折。

【处理】手法整复小夹板外固定，于左小腿骨折断端包绕棉垫，再于小腿前后内外各放置其相应夹板，使用扎带捆扎。嘱患者再行X线片检查，检查见骨折断端对位尚可，处方为桃仁10g、红花10g、川芎15g、赤芍10g、当归15g、茯苓20g、丹参10g、独活15g、桑寄生15g、鸡血藤30g、威灵仙10g、川牛膝15g，3付水煎服，每天1剂，于早、晚两次饭后分服，嘱患者抬高患肢，指导其行练功活动，踝泵练习：用最大力量向上勾脚尖5s后再向下踩5s，每天总量500～1000次。股四头肌收缩：用力收缩大腿前侧肌肉5s后放松2s，每天总量500次。

【二诊】患者3天后门诊复查，诉疼痛较前稍有好转。拍片显示骨折对位良好。处理方案：调整小夹板松紧度，前方不变，3付水煎服，每天1剂，分2次服，指导其加强练功活动，仍以踝泵练习、股四头肌收缩为主，以促进局部血液循环，加速消肿。

【三诊】患者1周后门诊复查，诉疼痛肿胀较前缓解，服药后腹痛腹泻不适。拍片显示骨折断端对位良好。处理方案：调整小夹板松紧度，处方加焦麦芽、焦山楂、焦神曲，指导其加强练功活动，以踝泵练习、股四头肌收缩为主，配合屈髋屈膝等未固定关节的锻炼。

【四诊】患者2周后门诊复查,诉稍有疼痛不适,肿胀较前进一步缓解,腹痛腹泻症状消失。拍片显示骨折断端可见少许高密度影形成,骨折对位良好。处理方案:调整小夹板松紧度,嘱其进一步加强练功活动。

【五诊】患者4周后门诊复查,诉疼痛明显缓解。处理方案:调整小夹板松紧度,指导其进一步练功活动,扶双拐下地时,患肢可踩地逐步负重。

【六诊】患者6周后门诊复查,诉疼痛肿胀进一步缓解,轻微疼痛局限于骨折断端。拍片显示骨折断端可见骨痂形成,骨折线模糊,骨折对位良好。处理方案:拆除小夹板固定,骨伤科外用熏洗方泡左小腿,温经通络、活血化瘀、行气止痛。嘱其进一步练功活动,改善患肢肌肉失用性萎缩状态。

【按】对骨折有效的局部固定是肢体活动的基础,而合理的功能活动又是促进骨折愈合的条件。对于胫腓骨稳定性闭合骨折,熊昌源教授认为首先保守治疗,予以夹板外固定,以方便早期练功活动,避免踝、膝关节僵硬。同时,练功活动过程中,肌肉的收缩可使肢体表面张力增高,夹板下压垫的压力也随之增高,从而反过来进一步矫正残留的轻微移位。再者,通过练功活动,可促进骨折局部血肿、水肿的吸收,加速伤部血管网的重建。

第六章　经 验 继 承

中医骨伤科学在历史上流派众多，百家争鸣，源远流长。经过一代又一代人的不懈努力，逐渐形成中医正骨八法。在现代医学中，中医骨伤科学仍具有独特的优势。在治疗各式骨折以及关节脱臼等创伤科疾病中，具有不开刀、花钱少、痛苦小、后期康复快等特点。我们的先辈在长期的诊疗过程中，积累了宝贵的经验，逐渐形成了一套完备的中医骨伤科学理论体系和完整的治则及治法。中医骨伤科学在中国医学史上为祖国的卫生健康事业发展做出了不可磨灭贡献。但在当代，以市场为导向的经济政策驱动下，大部分医院在临床上很少使用中医正骨手法解决问题。取而代之的是手术。而完整的中医正骨手法只在北派，南派的只在少有的几家医院中残存。在《熊昌源教授骨伤科诊疗经验谈》中，熊昌源教授详细介绍了自己对骨伤科学的独到见解，从辨证的整体观念和论治的调理肝脾肾，到病因病机注重于调理气血，从治疗原则到具体的正骨经验；在《熊昌源中医整骨经验心悟》中，熊昌源教授又详细介绍了中医正骨手法、固定及功能锻炼的原理与作用，让我们对中医骨伤科学有了更深层次的认识，也让更多患者得到更好的治疗。

第一节　回访总结不能忘　并发症要及时防

熊昌源教授从事中医骨伤科事业50余年，在多年的临床实践中，不断地总结工作经验，重视中医辨证论治，骨伤治疗手法独树一帜，逐渐形成自己的学术流派。他在中医骨伤科诊疗学术思想、正骨手法等方面具有其独到的一面。熊昌源教授认为，骨伤科跌打损伤治疗的需求不再是追求骨折及筋伤的完全愈合，治疗的根本目的在于最大限度地使患者尽早的、最大范围地恢复原有的功能，减少或者避免后遗症的发生。因此，与患者建立及时有效的沟通，做好定期回访，这也成为他临床诊疗的重要原则之一。他强调在诊治过程中回访总结的必要性，这是作为骨伤科医生非常重要的事情。千万不要认为治疗处理完就没事了，骨伤科疾病多为创伤性损伤，门诊诊治时可能因多种原因而掩盖病情，如轻微的骨折而最终导致骨折的移位等，或损伤可造成的一些延迟表现或并发症，如血管损伤、出血或栓塞而导致肢体坏死，挤压伤而导致筋膜间隔区综合征，碾压伤而导致皮肤坏死脱落，椎体骨折后是否有大便不通，肋骨骨折后是否有咳嗽、呼吸困难、胸闷等不适。还要做好医源性损伤的防范，如手法整复后是否有软组织或者神经组织的继发损伤，或者固定物松紧情况、是否压迫疼痛等。通过密切观察患者的病情变化及合理有效的功能锻炼，以及不断地合理调整治疗方案，以利于骨折及筋伤的快速愈合，最大限度地避免肌肉萎缩、预防骨质疏松及关节僵硬等多种并发症的发生，降低致畸致残率。骨伤科疾病的疗效在很大程度上是靠医者和患者来共同决定的，也就是患者的后期功能康复是非常重要的。

熊昌源教授在1995年《中医骨伤》期刊上发表的《夹板固定并发筋膜间隔区综合征的预防》一文中，详细总结了从1976年以来的13例筋膜间隔区综合征病例。这类在骨科临床中罕见的并发症报道出来后，给我们年轻的骨科医师极大的启迪和帮助，让我们在今后的临床实践中少走弯路。这篇文章详细介绍了筋膜间隔区综合征的发生发展及预后。如果在临床上未引起足够的重视，或者失治误治，贻误战机。该病一旦发生，所导致的后果极其严重。如果在早期行筋膜间隔切开，进行彻底减压，那么肌肉缺血很快可以恢复；一旦肌肉缺血缺氧坏死，这个过程不可逆转，即使手术探查彻底减压，也不可能恢复患肢功能。因此，进行小夹板固定后，必须告知患者注意密切观察患肢末梢的血液循环及浅感觉的变化。如果不适，需要立即调整小夹板松紧度，避免出现严重的并发症，比如肌肉永久性挛缩。熊昌源教授强调在临床上要做到早发现、早治疗，注重随访。在诊疗中须做到以下几个方面。

(1) 对于四肢闭合性骨折表皮无损伤的患者，无论外伤时间长短，排除切开复位内固定适应证，可采用手法整复加夹板外固定。如果开放性骨折断端由内向外穿出，且创口较小、污染程度较轻，创口远离夹板压垫安放部位，可以使用。如果经过清创后的开放性创口，且创口已愈合，也可以使用。针对上述情况，如果采用手法整复加小夹板固定，必须严格观察患肢末梢血液循环。如果患肢肿胀明显，皮肤张力太高，或产生张力性水泡，需要采取有效措施，须等待患肢肿胀及张力性水泡消退后方可使用。在特殊情况下，四肢挤压伤、交通碾压伤，可能存在伤肢皮肤表面完整，但是皮下静脉丛已被完全破坏，导致静脉受压，或撕裂，或完全栓塞。虽然动脉供血完好,但是静脉回流受阻,这种情况不宜使用。如果强行采用,会导致筋膜间隔区水肿加剧,容积不断缩小,在夹板及捆扎带的压力下,患肢肿胀持续加重,筋膜间隔区内压力不断升高,导致动脉供血不断下降,终导致患肢肌肉缺血坏死、残留畸形。在临床上建议一次性复位,不追求多次复位。如反复复位,且手法粗暴,皮下软组织损伤程度与挤压伤、碾压伤可相差无几;对于休克意识丧失患者,患肢供血差,或者深昏迷患者,或者截瘫患者患肢丧失知觉,或者凝血机制障碍者,均不宜采用小夹板固定。

(2) 使用合适的外固定材料。夹板可以采用杉树皮,或者松树皮,所采用的材质须有一定的韧性、弹性和可塑性。根据伤肢骨折断端的X线片,结合患肢的外形选取合适的夹板规格。采用的骨折断端压垫需要有一定弹性,质软,易于获取,且夹板的形状、长短及大小都要合适。夹板捆扎要注意保持松紧适当,小夹板放置的及捆扎带的松紧位既要保持维持骨折复位,又不能过紧,要有利于肿胀消退。

(3) 夹板固定后要仔细观察。临床上,建议患者夹板固定后最好住院观察。对于不方便或者不能住院者,必须详细告知患者观察要点,门诊病历必须记录完整详细。告知患者必须在72小时内复诊,如果出现患肢末梢血液循环及浅感觉变化,一定要马上就诊。如果患肢疼痛和肿胀未持续加重,末梢浅感觉和血液循环正常,主动和被动伸指(趾)无疼痛,多为静脉回流障碍。如果患肢疼痛和肿胀进行性加重,且断端周围肌肉部位压痛明显,主动伸指(趾)障碍,被动伸指(趾)疼痛,脉搏强弱,肢端肤温,皮色颜色排除在外,均高度怀疑为筋膜间隔区综合征。在临床上采用某些设备监测筋膜间隔区压力,能有助于预防和早期诊断本病的发生。

(4) 受伤后的处理要及时有效。进行小夹板固定以后,要及时合理进行患肢功能康复锻炼,配合酌情内服活血化瘀方药,利于患肢肿胀迅速消退。他在文章中回忆临床上一个刻骨铭心的案例:有一个10岁的儿童,肱骨髁上骨折后采取夹板固定。受伤后10小时发生患肢前臂筋膜间隔区综合征。经与患儿家长反复勾通无效,家长拒绝筋膜切开减压术,以致患儿伤肢残废,教训深刻。筋膜切开减压务必及时有效,其目的在于预防受累肌肉永久性挛缩,恢复肌肉的血供,抢救伤肢功能。所以,在临床上,夹板固定只要病例选择适当,使用的外固定合适,固定牢靠,松紧事宜,密切观察患肢末梢血液循环及浅感觉。发现异常及时处理,可以有效地避免筋膜间隔区综合征的发生。临床上,及时有效的处理,有利于早诊断、早治疗。

同样，在早年发表的《筋膜间室综合征误诊原因讨论(附21例报告)》这篇文章中，他再次列举了1976年以来共发现筋膜间隔区综合征的23例，其中就有21例延误诊治。并将延误诊治的21例原因进行讨论。在病例分组中，男性13例，女性8例，年龄最小3岁，最大45岁。从受伤至筋膜间隔区综合征确诊时间，最短2天，最长54天，平均127天。发生于前臂13例，小腿8例，本组病例原发损伤情况：肱骨髁上骨折7例(其中6例移位)，前臂骨折2例，小腿骨折8例(均有移位，其中3例为多发性骨折，1例合并创伤性休克)，股骨髁粉碎骨折伴颅脑损伤、创伤性休克1例，肘关节后脱位1例，前臂软组织损伤2例(其中1例患血友病)。该文章对误诊原因进行了详细讨论。Volkmann描述筋膜间隔区综合征早期典型表现为疼痛、苍白、麻痹、运动障碍和无脉。而筋膜间隔综合征实质为肢体局部血液循环障碍，主动脉搏动可能存在，若以无脉作为主要诊断依据则可导致部分病例早期被误诊。如果动脉搏动持续存在，早期筋膜间隔综合征的临床表现与患肢静脉回流障碍很容易混淆。筋膜间隔区综合征常发生于前臂和小腿。前臂掌侧深筋膜间室被掌侧浅筋膜间室、尺桡骨及其骨间膜所包围，小腿后侧深筋膜间室被后侧浅筋膜间室、胫腓骨及其骨间膜所包围，使前臂掌侧深筋膜间室和小腿后侧深筋膜间室较少有退让余地，间室内压力容易最先升高，肌肉容易最先受累，因此筋膜间隔区综合征早期被动伸指(趾)疼痛，许多学者认为这一征象对早期诊断本病具有重要的参考价值，但年龄尚小或不能合作的儿童因为恐惧、紧张、疼痛等因素导致描述不准确，也会误导接诊医师。所以要细心辨别真伪，问诊时不能遗漏。前臂或小腿的骨折或软组织损伤较重，均会导致伸指(趾)牵动骨折断端或受伤肌肉引起疼痛，如果不注意排除这一情况也会导致误诊及漏诊。筋膜间隔综合征的发生不一定均从前臂掌侧或小腿后侧深筋膜间室开始，因此诊断拘泥于伸指(趾)疼痛，很可能导致诊断错误。本征早期存在伤肢持续疼痛，进行性加重。但是只要做好随访，结合其他临床症状，是可以避免误诊和漏诊的。但令人遗憾的是，本组中不少病例的这种疼痛未引起医患双方的高度重视，患者未与接诊医师建立良好的沟通机制，导致对本征缺乏警惕。

在创伤救治中把预防筋膜间隔综合征作为重中之重，要重视随访的重要性。熊教授认为，患肢持续疼痛并呈进行性加重，常常是发生筋膜间隔综合征的最早信号。但伴有休克、昏迷、截瘫或老年痴呆者对患肢疼痛反应低下，导致筋膜间隔综合征早期诊断困难。在临床上，筋膜间隔综合征可由原发损伤引起，也可由外固定不当导致。能引起筋膜间隔综合征的原发损伤多较严重,而外固定不当只是导致其发生的因素之一,与原发损伤程度无明显联系。所以,有人固执的认为损伤轻者一般不会发生筋膜间隔综合征,而放松警惕,而忽视临床观察,导致延误治疗,造成无法挽回的后果。临床上有凝血障碍性疾病者,即使是轻微的损伤也会导致出血不止,引起筋膜间隔综合征。有报道记载血友病患者前臂被其父轻打两下,两天后就诊时已具有筋膜间隔综合征的典型表现。还有一例肝硬化腹水并发筋膜间隔综合征,由内科疾病所导致,加上这类患者患肢疼痛不明显,临床上容易被忽视,导致筋膜间隔综合征的诊断常常被遗漏。

骨筋膜室综合征一旦发生以后,小腿的晚期畸形常常显现足下垂和爪形趾外观。如果出现足下垂畸形,那么爪形趾可能不太明显。外伤导致小腿骨折或者足踝受伤,如果波及关节面,或者伴随重要肌腱、韧带撕裂或者后期因为锻炼不及时也会导致踝关节挛缩僵硬。鉴于这两种情况,受伤以后外观相似,被动活动受限明显,很容易造成误诊,引起不必要的麻烦。临床上,很多医生在救治多发性骨折、复合伤、昏迷、休克等患者时,往往把重点放在抢救生命上,而往往放松对骨筋膜室综合征的关注。然而,大多数患者无法准确反映与筋膜间隔综合征相关的疼痛,这也会降低对骨筋膜室综合征的精准诊断,造成极其严重的后果。在筋膜室综合征晚期,根据残留的特殊畸形和患肢遗留的功能活动障碍,上肢较容易做出明显诊断,但下肢往往很难做出精确判断。小腿上端骨折后常合并腓总神经或腓深神经损伤,导致出现足下垂畸形,或者挛缩畸形,但被动活动无障碍,与筋膜间隔综合征不难鉴别。若同时伴有腓总神经损伤的本征发生在小腿后侧筋膜间室,或者小腿四个筋膜间室同时受压,位于前筋膜间室的腓深神经受累或者前外侧筋膜间室的腓总神经同时受累;或小腿四个筋膜间室均受累而合并腓总神经或腓深神经损伤的情况,其残留的畸形一般不容易鉴别。因为患肢的功能和感觉障碍差别不断,不容易做出准确判断。熊昌源教授在一次学术交流会上曾经回忆起以前接诊的一个特殊案例。有一个小腿损伤后的患者,外院摄左胫腓骨X线片诊断为左胫腓骨上端粉碎性骨折,患者外院诊治后,自行回家,未经任何固定,卧床近一个月,虽然肿胀及疼痛明显缓解,但患者发现患肢踝关节不能背伸,亦不能跖屈,随及到另一家医院骨科就诊,该院接诊医师考虑为胫腓骨上端陈旧性骨折同时合并腓总神经损伤。建议患者行腓总神经探查术,患者拒绝手术治疗。也没有进一步处理。一直到受伤3个月后来我院就诊,接诊外观呈现左足马蹄内翻畸形,被动背伸和外翻均受限,同时伴有小腿外侧至足背外侧浅感觉及痛觉减退明显。根据病史及专科检查考虑晚期小腿筋膜间隔综合征伴腓总神经受损,其腓总神经受损是因筋膜间隔综合征累及还是腓骨头骨折引起,无法准确判断,在我院进行手术探查。术中见腓总神经被移位骨折块顶住牵拉,神经变性,遂切除腓骨头及畸形骨折块,行跟腱和胫骨后肌腱延长术,术中将足被动背伸,显现明显爪形趾畸形外观,于是同时进行屈拇长肌和屈趾长肌延长术,术中爪形趾畸形完全矫正,术后予以石膏中立位制动。术后3天嘱患者行胫骨前肌主动加被动收缩练习,术后7天拇长伸肌主动加被动收缩练习。出院3月及6个月来院进行随访,患者腓总神经功能逐步恢复。印证了对该患者的最初诊断:胫腓骨上端骨折合并小腿后侧筋膜间隔综合征和腓总神经损伤。通过这个案例,熊昌源教授再一次向我们展示了筋膜间隔综合征早期或晚期均可能误诊,但只要对该病的病因病机和发生发展规律有深刻的认识,在临床上认真分辨,仔细检查,严密观察,并做好患者的随访,可以大大降低误诊率。

熊昌源教授认为,固定骨折断端要做到既不影响患肢的功能,又不引起骨折断端的移位,还要保持临近关节的部分活动。所以,对骨折有效的局部固定是肢体活动的基础。促进骨折加速愈合的条件即合理的功能活动锻炼。另外,对骨折进行有效的固定之后,并不是治疗的完结,要注重强调定期回访的重要性,特别是固定以后2周之内的强固定以及4周之内循序渐进的功能锻炼的必要性和时间的紧迫性。因为四肢骨折后48小时内,断端周围破裂的毛细血管会持续渗血,软组织肿胀明显。采用石膏或小夹板进行外固定是比较牢靠的。72小时以后,出血逐渐停止,水肿慢慢消退,而石膏或夹板外固定也随之会出现松弛,固定不牢靠。需要不断地调整外固定的松紧度。这就需要患者定期复诊,在医生的指导下进行合理的患肢功能康复锻炼。如果患者依从性不高,定期回访的必要性就成为重中之重。熊昌源教授指出,功能锻炼的过程中,肢体表面张力增高是伴随肌肉的收缩逐渐增加的,伴随而来的是增高的压垫的压力,二者协同发力,残留的移位也随之得到矫正。同时,还可以预防患肢因长时间固定导致肌肉费用性萎缩及关节僵硬。第一届全国中西医结合治疗骨折经验交流座谈会于1975年在天津召开。熊昌源教授有幸参会,并参与了骨折疗效标准草案评定方案的拟定工作。会议一致通过在腕背伸位小夹板固定时可以充分利用加压垫来防止桡骨远端向背侧和桡侧移位。并强调固定后加强腕关节及手指关节的功能锻炼,以利于骨折局部的水肿快速吸收,重建骨折周围的血管网,达到持续正骨的作用。所以,做好回访和总结,是临床疗效的最大保障。

一、桡骨远端骨折医案

患者李某，女，80岁。

【首诊】摔伤致右腕肿痛伴活动受限1h。X线片提示：右侧桡骨远端骨折，远折端向背侧明显移位，尺骨茎突骨折分离。检查：右腕明显餐叉样畸形，肿胀明显，压痛，可扪及皮下骨擦感，腕关节各方活动受限。

【诊断】右侧桡骨远端骨折。

【处理】建议患者入院治疗，患者拒绝，要求保守治疗。故予以手法整复，小夹板加压垫捆扎带固定制动。治疗方法：患者坐靠位，整复时以远端对近端，即所谓“子骨对母骨”。拔伸牵引及助手对抗牵引，同时采用折顶，夹挤分骨，捺正手法。维持掌屈尺偏位。右前臂覆盖一层棉纸衬垫，予以掌、背、尺、桡骨共四块小夹板辅以背侧远折端压垫及3股捆扎带分别于中间、远端及近端加压外固定制动，维持复位后位置。术后复查右腕X线片提示：骨折断端对位对线可。辅以中药活血化瘀，舒筋活络。处方为桃红四物汤加减：熟地黄、赤芍各30g，当归、郁金、桃仁各20g，制川芎、红花各10g，水煎服，每天1剂，于早、晚两次饭后分服。指导患者行右腕屈伸及抓握功能康复锻炼。告知患者回家后要抬高患肢，密切关节患肢末梢血液循环及浅感觉变化，如手部肿胀严重，手指麻木需要立刻来医院急诊处理，常规3天后来院复诊，调整捆扎带松紧。

【二诊】患者受伤半个月后前来复诊，诉右手仍疼痛不适。查体：小夹板捆扎带松弛，右手仍明显肿胀，右腕屈伸活动受限。拆除小夹板见前臂广泛青紫，仍可扪及右腕骨擦感，手指末梢浅感觉及血液循环尚可。问及患者为何未按规定首诊3天后复诊，患者表示年事已高，因夹板固定后，疼痛逐渐减轻，故未将复诊之事放于心上，疏忽忘记所致。再次建议患者入院行手术，患者拒绝，自认为自己疏忽所致，要求继续手法整复加小夹板固定。处理：再次予以手法整复加小夹板固定，术后复查X线片提示：对位对线尚可，桡骨高度恢复满意，建议3天后复查。

【三诊】二诊后3天复诊，诉右手胀痛不适。查体：小夹板捆扎带稍松弛，患肢末梢血液循环及浅感觉尚可。拍右腕X线片提示：桡骨远折端关节面位置稍低于尺骨远端，但对位、对线尚可。告知患者，小夹板固定不能很好维持复位后桡骨的高度。还存在进一步塌陷的风险，且骨折断端还存在移位加大的风险。处理意见：急诊入院手术，患者再次拒绝。再次手法牵引，调整捆扎带松紧，建议

1周后复诊。

【四诊】受伤后1个月,诉右手胀痛减轻。查体:小夹板捆扎带稍松弛,右腕屈伸稍受限,患肢末梢血液循环及浅感觉尚可。拍右腕X线片提示:右桡骨远骨折端向背侧成角移位畸形愈合,远折端关节面位置稍低于尺骨远端。处理意见:入院手术,再折后手法整复加外固定支架固定手术。药用续骨活血汤加减:当归尾10g、白芍10g、生地12g、红花10g、地鳖虫10g、骨碎补10g、川续断10g、乳香10g、没药10g,水煎服,每天1剂,于早、晚两次饭后分服。

【五诊】术后4周复查右腕X线片提示:骨折断端愈合良好,可见大量骨痂生长。拆除外固定支架,改为小夹板固定,药用续骨活血汤加减:当归尾10g、白芍10g、生地12g、红花10g、地鳖虫10g、骨碎补10g、川续断10g、乳香10g、没药10g,水煎服,每天1剂,于早、晚两次饭后分服。嘱咐患者加强右腕功能康复锻炼。

【六诊】术后6周复查,解除夹板固定,中药熏洗自拟方:羌活12g、独活12g、桂枝10g、桑枝30g、伸筋草10g、透骨草10g、花椒10g、艾叶10g、五加皮12g、海桐皮12g、白芷10g、防风10g,水煎熏洗患膝,每天2次,每次30min。同时配合加强右腕功能康复锻炼。

【七诊】术后8周复查,恢复满意。

【按】桡骨远端骨折是骨伤科临床的一种常见病,中医手法整复小夹板固定可靠,且不影响关节活动,经济便廉,流传至今。腕关节主要承力支柱包括桡骨远端关节面、月骨、舟状骨近端2/3,小多角骨和第2、3掌指关节。桡骨远端骨折的发生破坏了这一支柱的连续性,必然使附着于第2、3掌骨基底的腕伸肌对骨折对位产生影响。所以治疗桡骨远端骨折时无论使腕关节处于什么位置上固定,均可因上述原因发生不同程度的再移位。复习解剖,桡腕关节掌背侧韧带均起于桡骨下端,止于第1排腕骨。腕背侧韧带限制了近排腕骨屈曲,而腕间关节缺乏韧带的控制,力量强大的腕桡侧伸肌力将近排腕骨连同桡骨远折端转向背侧,其变形力的作用方向与移位方向一致。腕关节背伸时的情况正好相反,有利于骨折的复位与稳定。桡腕关节的运动与腕骨间关节的运动同时作用,手在背伸和掌屈时,近排腕骨对桡骨的位置关系急剧改变。背伸时近排腕骨在桡骨远端关节面上向前移动;掌屈时则正好相反。由此,掌屈时应力通过桡骨远端关节面的背侧,偏离了中心点,使桡骨远折端转向背侧;背伸时则相反。桡骨远端骨折后无论关节处于什么位置,腕伸肌倾向于增加骨折远端向背侧移位,腕屈肌则促使骨折端的复位。为了使桡骨远端骨折达到良好的复位固定,使腕伸肌的作用减少，最佳的固定位置是背伸位。腕背伸位时，掌侧的韧带紧张，呈牵拉骨折块向掌侧的趋势，其变形力的一个分力驱使骨折复位。桡骨远端骨折端背侧骨膜常被撕裂而未完全横断，呈铰链样，其作用可以成为一种重要的稳定因素。固定时骨折部位掌屈能最好地利用背侧骨膜的铰链样作用，但不必将腕关节维持在掌屈位。本例患者为老年人，骨质疏松严重，骨折断端粉碎，虽小夹板固定治疗桡骨远端骨折可以利用压垫防止桡骨远端向背侧和桡侧移位，但小夹板对骨折断端的支撑功能稍显薄弱，骨折越严重，骨折断端的对合越差，越不稳定。所以对于该患者来说，小夹板固定可能不是首选的固定方法，容易再发短缩及侧方移位。加上没有严格按期复查，及时调整固定，就进一步加重了骨折断端的短缩移位。这进一步说明在临床上熊昌源教授反复强调遵照医嘱定期复诊的重要性。否则，对患者自身来说，无论是身心健康还是经济上都将承受更多的损失。

二、尺桡骨双骨折医案

患者王某，女，73岁。

【首诊】摔伤致右前臂肿痛、畸形伴活动受限半小时。X线片提示：右侧尺桡骨中上段双骨折，远折端向背侧成角移位明显。查体：右前臂上段肿胀明显，皮肤紧绷、张力大，外观畸形，压痛，可扪及皮下骨擦感，患肢末梢血液循环及浅感觉尚可。

【诊断】右侧尺桡骨中上段双骨折。

【处理】建议患者入院治疗，患者拒绝，要求门诊保守治疗。告知患者存在筋膜间隔区综合征的风险，一旦发生将会导致后期出现缺血性肌坏死，患者仍然拒绝住院。治疗予以手法整复，小夹板加压垫捆扎带固定制动。方法：患者坐靠位，整复时应以远端对近端，即所谓“子骨对母骨”。拔伸牵引及助手对抗牵引，同时采用折顶、夹挤分骨、捺正手法。维持牵引状态。右前臂覆盖一层棉质衬垫，骨折远端放置加压棉垫。掌侧中央放置分骨垫。予以掌、背、尺、桡骨共四块小夹板辅以背侧远折端压垫及捆扎带分别于中间、远端及近端加压外固定制动，维持复位后位置，悬吊固定。术后复查右腕X线片提示：骨折断端对位对线可。辅以中药活血化瘀，消肿止痛，方用桃红四物汤加减：生地黄、当归各30g，赤芍、桃仁各20g，黄芪、炒白术、茯苓、枳实各15g，制川芎、红花、三七各10g，水煎服，每天1剂，于早、晚两次饭后分服；嘱咐患者回家后要抬高患肢，密切观察患肢末梢血液循环及浅感觉变化，告知如手部肿胀继续加重，疼痛剧烈，手臂张力性水疱，手指麻木需要立刻来医院急诊处理，常规3天内来院复诊。

【二诊】患者受伤15h后前来复诊。诉右手剧烈疼痛。痛不可忍。查体：右手浮肿，青紫瘀血，“5P”征明显。拆除小夹板见前臂近端皮肤张力大，掌背侧广泛张力性水疱，皮色暗紫，桡动脉搏动减弱，手指末梢浅感觉减弱。要求立刻入院行急诊手术切开减压探查，患者拒绝住院手术，要求继续小夹板固定，予以拒绝，并告知危险性，患者仍然拒绝入院，故行石膏托固定后，自行离去。

【三诊】二诊后48h，急诊骨科就诊。诉右手胀痛剧烈，不能入睡。查体：拆除石膏后，右前臂及右手肿胀明显，痛不可触，右手远端手指皮肤苍白，触觉不敏感，腕关节及手指活动度差，桡动脉搏动不能扪及。处理意见：急诊入院手术切开探查减压。

【四诊】追踪观察3个月情况：患者虽然行切开筋膜间隔减压术，但仍错过最佳手术时机，最终前臂屈肌群缺血而坏死，终至机化，形成疤痕组织，导致缺血性肌挛缩的发生。

【按】筋膜间隔区综合征常发生于前臂和小腿。前臂掌侧深筋膜间室被掌侧浅筋膜间室、尺桡骨及其骨间膜所包围，小腿后侧深筋膜间室被后侧浅筋膜间室、胫腓骨及其骨间膜所包围，使前臂掌侧深筋膜间室和小腿后侧深筋膜间室较少有退让余地，间室内压力容易最先升高，肌肉容易最先受累，因此筋膜间隔区综合征早期被动伸指(趾)疼痛，许多学者认为这一征象对早期诊断具有重要意义，但不能合作的儿童病例表达不准确，不痛者也可能说痛，要细心辨真伪。前臂、小腿的骨折或软组织损伤较重，伸指(趾)可牵动骨折断端或受伤肌肉引起疼痛，不注意排除这一情况亦可误诊为本征。夹板固定对前臂或腿各筋膜间室压力可基本一致。本征发生不一定最先从前臂掌侧或小腿后侧深筋膜间室开始，因此诊断拘泥于伸指(趾)疼痛，极可能延误诊断。一般说来，本征早期伤肢持续疼痛，呈进行性加重。只要仔细检查，结合其他表现，综合分析，许多病例可以避免误诊。遗憾的是不少病例的这种疼痛被误作肢体损伤后的正常反应，这与对本征缺乏警惕有关。本病例损伤严重，前臂肿胀剧烈，虽然医者已有预见，但患者却不以为意，要求住院观察被拒绝，而且开具的药物也未服用。方以桃仁、红花活血化瘀；生地、当归凉血活血；川芎行气活血；三七活血止血；枳实善行气分，行气止痛；芍药养血和营；黄芪、白术、茯苓健脾益气、利水消肿，一则助脾之统摄血液，二则健脾以利水渗湿。全方止血而不留瘀，活血而助消肿，减轻前臂组织间水肿，可防止因血肿导致前臂筋膜间隔区综合征的发生。当症状呈进行性加重时,而患者又一再延误,未能及时就诊,最终导致严重后果。

伤肢持续疼痛并呈进行性加重,常常是发生筋膜间隔区综合征的最早信号。但伴有休克、昏迷、截瘫或老年痴呆者对伤肢疼痛反应低下,不易引起注意,使筋膜间隔区综合征早期诊断困难。筋膜间隔区综合征可由原发损伤引起,也可由外固定不当引起。能引起筋膜间隔区综合征的原发损伤多较严重,而外固定不当所致者与原发损伤程度并无密切关系,有人认为损伤轻者不会发生筋膜间隔区综合征而放松临床观察,亦可延误诊断。

熊昌源教授认为,接诊多发性骨折、复合性损伤、昏迷、休克患者,诊治注意力集中于抢救生命,容易放松对筋膜间隔区综合征的监视,而多数患者又不能准确反映与本征有关的痛苦,亦可使筋膜间隔区综合征的诊断延误。故临床上需要思维紧密,考虑周全,尤其对于可疑病例应特别注意追踪观察。为了预防受累肌肉永久性挛缩,恢复肌肉弹性,抢救伤肢功能,筋膜切开减压务必及时,宁可失之于早,不可失之于晚。

三、胫腓骨上段骨折医案

患者马某,男,68岁。

【首诊】骑自行车摔伤致左小腿肿痛活动受限1h。查体:左小腿稍肿胀,皮肤可见青紫瘀血,外观畸形不明显,足背动脉搏动可扪及,左下肢肢端末梢血液循环及浅感觉尚可。X线片提示胫腓骨中、上端双骨折,腓骨头下方骨折。

【诊断】左侧胫腓骨上端双骨折。

【处理】建议住院观察,但患者拒绝住院治疗,要求石膏固定。告知风险后,行石膏固定,予以活血化瘀、消肿止痛药物,方用身痛逐瘀汤加减:桃仁10g,红花10g,没药10g,当归15g,枳实10g,川芎15g,五灵脂10g,牛膝10g,地龙10g,防己15g,猪苓15g,薏苡仁15g,甘草6g,水煎取汁,每天1剂,于早、晚两次饭后分服;同时嘱咐患者抬高患肢,患处冰敷,消肿治疗。密切观察患肢末梢血液循环及浅感觉变化,嘱如有左足趾感觉异常、左腿胀痛加剧需要立刻来院处理。

【二诊】首诊48h后,来院急诊。告知足趾疼痛剧烈,痛不可触,足趾僵硬。查体:足背动脉搏动微弱,足趾活动差,不能触碰,颜色稍显苍白,收入院观察治疗。患者入院后抬高患肢,行跟骨牵引制动,同时予以活血化瘀、消肿止痛药物,方用身痛逐瘀汤加减:桃仁10g,红花10g,没药10g,当归15g,枳实10g,川芎15g,五灵脂10g,牛膝10g,地龙10g,防己15g,猪苓15g,薏苡仁15g,甘草6g,水煎取汁，每天 1 剂，于早、晚两次饭后分服；第二天足趾活动明显改善，疼痛明显缓解。一周后，患肢肿胀基本消退，拔出牵引，改用小夹板固定，拍片复查示骨折端对位对线好。

【三诊】二诊后2周复诊，无明显不适。调整小夹板固定，拍片复查示骨折端对位对线好。予以中药活血化瘀，续筋接骨，方用增骨汤加减：山药、茯苓各20g，熟地黄、山茱萸、威灵仙、伸筋草各15g，泽泻、乳香、没药、桃仁、红花、生龙骨、生牡蛎各10g。水煎服，每天 1 剂，于早、晚两次饭后分服。

【四诊】伤后8周复诊，骨折愈合良好，未残留下肢畸形。

【按】小腿骨折常合并腓总神经或腓深神经损伤，腓总神经受损是因腓骨头骨折引起，还是因筋膜间隔区综合征累及，早期难以断定。筋膜间隔区综合征早期或晚期均可误诊，但只要对筋膜间隔区综合征有基本的理性认识，又能在临床严密观察，仔细检查，认真分辨，误诊病例可大为减少。对于这样一类患者，石膏或夹板固定后最好住院观察。不能住院者，须把观察要点详细告诉患者，嘱咐患者48h内一定复诊。凡发生特殊变化，一定随时就诊。疼痛和肿胀不减，肢端感觉、颜色和温度正常，脉搏尚存，指（趾）伸直无障碍，被动伸指（趾）无疼痛，多为静脉回流障碍。疼痛和肿胀持续进行性加重，受累所在肌肉部位压痛，主动伸指（趾）障碍，被动伸指（趾）疼痛，无论脉搏有无，无论肢端冷热，无论皮色红白，均应考虑为筋膜间隔区综合征。

本病例早期肿胀并不严重，所以患者未重视，拒绝住院观察，同时医者开具的中药也未服用，方用桃仁、红花活血化瘀；川芎、枳实行气活血，当归养血活血；五灵脂、没药活血行气、通络止痛；地龙息风通络；牛膝补肝肾、强筋骨；防己、猪苓利水消肿；薏苡仁健脾利湿；甘草调和诸药。活血化瘀方中加以健脾利水之辈，增强脾主统血之功，减少血溢脉外，同时利水消肿，减轻组织间压力，可有效防止筋膜间区综合征的发生。但这一好的预防措施却被患者放弃，所以随着局部肿胀的逐渐严重，则筋膜间隔区压力增大、剧烈疼痛，但仍未引起患者足够重视，很是可惜。好在患者病情加剧后能及时来院复诊，果断听从医者建议，在病情进一步加重时得到及时而正确的处置，而未酿成严重后果。

第二节　创伤并发关节僵　弹拨熏洗活动爽

中医治疗创伤历史悠久，但当今正面临着AO的严峻挑战。在防治创伤并发症中,如何最大限度地发挥传统中医的优势,如何向全世界证明中医治疗创伤的可靠性和安全性,熊昌源教授对这些问题有其独特的思考和理解。

熊昌源教授在2004年发表的《AO和中医治疗骨折》一文中,详细地阐述了中医骨伤与AO的相同之处以及不同的理论体系。创伤以后,在骨折断端没有完全愈合以前,西医主张绝对坚强固定而忽视患肢的运动,导致很多患者骨折以后长期进行外固定导致关节僵硬而出现关节功能不同程度丢失,对生活质量造成了很大影响,甚至致畸致残。随之医学的不断发展,在全世界范围内AO已经完成了由强调机械力学固定向生物力学固定的转变,这是骨折治疗史上的一场巨变,其转变深深地影响着当今骨科学的发展。

在我国传统医学中,骨折以后,一般采用中医正骨八法,对骨折及脱位进行整复,然后采用小夹板进行外固定,配合患肢功能康复锻炼,再加上中药内服外敷对骨折进行治疗的历史源远流长,效果稳定,已经被世界上大部分国家所认可和借鉴。随着医疗技术的不断发展,骨折治疗方法不断得到提升。目前临床上使用的中医正骨八法跟古代中医正骨八法已经完全不可同日而语。随之而来的是,在X线片或CT影像引导下的符合创伤解剖机制的手法复位,规范化的夹板、压垫,更科学的功能锻炼,这融入了大量的全新的方法,如选材、一体化成型的小夹板和压垫、新型的PVC及树脂材质的石膏,甚至3D打印更贴合人体的夹板和支具。这种全新的方法既可以适用于治疗关节外骨折,也可以适用于治疗关节内骨折;既可以治疗简单骨折,也可以治疗复杂骨折;除了能治疗长骨干骨折,还能治疗短骨干骨折;对外伤性骨折及病理性骨折都能起到很好的固定治疗作用。在治疗桡骨颈骨折且明显移位的患者,临床上称之为“戴歪帽”,一般传统处理需切开复位内固定。但是中医结合透视下采用克氏针撬拨复位,可避免切开,大大减轻了患者的痛苦。再如肱骨内上髁骨折伴移位,骨折碎片嵌在肱尺关节之间,导致关节屈伸活动丧失,骨折损伤的机理比较复杂,西医只能手术切开探查直视下复位,但是现代中医可以在透视下用“脱位法”或“刮挤法”施治,利用手法可使嵌在关节间隙内的骨折片复位。对于受伤机理比较复杂、治疗比较困难的骨折肱骨外科颈骨折合并肩关节脱位的患者,手术复位和固定都比较困难,术后效果无法保障。基于此,国内有些医家做了大胆的尝试,在熟悉此种骨折创伤解剖机理的前提下,结合X线片及CT影像,采用逆骨折力向传到机制手法整复加超肩关节夹板固定或超肩石膏固定,疗效确切可靠。通过大量的临床实践,现代中医骨伤治疗骨折理论体系逐渐完备,与时俱进,形成了一整套独特的新的理论和一系列新的治疗方法。

事实上，中西医治疗骨折的方法各有长短。但相对而言，中医治疗骨折创伤不用开刀，基本上没有创伤，患者痛苦小、花费少，对骨折周围组织干扰小，骨折愈合和功能恢复较快，而且取材方便，患者更易于接受。近些年AO强调微创操作，重视骨折的非切开复位和微创接骨板技术(minimally invasive plate oseoynthesis，MIPO)技术，手术中尽量减少对骨膜和骨髓的干扰和破坏，最大限度地保护骨折周围的软组织和骨折周围的血液循环，但实际上，其临床实际效果还是不甚理想。于是有人大胆地提出了一个设想，骨折非解剖复位下的梭形骨痂愈合达不到临床切开手术的预期，从如今的角度看来，这种观点不无道理。在当今医学发展的新形势下，在诊治中还需要相互取长补短，彼此密切合作，才能取得满意的临床疗效。比如开放性骨折清创后用石膏固定，伤口愈合后改用夹板固定并进行功能锻炼。如果受伤后骨折肢体肿胀严重，或先行石膏固定，或牵引固定，待肿胀消退再行手法整复加夹板外固定。

熊昌源教授认为，AO之所以发展快的原因之一，就是因为AO能不断推陈出新，与时俱进。不断吸纳当代最新的科学成就，连一块钢板、一颗螺丝钉、一根髓内针都在不断改进。而中医治疗骨伤确未能做到与时代同步，甚至固步自封。例如用来固定的夹板，多年来就没有多大改进。所以他认为后人要清醒地认识到中医治疗骨伤的局限性，许多地方还需要与国际接轨，需要不断完善和提高。中医治疗骨伤，也要充分发挥自己的治疗优势，根据患者的特点选择恰当的治疗方式。只有具有解决临床实际问题的科技实力的方法才能得到国内外的广泛认可。因此中医治疗骨伤要想扩大治疗范围，就要注意吸纳当代科学的最新成就，扬长避短，中西结合，古为今用，洋为中用，不断改进方法，融会贯通。客观地说，中医治疗骨伤手法流派颇多，有的手法好象只是某一个人的绝技，所以曾经长期停留在经验阶段。这种状况对中医治疗骨伤的发展进程是毫无裨益的。熊教授清醒的认识到中医骨伤正面临着AO的冲击和挑战。但他相信只要我们能够把这种压力变成动力，正确认识和对待AO，正确认识和对待自己，不断努力，中医治疗骨伤是可以独树一帜，与AO分庭抗礼的。

20世纪90年代，熊昌源教授在《腘绳肌伸张锻炼治疗膝关节外伤性疼痛》一文中详细介绍了21例因受伤后固定时间过长导致膝关节僵硬性疼痛的中医手法。他认为，这样的患者以膝关节僵硬性疼痛为主诉而就诊。检查中可以发现患者后方关节囊及腘绳肌挛缩导致膝关节屈伸活动明显受限。对于腘绳肌拘挛严重,X线片明显表现胫骨平台关节面后方倾斜角变小,在指导患者进行腘绳肌伸张锻炼以后,症状均可以得到改善。因此采用腘绳肌伸张锻炼的方法进行治疗,效果满意。就诊的21例患者主诉外伤后或石膏固定或牵引或卧床休息一段时间,一般在固定1个月到6周后拆除外固定后出现膝关节僵硬、疼痛。全部病例均出现膝关节屈伸不利或活动受限,或于步行或上、下楼梯时痛,久坐起身出现膝关节酸感疲乏疼痛。检查可发现髌骨周围压痛、研磨试验阳性和腘绳肌拘挛。在X线片上可发现胫骨平台关节面后方倾斜角减少。治疗方法:每天进行腘绳肌伸张锻炼。锻炼方法分站位和坐位两种。①站位法:患者站在桌边,双手扶住桌沿,腰背后伸,臀部向后方突起,膝关节尽量伸直,踝关节尽量背屈。②坐位法:患者坐在床上,两腿稍稍分开,伸直膝关节,腰背后伸,在保持腰背后伸的前提下,将上身呈板状前倾,同时两上肢伸直,两手尽量去触摸足趾。每天早、中、晚练3次,每次练5分钟。治疗结果:21例28个关节全部症状消失。从治疗开始到症状消失的时间平均3.3周,髌骨周围压痛消失平均为4.5周,髌骨研磨试验转阴平均为7.8周。熊昌源教授认为,因为重力作用于躯干,胫骨平台关节面在向前倾斜下的肢体动作,股骨对胫骨的作用力向前移动;反过来,胫骨平台关节面向后方倾斜减少的时候,就会增加髌骨的负担。胫骨平台关节面后方倾斜角变小,容易增加髌股关节压应力。究其原因,需要对矢状面与冠状面上的生物力学变化进行分析。对于报道的21例28个关节的X线片,粗略一看是正常的,但根据熊昌源教授的这种观点观察,则发现胫骨平台关节面后方倾斜角的平均值变小。

膝关节创伤关节炎是临床上的常见病、多发病。本病不仅缠绵难愈,而且因膝关节疼痛、活动障碍而严重影响患者的生活质量,是目前伤科临床上亟待解决而尚未解决的一大难题。熊昌源教授在《压腿锻炼、手法弹拨、中药熏洗三联法治疗膝关节创伤性关节炎疗效观察》这篇文章中,介绍了湖北省中医院的经验,疗效满意。自1988年以来,我们采用压腿锻炼、手法弹拨和中药熏洗三联法治疗本病68例。本组病例均有患侧膝关节疼痛、功能障碍、起动困难、髌骨周围压痛和髌骨研磨痛。X线片示68例膝中有40例膝关节关节面硬化、关节间隙不对称,边缘增生(其中28膝内侧关节间隙变窄,胫骨髁间隆起尖突),18例膝无明显改变。将患者疼痛症状进行分类。①轻度:膝关节疼痛,跛行,但可以忍受,一般不须因疼痛而坐、卧休息,可以忍痛蹲位大便。②中度:膝关节疼痛较明显,有时难以忍受,负重行走超过10min即须坐、卧休息,可自行忍痛坐位大便。③重度:

膝关节疼痛明显,不能负重行走,须坐、卧休息,大便需他人帮助。

治疗方法。①压腿锻炼。患者坐于床上,两腿稍稍分开,在股四头肌不收缩的前提下,尽量将膝关节伸直。然后上身前倾,两上肢伸直,仅以两手去触摸患侧足趾。如此反复进行,每天早、中、晚3次,每次每膝练5min。锻炼过程中须注意避免股四头肌收缩。②手法弹拨。患者俯卧位,患侧大腿下段前方垫枕,使膝前悬空。术者立于患侧,先用拇、中指按压环跳、承扶、殷门、委中、承山、三阴交等穴,然后弹拨腘绳肌和腓肠肌,其中腘绳肌肌腱重点弹拨,每周行手法弹拨2次,每次每膝治疗10~15min。③中药熏洗。自拟熏洗方:羌活12g、独活12g、桂枝10g、桑枝30g、伸筋草10g、透骨草10g、花椒10g、艾叶10g、五加皮12g、海桐皮12g、白芷10g、防风10g。水煎熏洗患膝,每天2次,每次30min。以上三法同时治疗2周为1个疗程。本组病例治疗最短1个疗程,最长8个疗程,平均4.5个疗程。

治疗结果。疗效评定标准有以下4种:优,疼痛完全消失,或有轻微疼痛,患者满意;良,疼痛明显减轻,生活可自理,患者尚满意;可,疼痛减轻,生活基本可自理,患者不够满意;差,疼痛无减轻,或减轻甚微,患者不满意。本组病例全部得到随访,随访时间最短2个月,最长36个月,平均4个月。按上述标准评定,优20例,占29.4%;良28例,占41.2%;可12例,占17.6%;差8例,占1.8%;优良率为70.6%。

在临床实践中,以往的观点认为膝创伤性关节炎的主要病理变化为软骨退变和滑膜炎症。后来许多人观察发现本病还存在着静脉瘀滞和骨内压升高。关于软骨退变、滑膜炎症、骨内高压和静脉瘀滞的相互关系,目前意见尚未统一。有人认为是软骨退变产物刺激滑膜炎变,渗出增加引起关节内压升高,进而导致骨内高压,使骨与关节的血流受到影响。有人认为是由于长期骨内静脉瘀滞引起骨内高压。一方面骨内高压和静脉瘀滞使骨内动脉灌注减少,静脉回流受阻,氧供不足,pH值降低;另一方面使滑膜血流量减少,酸性滑液分泌增多,软骨下骨和滑液的酸性改变引起组织中降低软骨蛋白多糖的中性蛋白酶释放而使关节软骨受到损害。也有人认为是软骨退变产物刺激滑膜炎症改变,渗出增加引起关节内压升高,进而导致骨内高压,使骨与关节的血流受到影响。熊昌源教授倾向于这种认识。有人通过结扎下肢静脉,使腘静脉回流受阻而成功复制出兔膝骨性关节炎模型。临床上,本病患者大多可见下肢静脉曲张。胫骨高位截骨术通过将一侧的压应力部分转移到另一侧,可使骨内压下降,关节肿胀减轻或消退以及疼痛缓解以外,部分患者术后大隐静脉曲张消失,都说明了骨内静脉瘀滞的形成与下肢静脉回流障碍关系密切。髌骨静脉回流最终汇入腘静脉。腘静脉回流障碍可使髌骨回流静脉瘀滞，从而导致髌骨内压增高以及关节囊和滑膜充血水肿。股骨下端和胫骨上端虽亦可因相应回流静脉障碍而引起骨内压升高，但其局部容积较大，骨髓腔空旷，分流一部分压力，所以其压力升高并不明显。临床所见患者膝关节疼痛主要表现在髌股关节，因此治疗应以髌股关节为重点。归根到底，治疗应着眼于改善下肢静脉回流障碍、降低骨内压。我们采用压腿锻炼、手法弹拨和中药熏洗三联法治疗本病。患者股四头肌不收缩锻炼膝关节伸直，可消除屈膝对腘静脉的挤压；弹拨下肢后侧肌肉，加上压腿锻炼中的肌肉伸张，可促进静脉回流；中药熏洗的热效应和药物作用可使静脉瘀滞得以温通，使骨内压降低。膝关节的生物力学研究表明，膝关节屈曲角度越大，髌股关节压力越高。本病可因腘绳肌痉挛而引起膝关节屈曲。压腿锻炼和手法弹拨可缓解腘绳肌痉挛，使膝关节伸直，从而降低髌股关节压力。有人主张以股四头肌收缩锻炼来伸直膝关节。但有人认为这样做可增加髌股关节压力而引起疼痛加重，主张在站立位或卧床坐位不收缩股四头肌练习伸膝。若只采用卧床坐位压腿伸膝锻炼，而不采用站立位锻炼，因站立位不仅不利于静脉回流，还可使胫股关节压力升高，患者经常出现膝前疼痛、髌骨周围压痛和膝关节屈曲活动不利或受限等症状，均为腘静脉瘀滞、髌骨静脉回流受阻、髌骨和髌股关节高压的表现。改善症状的要点在于加快腘静脉回流，减小髌股关节压力。手法弹拨可疏通气血、缓解痉挛、消除粘连，疗效肯定。在手法弹拨下肢后侧肌肉以后，患者常觉膝前轻松，而中药熏洗时虽腘部受热和接受药物作用远较膝前为多，但在熏洗以后，患者常觉膝前温热舒适。根据本病发病机理，如果因为膝前症状和体征而过早锻炼股四头肌收缩，过分强调屈膝锻炼，重力按压摩擦髌骨，显然不利于病变好转。

《中医外治三联法治疗膝创伤性关节炎60例临床观察》一文中，再次介绍了熊昌源教授自创的改良后的三联法，即采用压腿锻炼、手法弹拨和中药熏敷三联法治疗。其中压腿锻炼、中药熏敷治疗由医者指导患者自行实施，压腿锻炼每天3次，熏敷每天1次，手法弹拨由医者实施，每周2次。压腿锻炼：患者坐位，两腿稍稍分开，在股四头肌不收缩的前提下，尽量将膝关节置于伸直位。然后上身前倾，两上肢伸直，尽量以两手去触摸患侧足趾。频率为每分钟6次，每侧膝关节连续锻炼5min，早、中、晚各1次。手法弹拨：患者俯卧位，患侧大腿下段前方垫枕，使膝前悬空。术者立于患侧，对患侧膝关节周围用轻手法按揉3min，再着重对痛点处点揉按摩，用拇、中指按压环跳、承扶、殷门、委中、承山、三阴交等穴，以酸胀为度，使用手法时宜由轻到重，以解除肌肉痉挛，增加镇痛作用。然后弹拨腘绳肌和腓肠肌，由轻到重推按弹拨3～5min，其中腘绳肌肌腱重点弹拨，以疏通经络、缓解痉挛。弹拨手法频率约每次30次/min。最后术者用腕力有节奏地反复拍打患膝部10～15次，用力要轻，以达到疏通气血、舒筋活络的作用。每周行手法弹拨2次。中药熏敷处方：羌活12 g、独活12 g、川芎12 g、桑枝30 g、伸筋草10 g、透骨草10 g、花椒10 g、艾叶10 g、五加皮12 g、海桐皮12 g、白芷10 g、防风10 g。将上述药物纳入纱布袋，置容器中加水3000mL，武火煎沸，文火煎煮30分钟，期间用蒸汽熏蒸患部。待药液冷却至合适温度，用毛巾蘸取药液敷于患膝，直至药液完全冷却。每天1次，每次30分钟。治疗着眼于降低骨内压，促进下肢血液循环，改善下肢静脉回流障碍，消除下肢水肿。采用压腿锻炼、手法弹拨和中药熏敷三联法治疗本病，用压腿的方法使膝关节被动伸直，患者股四头肌不收缩。这样做可消除膝关节屈伸过程中对腘静脉的牵张挤压；压腿锻炼中的肌肉伸张配合手法弹拨下肢后侧肌肉可促进下肢静脉回流，消除下肢水肿；中药热敷及熏蒸的热效应和药物共同作用下，静脉淤滞得以温通骨内压随之得到降低。本病可因腘绳肌痉挛而引起膝关节屈曲挛缩畸形及伸直活动受限。压腿锻炼和手法弹拨可对抗腘绳肌痉挛，通过拉伸使膝关节伸直，从而降低髌股关节的压应力。生物力学研究表明，膝关节屈曲角度越大，髌股关节压力越高，所以压腿锻炼和手法弹拨在三联法中不可或缺。熏洗方中以川芎为主药，行活血化瘀、行气止痛之效。同时配以舒筋活络、祛风胜湿的羌活、独活、伸筋草、透骨草、海桐皮等中药，并辅以辛香走窜之品，借其性能加熏敷温热刺激，药气、热力直达病所，达到“瘀去则新生，络通则痛止”的治疗效果。中医外治三联法直接作用于患处，改善微循环和血液流变性，降低骨内压，抑制关节炎症改变，延缓软骨退变，可起到消肿止痛，改善关节活动功能的作用。而且该疗法简单易行，费用低廉，已经在临床上广泛推广。

一、肘关节脱位医案

患者王某，男，30岁。

【首诊】打篮球摔伤致右肘疼痛伴活动受限，于外院诊断为右肘关节后脱位。行手法整复加石膏托外固定制动于屈肘位8周。现拆除石膏后右肘关节屈伸活动均明显受限。自行予以牵拉功能锻炼，效果不佳。外院就诊建议行手术切开松解，患者拒绝。慕名来院求诊。查体：右肘稍肿胀，屈伸活动度差，活动范围：

伸－10°至屈40°，桡动脉可扪及，右上肢末梢血液循环及浅感觉尚可。X线片提示右尺骨鹰嘴后方骨样密度影。

【诊断】右肘关节外伤性僵硬；右肘关节骨化性肌炎。

【处理】治疗拟疏通经络，通利筋骨。治疗方法 收患者住院治疗。采用牵引屈伸肘关节锻炼、手法弹拨和中药熏敷三联法治疗。其中牵引屈伸肘关节锻炼、中药熏敷治疗由医务人员指导患者自行实施，牵引屈伸肘关节锻炼每天3次，熏敷每日1次，手法弹拨由医者实施，每周2次。弹拨肱桡肌、肱肌、肱二头、肱三头肌、肘肌，由轻到重推按弹拨3～5min，其中肱二头、肱三头肌肌腱重点弹拨，以疏通经络、缓解痉挛。弹拨手法频率约每分钟30次。最后术者用腕力有节奏地反复拍打患肘部10～15次，用力要轻，以达到疏通气血、舒筋活络的作用。每周行手法弹拨2次。中药熏敷处方：羌活12g、独活12g、川芎12g、桑枝30g、伸筋草10g、透骨草10g、花椒10g、艾叶10g、五加皮12g、海桐皮12g、白芷10g、防风10g。将上述药物纳入纱布袋，置容器中加水3000mL，武火煎沸，文火煎煮30min，期间用蒸汽熏蒸患部。待药液冷却至合适温度，用毛巾蘸取药液敷于患肘，直至药液完全冷却。每天1次，每次30min。患者屈伸肘关节活动明显改善，活动范围0～90°，遂办理出院，告知院外功能锻炼事项，嘱咐患者定期复查。

【二诊】出院后1个月。告知右肘疼痛明显减轻，活动范围继续加大。查体：患者屈肘活动明显改善，活动范围0°～110°，患肢末梢血液循环及浅感觉均正常。告知患者继续加强患肢康复功能锻炼。继续予以伤科熏洗汤外用。

【三诊】出院后2个月，未诉特殊不适。活动范围接近正常范围。查体：患者屈肘活动明显改善，活动范围0～130°，患肢末梢血液循环及浅感觉均正常。告知患者继续三联法加强患肢康复功能锻炼。增加拉吊环活动，继续予以伤科熏洗汤外用。

【**按**】三联法治疗右肘关节外伤性僵硬的手法由按压受桡神经支配沿线穴位，揉及弹拨肱桡肌、肱肌、肱二头、肱三头肌、肘肌，被动屈伸肘关节组成。其作用机理如下：①可以松弛肌肉，消除肌肉痉挛，增强肌力，促进血流淋巴循环，改善骨内静脉瘀滞，降低骨内压；②可以为组织代谢提供足够的营养和氧，并消除有害的代谢产物，促进血流量持续增高；另外刺激桡神经和肌皮神经的交感纤维，可引起肱骨骨内压下降；③弹拨肱桡肌、肱肌可以缓解痉挛，消除肘关节屈曲对静脉的挤压状态，加速静脉回流，从而消除肱骨、桡骨的静脉瘀滞，降低骨内压及关节腔内压。

三联法中所用熏洗方“伤科熏洗汤”是熊昌源教授治疗膝关节骨性关节炎的经验方。方由川芎、羌活、独活、桂枝、桑枝、伸筋草、透骨草、花椒、艾叶、五加皮、海桐皮、白芷、防风组成。方中以川芎为主药，以活血化瘀、行气止痛。同时配以舒筋活络、祛风胜湿（痰湿）、壮骨强筋健肾的羌活、独活、伸筋草、透骨草、海桐皮等中药，辅以辛香走窜之品，借其性能加熏蒸温热刺激，直达病所，达到瘀去则新生，络通则痛止，兼壮骨强筋的治疗效果。

传统的药熏、药浴是中医药透皮吸收治疗重要的外治方法，国际上对透皮吸收理论非常重视，透皮给药治疗系统（TTS）和透皮吸收促渗剂的运用为祖国传统药熏药浴技术带来新的发展机遇。现代医学研究证明，熏、洗、浴等外治法能解除血管痉挛，改善心肌营养，提高心血管的生理机能，发汗利尿消肿，改善胃肠消化吸收功能，畅通气血，调节免疫功能。透皮给药时，可使皮肤角质层发生水合作用而转化，并能膨胀呈现多孔状态，使皮肤对药物的通透性大大提高。

熊昌源教授在对脱位患者进行石膏或夹板固定时，会反复向患者交代注意事项：不能固定时间过久或者固定时间过短。须把观察要点详细告诉患者，嘱咐患者要注意观察患肢末梢血液循环及浅感觉变化。本病例石膏固定时间过久，未引起患者足够重视，虽患者病情严重后及时来院处理，但仍错失良机。未听从医嘱建议定期复查，结果导致关节僵硬，活动度差，严重影响日常生活。从而未得到及时而正确的处置。酿成严重后果。此外，石膏夹板固定后，要及时抬离伤肢，合理进行功能锻炼，酌情内服活血化瘀之剂，以促进肿胀尽快消退。早日进行肘关节功能康复锻炼，以预防关节粘连僵硬，改善预后。

二、肩关节脱位医案

患者王某，男，25岁。

【首诊】患者8周前因骑自行车摔伤致右肩疼痛伴活动受限，于外院行手法整复加肩肘吊带贴胸外固定6周，后自行拆除外固定，出现右肩关节僵硬、粘连。上举及摸背活动均受限，右上肢肌肉萎缩。于外院行关节松动训练2周，效果不佳。建议行手术切开松解，患者拒绝。慕名来院求诊。患者自述受伤后不敢活动右肩关节。查体：右肩关节活动度差。前屈上举90°，外展上举80°，Apley-test平腰椎第3横突平面，右上肢肌力正常。X线片提示：右侧肱骨大结节硬化。

【诊断】肩关节外伤性僵硬。

【处理】收患者住院治疗。采用单侧爬墙功能锻炼、手法弹拨和中药熏敷三联法治疗。在止痛前提下行逐步锻炼，防止关节挛缩，并且要在止痛的条件下被动功能锻炼。常用方法：引导患者徒手锻炼肩关节旋肩、扩胸、展翅、拉滑轮、外展屈曲、后伸、绕环、耸肩、体后拉手和爬墙练习以及使用各种肩关节锻炼器材，活动明显受限患者可扶杠下蹲练习，每天3次，每次30～45min。采用超短波、中频治疗仪等其他物理治疗。选择在肩关节最明显的痛点处治疗，使用肩关节周围炎频率，电流强度要选择为患者的最大耐受程度，每天2次，每次治疗15min。对于超短波的治疗，电极放置在患者肩关节的位置，采用温热量以及微热量均可，每天2次，每次10～20min，同时行按摩、医疗体操理疗以及关节松动术。按摩和关节松动术：先以弹、滚、推、揉、拍打拨等手法按摩三角肌、肩峰和冈下肌肱二头肌腱等。待患肩关节的肌肉放松后再行关节松动术，手法为盂肱关节牵引其长轴；分离牵引需要先向头侧滑动，然后前屈滑动，最后向下滑动，手法为2～4级。每天3次，每次2～4组，每组4～7min，其间休息4min。医疗体操：指导患者行旋肩、扩胸、外展、屈曲、后伸、肩展翅绕环、耸肩等运动。上述运动根据患者病情来决定，逐步增大难度和强度，每天3～4次，每次20～30min。7天为1个疗程。治疗中患者还要坚持功能锻炼：①健肢辅助法，健侧手握患侧手指拉高过髂后上棘，逐步上抬到胸椎位置，直到上提与健侧同一高度；②搭肩法，左右交叉甩臂后抱于胸前；③双手爬墙法，患者两手平举墙面，后使用食指和中指的力量逐步上爬，直到正常位置。每天3～5次，每次15～20min。现代研究发现，温热效应可促进血液循环、松弛局部肌肉、解除肌痉挛、松解局部粘连、消炎止痛等，对肩关节周围炎的疼痛改善非常有效患者右肩活动明显改善。患者治疗后活动范围：前屈130°，外展130°，摸背试验：平胸10棘突水平。遂办理出院，告知院外功能锻炼事项，嘱咐患者定期复查。2～3个疗程后评估疗效。

【二诊】出院后1个月。告知右肩疼痛明显减轻，活动范围继续加大。查体：患者右肩屈伸活动明显改善，活动范围：前屈160°，外展160°，摸背试验：平胸7棘突水平。告知患者继续加强患肢康复功能锻炼。继续予以伤科熏洗汤外用。

【三诊】出院后2个月，未诉特殊不适。活动范围接近正常范围。但偶感肢乏力。查体：患者肩关节活动明显改善，前屈180°，外展180°，摸背试验：平胸3棘突水平。告知患者继续三联法加强患肢康复功能锻炼。增加肩关节外展上举活动，适当口服非甾体抗炎药，继续予以伤科熏洗汤外用。

【按】肩关节周围炎是以肩关节疼痛和活动不便为主要症状的常见病，有原发和继发之分，继发多为外伤后引起。肩关节周围炎在中医理论中属于“痹证”

范畴。《素问·痹论》曰："风寒湿三气杂至，合而为痹也。"手术直接松解肩关节部肌肉与肌肉之间和肌肉与筋膜之间的粘连，以及各个肩关节囊之间的粘连，对于症状较重的肩关节周围炎患者具有较好的疗效，但如不早期活动仍易复发。采用一次性臂丛神经阻滞可使患者的疼痛完全消除，使肩关节局部肌肉完全松弛，然后进行肩关节手法松解术，而手法松解一定要以麻醉前准确记录的肩关节在不痛前提下外展、外旋、后伸、内收、内旋、前屈的最大活动度为依据，如麻醉稍差，则应改为静脉麻醉，切勿盲目牵拉，导致肩关节的关节囊和肌肉韧带等组织损伤。按摩、推拿、药物熏蒸起到对松解粘连、活血化瘀、舒筋通络的作用，但对重度粘连患者效果不佳。故宜针对不同病因，采用中医按摩、中药熏蒸、穴位治疗及手法松解和手术治疗。中西医结合治疗最重要的是针对病因治疗，否则效果不甚满意。三联法中所用熏洗方"伤科熏洗汤"是熊昌源教授治疗膝关节骨性关节炎的经验方。方由川芎、羌活、独活、桂枝、桑枝、伸筋草、透骨草、花椒、艾叶、五加皮、海桐皮、白芷、防风组成。方中以川芎为主药，以活血化瘀，行气止痛。同时配以舒筋活络、祛风胜湿(痰湿)、壮骨强筋健肾的羌活、独活、伸筋草、透骨草、海桐皮等中药，辅以辛香走窜之品，借其性能加熏蒸温热刺激，直达病所，达到瘀去则新生，络通则痛止，兼壮骨强筋的治疗效果。

熊昌源教授在对脱位患者进行复位后，会反复向患者交代注意事项：一定要控制好固定的时间。须把功能锻炼的时间节点以及注意事项告知患者，定期随访。嘱咐患者合理进行功能锻炼，以预防关节粘连僵硬，改善预后。

三、膝关节置换术后僵硬医案

患者刘某，女，65岁。

【首诊】。左膝疼痛2年，置换术后僵硬3个月就诊，患者2年前无诱因出现左膝疼痛伴下蹲困难，一直未予以特殊处理，逐渐加重。3个月前于外院诊断为左膝骨关节炎(重度)，在该院行左膝关节表面置换术，术后因畏惧疼痛，未按照医嘱进行有效功能康复锻炼。现左膝关节僵硬，软组织粘连。屈伸功能活动均受限。慕名来院求诊。查体：左膝手术切口愈合良好，无红肿及渗液。呈强直体位，屈曲活动受限。左膝关节X线片提示：假体安装位置可，下肢力线均正常范围。

【诊断】膝关节置换术后僵硬。

【处理】收患者住院治疗。采用压腿锻炼、手法弹拨和中药熏敷三联法治疗。

其中压腿锻炼、中药熏敷治疗由医务人员指导患者自行实施，压腿锻炼每天3次，熏敷每天1次，手法弹拨由医者实施，每周2次。压腿锻炼：患者坐位，两腿稍稍分开，在股四头肌不收缩的前提下，尽量将膝关节置于伸直位。然后上身前倾，两上肢伸直，尽量以两手去触摸患侧足趾。频率为每分钟6次，每侧膝关节连续锻炼5min，早、中、晚各1次。手法弹拨：患者俯卧位，患侧大腿下段前方垫枕，使膝前悬空。术者立于患侧，对患侧膝关节周围用轻手法按揉3min，再着重对痛点处点揉按摩，用拇、中指按压环跳、承扶、殷门、委中、承山、三阴交等穴，以酸胀为度，使用手法时宜由轻到重，以解除肌肉痉挛，增加镇痛作用。然后弹拨腘绳肌和腓肠肌，由轻到重推按弹拨3～5min，其中腘绳肌肌腱重点弹拨，以疏通经络、缓解痉挛。弹拨手法频率约每分钟30次。最后术者用腕力有节奏地反复拍打患膝部10～15次，用力要轻，以达到疏通气血、舒筋活络的作用。每周行手法弹拨2次。中药熏敷处方：羌活12g、独活12g、川芎12g、桑枝30g、伸筋草10g、透骨草10g、花椒10g、艾叶10g、五加皮12g、海桐皮12g、白芷12g、防风10g。将上述药物纳入纱布袋，置容器中加水3000mL，武火煎沸，文火煎煮30min，期间用蒸汽熏蒸患部。待药液冷却至合适温度，用毛巾蘸取药液敷于患膝，直至药液完全冷却。每天1次，每次30min。患者治疗后活动范围：0～95°，遂办理出院，告知院外功能锻炼事项，嘱咐患者定期复查。

【二诊】出院后2周。诉左膝紧绷感逐渐减轻。告知屈伸活动范围继续加大。查体：患者左膝屈伸活动较前明显改善，活动范围：0～100°。告知患者继续加强患肢康复功能锻炼。继续予以伤科熏洗汤外用。

【三诊】出院后1个月，未诉特殊不适。活动范围接近正常范围。查体：患者屈膝活动明显改善。活动范围：0～110°。告知患者继续坚持三联法加强患肢康复功能锻炼。适当口服非甾体消炎药，继续予以伤科熏洗汤外用。

【按】膝骨性关节炎病机关键是“瘀”，“通”是治疗的基本原则。《医宗金鉴·正骨心法》云：“不通则痛，推按运行，其患可愈。”近年来，对弹拨治疗作用机理进一步研究证实：①手法弹拨可以改变组织的血液循环状态，提高血流量，使静脉血和淋巴回流增加；②具有改善外周微循环的作用，改变血液流变学的性质，降低气血、血细胞及血浆的黏滞性，利于血液回流；③可以促进多种活性物质的运转和降解，使血液中致痛物质减少，镇痛物质增加，从而产生镇痛作用，同时，还具有松弛肌肉，松解粘连的作用。三联法治疗膝骨性关节炎的手法由按压坐骨神经沿线穴位，揉及弹拨腓肠肌、腘绳肌、股四头肌，被动屈伸关节组成。其作用机理:①可以松弛肌肉,消除肌肉痉挛,增强肌力,促进血流淋巴循环,改善骨内静脉瘀滞,降低骨内压;②可以为组织代谢提供足够的营养和氧,并消除有害的代谢产物,促进血流量持续增高,另外刺激坐骨神经和股交感神经的交感纤维,可引起胫骨骨内压下降;③弹拨腘绳肌、股四头肌可以缓解痉挛,消除膝关节屈曲对静脉的挤压状态,加速静脉回流,从而消除股骨、胫骨的静脉瘀滞,降低骨内压及关节腔内压。功能锻炼祖国医学称“导引”,是骨伤科常见的治疗和预防方法,中医文献在这方面有专门论述,比如张仲景《金匮要略》中曾提到“四肢才觉重滞,即导引吐纳”;三国时期华佗创五禽戏“引挽腰体,动诸关节,亦以除痰,兼利蹄足”,后来演化为八段锦。正是中医“治病于未然”的指导思想体现。功能锻炼具有强身健骨、活血化瘀、舒筋通络、通利关节的功效,因而既是保健和预防的措施,也是膝骨性粘连的重要治疗手段。

第三节　复杂损伤考周全　化繁为简疗效佳

随着社会的发展以及人口老龄化的进展,创伤的患者越来越多。同时高能损伤之后,导致肢体复杂损伤的患者也越来越常见。另一方面,随着人们对生活品质要求的提高,患者对术后肢体功能的要求也越来越高。这使得我们在临床上接诊复杂损伤的患者的时候,也面临着更大的挑战,如何正确地处理复杂损伤的患者,在尽量恢复肢体最佳功能的同时,也要减少患者的后遗症,使患者以最佳的状态回归到正常的社会工作中。熊昌源教授在日常接诊复杂损伤患者的过程中,总结了不少经验,指出治疗复杂损伤的患者难点在于复位与固定,这与其受伤机制密切相关。复杂损伤的受力往往是复合性的,这为我们在手法整复固定时带来了很大的不便。而且患肢体随着时间的推移肿胀程度会逐步加深,为后期的处理带来不便。因此处理复杂损伤的患者第一步在于在保证患肢皮肤条件和血供的情况下,予以正确的复位和固定。将复杂损伤通过早期的正确处理,将它变成一个简单的损伤,将复杂的骨折尽可能地变成一个简单的骨折,使患者在之后的治疗过程中减少并发症的发生。现将列举在临床中诊治的一些复杂损伤病例,并对这些复杂损伤的诊治经验进行一一的分析体会,每当在临床上遇到类似病例时,它总会指导我们选择出正确的治疗方案。

一、肱骨近端骨折医案

患者刘某,女,65岁。

【首诊】患者因摔伤导致右肩疼痛伴活动受限2h后于门诊就诊。门诊拍片显示右肱骨近端骨折。Neer分型为三部分骨折。查体:右肩皮肤完整,肩关节周围广泛压痛(+),右肩各方向活动均受限,可闻及骨擦音,右上肢末梢血液循环及感觉正常。

【诊断】右肱骨近端骨折。

【处理】收入住院,拟行切开复位钢板内固定。处方以桃红四物汤加减:熟地黄、赤芍各30g,当归、郁金、桃仁各20g,制川芎、红花各10g,水煎服,每天1剂,于早、晚两次饭后分服。

【二诊】患者4周后门诊复查,患者诉疼痛明显缓解。拍片显示骨折断端可见少许骨痂形成,骨折线模糊,骨折对位良好。治疗采用续骨活血汤加减:当归尾10g、白芍10g、生地12g、红花10g、地鳖虫10g、骨碎补10g、川续断10g、乳香10g、没药10g。

【三诊】患者7周后门诊复查。拍片显示骨折断端骨痂包裹,骨折线已模糊,骨折对位良好。拆除夹板后患者自觉患肢无力,活动不利。方药以养筋健骨汤加减:白芍20g、当归15g、续断15g、三七10g、杜仲10g、穿山甲10g、牛膝10g、木香10g、木瓜10g。同时配合伤科熏洗汤外敷,加强关节功能锻炼。

【按】肱骨近端骨折在临床中最为常见,其中75%的患者年龄大于60岁,少部分患者年龄比较轻,主要是由于高能创伤导致的。在临床上,肱骨近端骨折的分型方法非常多,但是没有一种能完全准确地描述所有的骨折类型。临床上我们常用的是Neer分型。该分型针对肱骨近端的四个解剖部位之间相互位移的程度进行分类,成角大于45°或者骨块之间分离大于1cm即可定义为移位。

对于Neer的一部分骨折或者是二部分骨折来说,临床上处理都没有太多的争议。但是对于肱骨的三部分骨折或者四部分骨折处理方式仍存在一定的争议。首先在处理肱骨近端三部分和四部分骨折时,我们首先要考虑到肱骨血供被破坏的潜在风险。并且对于患者来说,解剖复位和稳定的固定都会显得非常重要。在一部分,或者是二部分骨折的固定过程中,临床上主要采用钢板或者髓内固定,特别是对于二部分骨折来说,髓内固定具有创伤小,恢复快的特点,被临床上广泛采用,但是对于三部分和四部分骨折来说的话,目前还没有一个完美的固定方式。在临床上往往由医者自身经验和习惯来决定。髓内固定在治疗三部分或者四部分的骨折过程中,由于其本身的特点(近端锁定螺钉松动穿入肱盂关节,主钉突出,导致肩峰下疼痛),这些原因也可能是由于大小结节复位欠佳或者内翻对位不良而导致。髓内钉在治疗二、三部分骨折时会出现一些不良的结果。但是也有部分研究认为髓内钉治疗二、三部分骨折和接骨板治疗二、三部分骨折并没有太大差别。熊昌源教授在治疗这类骨折的过程中,总结出在术前透视,先行手法整复。这样在切开的过程中就可以尽量避免切开关节囊,保证了关节囊的血供,同时在肩袖于大结节、小结节的附着点,分别予以高强度缝线缝合进行牵引,牵引的同时。用接骨板贴附在肱骨外侧表面与肱骨近端,打入螺钉固定后临时固定。观察术中钢板的所放的位置是否合适。于钢板的中段的拉力孔的打入拉力螺钉一枚。将拉力螺钉打入以后,观察复钢板与骨折断端贴附的情况,显示复位良好之后打入剩余螺钉,将高强度缝线,通过钢板上预留的缝线孔予以打结。

熊昌源教授认为术前通过手法整复的好处是可以通过肌肉的牵拉将骨折大致复位,同时,减少了术中进一步的剥离,并且一般不主张切开关节囊,是因为关节囊本身的一个包裹性,有利于我们在后面的步骤中更有效的复位骨折,尤其是对于四部分骨折尤为重要。同时也可以保护局部的血供,利于后期骨折的愈合。缝线搭配锁定钢板的同时使用,有利于将一个复杂的三部分和四部分骨折转化为一个简单的二部分骨折。复杂的肱骨紧张骨折本身治疗上就是一种挑战,在治疗的时候应用本方法可以很好地减少局部血供的损伤,降低肱骨头后期坏死的风险。术后遵循骨折三期治疗原则,辅助予以中药辨证方口服调理,此患者行手术内固定治疗后骨折早期该患者病机为血气受伤成瘀,治法因以活血行气、消瘀止痛为主。处方为桃红四物汤加减:熟地黄、赤芍各30g,当归、郁金、桃仁各20g,制川芎、红花各10g,水煎服,每天1剂,于早、晚两次饭后分服;本方以桃仁、红花活血化瘀;熟地、当归滋阴养血;郁金、川芎行气活血;芍药养血和营。骨折后3周属于骨折中期,患者疼痛明显缓解,X线片显示骨折愈合稍缓慢。此时予以接骨续筋法治疗为主,为祛瘀生新、接骨续损之法。适用于骨折已有连接但未坚实。疼痛有明显减轻,而瘀血未净的时候。治疗采用续骨活血汤加减:当归尾10g、白芍10g、生地12g、红花10g、地鳖虫10g、骨碎补10g、川续断10g、乳香10g、没药10g。本方中骨碎补、川续断起到接骨续断的作用,红花、白芍、当归、生地等为化瘀消肿、活血止痛之品。使骨折断端瘀血疏化,为骨折愈合创造条件,否则瘀血不去,则骨难续也。骨折后7周为骨折后期。患者年龄偏大且自身气血生化能力减弱,后期以虚证为主。患者筋骨萎软,关节活动不利,以肝肾亏虚为主。拟方时以补益肝肾为主。方药为养筋健骨汤加减:白芍20g、当归15g、续断15g、三七10g、杜仲10g、穿山甲10g、牛膝10g、木香10g、木瓜10g。方中白芍、当归具有养血、柔筋、止痛的功效,续断有补肝肾、强筋骨的功效,穿山甲祛风湿强筋骨,木瓜舒筋活络,三七活血化瘀,木香行气止痛,共奏养筋壮骨、活血通络之效。

二、桡骨远端骨折医案

患者程某,女,76岁。

【首诊】患者因摔伤导致右腕部疼痛伴活动受限4h后于门诊就诊。门诊拍片显示右桡骨远端骨折。查体:右腕部肿胀,餐叉样畸形,桡骨远端环形压痛,腕关节活动受限,右手末梢血液循环及感觉正常。

【诊断】右桡骨远端骨折。

【处理】予以手法整复患肢后小夹板固定。患者为老年女性,平素肝肾亏虚,筋骨失养,骨质疏松,摔伤致血气受伤成瘀,治法因以行气活血、通络止痛为主。处方为桃红四物汤加减:熟地黄、赤芍各30g,当归、桃仁各20g,制川芎、红花、枳实各10g,水煎服,每天1剂,于早、晚两次饭后分服;本方以桃仁、红花活血化瘀;熟地、当归滋阴养血;川芎行气活血;羌活善行气分,升而能沉,散上焦之痹,行气止痛;芍药养血和营。

【二诊】患者4周后门诊复查,患者诉右腕部疼痛明显缓解。拍片显示骨折断端可见少许骨痂形成,骨折线模糊,骨折对位良好。骨折后3周属于骨折中期,患者疼痛明显缓解,X线片显示骨折愈合稍缓慢。此时应以强骨壮筋法治疗为主,配合活血化瘀。适用于骨折已有连接但未坚实。疼痛有明显减轻,而瘀血未净的时候。患者舌暗红、苔薄白,脉弦细,属肝肾亏虚证。治疗宜补肾益阴,活血强骨。方药用增骨汤加减:山药、茯苓各20g,熟地黄、山茱萸、威灵仙、伸筋草各15g,泽泻、乳香、没药、桃仁、红花、生龙骨、生牡蛎各10g,赤芝6g,血竭粉、红曲各3g。水煎服,每天1剂,于早、晚两次饭后分服;方中以熟地大补肾阴,壮水之主为君药,用山萸肉之色赤入心,山药之色白入肺。味甘入脾者,从右以纳于肾。以泽泻清膀胱,而后肾精不为相火所摇。桃仁、红花、血竭活血祛瘀,乳香、没药通络止痛,生牡蛎、生龙骨重镇安神,茯苓清气分之热,则饮食之精,由脾输肺以下降。伸筋草、威灵仙祛风湿,不为火所灼。赤芝、红曲补气益血。

【三诊】患者7周后门诊复查。拍片显示骨折断端骨痂包裹,骨折线已模糊,骨折对位良好。拆除夹板后患者自觉患肢无力,活动不利。骨折后7周为骨折后期。患者为老年女性,肝肾亏虚,筋骨失养,继予增骨汤加减,上方去桃仁、红花、乳香、没药、血竭粉等大量活血化瘀之品,加当归20g、川芎15g以养阴活血、行气止痛。

【按】桡骨远端骨折是指桡骨远侧3cm范围以内的骨折。临床上,青壮年和老年人比较多发,其受伤机理主要是直接暴力和间接暴力造成。根据骨折移位方向的不同,它是可以分为伸直型、屈曲型、背侧缘和掌侧缘骨折四种类型。也就是我们常说的桡骨远端骨折、Smith骨折、Barton骨折或者是反Barton骨折。对于桡骨远端骨折的患者来说,如何有效地去恢复尺偏角、掌倾角以及桡骨的高度,这对骨折的愈后至关重要。在治疗方案的选择上有非手术治疗和手术治疗两种。非手术治疗一般是手法整复以后,利用夹板或者石膏固定患肢。手术治疗的话,主要有经皮穿刺固定,以及切开复位钢板内固定。非手术治疗的患者往往在复位的初期,X线片上显示尺偏角、掌倾角以及桡骨的高度恢复良好。但是随着复查,发现大部分患者都会不同程度地丢失角度或者桡骨高度。其结果最终导致畸形愈合,部分患者会出现背侧成角畸形、尺骨茎突突出,以及神经卡压或者创伤后骨关节炎的表现。经皮穿刺的方式主要是适用于年轻患者,在结合手法整复的同时,克氏针经皮固定可以有效防止后期桡骨骨折断端再次移位。但对于老年骨质疏松的严重粉碎性关节内骨折的患者,这种技术效果都不太理想,固定以后存在明显短缩、闭合复位失败以及再次移位的可能。切开复位内固定治疗桡骨远端骨折,其优点是可以恢复到解剖形态,并且维持住桡骨远端的结构。带特殊的固定角度的锁定接骨板的设计,增强了局部的力学稳定性,甚至对于部分骨质缺损、骨质疏松的患者也能提供良好的固定,并且允许其术后早期开始功能活动。但是其缺点也非常明显,对于部分粉碎性骨折的患者,往往需要多块钢板同时固定,这样的话,对于局部软组织的剥离以及骨折断端血供的破坏较为明显。同时对手术者的技术要求高。基于以上的各种治疗方式的优缺点,熊昌源教授在综合各种治疗方式优缺点之后,独创了手法整复联合外固定支架治疗桡骨远端骨折的新方式。先通过手法整复的方式恢复桡骨远端生理结构,然后通过局部小切口于桡骨干及掌干打入螺钉,并跨越腕关节打入外固定支架,通过外固定支架支撑,维持住复位后的桡骨远端结构。这样既保护了骨折断端的血供,也为骨折提供了有力的支持。避免了传统保守治疗的弊端。为避免后期关节僵硬结果的出现,在术后3～4周复查骨折位置良好的情况下,可以早期拆除外固定支架,指导患者进行腕关节的功能锻炼。此方法操作方便、学习期限短,利于基层医生掌握。对于桡骨远端各类型骨折均可采用此方法治疗。

三、股骨干骨折医案

患者徐某,男,59岁。

【首诊】患者因不慎摔倒致髋部疼痛伴活动受限1天于门诊就诊。门诊拍片显示左股骨干骨折,未见明显移位。查体:左下肢皮肤无破溃,肤温稍高,广泛压痛(+),左下肢各方向活动均受限,轴叩击痛(+),可闻及骨擦音,左下肢末梢血液循环及感觉正常。

【诊断】左股骨干骨折。

【处理】予以股骨髁上牵引,小夹板固定,患者为中老年男性,肝肾亏虚,筋骨失养,摔伤后血气瘀滞,不痛则通,治法以活血祛瘀、通络止痛为主。处方为身痛逐瘀汤加减:桃仁10g、红花10g、川芎15g、没药10g、当归15g、五灵脂10g、枳实10g、香附10g、牛膝9g、地龙6g、甘草6g水煎取汁,每天1剂,于早、晚两次饭后分服;本方以桃仁、红花活血化瘀,川芎、枳实、香附行气活血;当归养血活血;羌活、五灵脂、没药活血行气、通络止痛;地龙息风通络;牛膝补肝肾、强筋骨;甘草调和诸药。

【二诊】患者4周后诉疼痛明显缓解。拍片显示骨折断端可见少许骨痂形成,骨折线模糊,骨折对位良好。骨折后3～4周为骨折中期,治疗以接骨续筋为主,患者为中老年男性,中后期拟方时配合补益肝肾。方药为补肾壮筋汤加减:熟地黄、当归、山茱萸、茯苓各12g,怀牛膝、续断、杜仲、白芍、五加皮各10g,青皮5g,水煎服,每天1剂,于早、晚两次饭后分服;方中以熟地黄、当归、白芍、山茱萸补益肝肾之精血,杜仲、怀牛膝、续断、五加皮强壮筋骨、补益肝肾,茯苓、青皮理气益脾以助运化。

【三诊】患者7周后复查,诉无明显疼痛,拍片显示骨折断端骨痂包裹,骨折线已模糊,骨折对位良好,解除夹板固定。患者自觉左下肢无力,活动受限。治疗以补肝肾、强筋骨为主,继予补肾壮筋汤加减,去青皮类破气消积之品,加黄芪15g以益气健脾、促中焦之运化。

【按】股骨干骨折,是指股骨干起自股骨小转子下5～8cm,止于股骨远端关节面上10～15cm的骨折。此骨折多发于青壮年及10岁以下的儿童，占全身骨折的6%。股骨是人体最长的管状骨，其皮质坚硬，表面光滑，骨干处有轻微向前凸出5°～7°的弧度。骨折的原因主要为直接暴力挤压或者车祸碰撞、间接暴力或者是高处坠落、杠杆作用扭转下引起的骨干骨折，其中直接暴力引起的多为横行横断或粉碎性骨折。间接性扭转暴力所引发的多为旋转和螺旋形骨折。儿童多为青枝骨折。其骨折后出血量一般为500～1000mL，少数患者在骨折数小时后可发生休克现象。

根据其骨折的不同形态，可以大致分为横断骨折、斜形骨折、螺旋形骨折、粉碎性骨折和青枝骨折。根据其骨折的不同部位，可以分为股骨上1/3骨折、中1/3骨折和下1/3骨折。由于其骨折部位的不一样，移位方式也都不同。股骨上1/3的骨折，由于骨折近端受到臀中肌、臀小肌、髂腰肌等外旋肌群的牵拉，产生了屈曲外展和外旋的移位。股骨颈端由于内收肌的作用，往往向后、向上、向内移位，股骨中1/3的骨折两端除了有重叠之外。移动一般无规律，股骨下1/3的骨折，因为膝后方关节囊和腓肠肌的牵拉，骨折远端往往向后移位，有损伤腘静脉、坐骨神经和腘动脉的风险。熊昌源教授总结出了一套利用牵引小夹板固定辅助功能锻炼的方法治疗新鲜的股骨干骨折，在临床上取得了满意的疗效。对于3岁以下的儿童，主张行双腿悬吊牵引，对于4～8岁的儿童患者行伤肢皮肤牵引，对于8岁以上的成人可以行胫骨结节或者股骨髁上牵引穿针，成功后安装牵引弓后将伤肢置于牵引架上，伤肢牵引体位依据骨折部位而定，对于上1/3骨折采取屈髋外展位；对于中1/3骨折，取外展中立位；对于下1/3的远端骨折，向后移位者取屈膝中立位。儿童患者，开始牵引的重量为1/6的体重，复位后则减至为3kg，牵引3周左右。成人的牵引重量为1/7的体重，复位后减至4～6kg，维持牵引8周左右。在牵引过程中，始终使牵引力方向和骨干轴一致。在纠正短缩移位以后，可以进行手法整复，同时并予以小夹板固定。在牵引和小夹板的固定作用下的肌肉收缩活动，形成“肌肉夹板”作用，促使骨折端日趋稳定，促进骨折愈合，又能使关节功能尽快恢复。骨折稳定以后，即可解除牵引，小夹板继续固定2～3周。由于股骨干是一个周围的肌肉非常丰富，有强大的外展肌群和内收肌群。止于股骨大转子以及股骨干和髋部的内侧，一旦发生骨折，容易移位，特别是成年人，移位明显。如果只单纯地靠手法整复，小夹板固定，不能有效地维持骨折复位后的效果，一般都需要辅助以牵引。熊昌源教授在临床总结中发现，股骨髁上牵引与胫骨结节牵引相比的话，具有一定的优势性，从复位效果上来看,股骨髁上牵引可能要优于胫骨结节。但是股骨髁上牵引会增加膝关节的肿胀,以及髌上囊内形成粘连的机会。对于成年人的股骨干骨折的患者,我们的经验是用斯氏针牵引要比克氏针牵引更加稳定,而且穿针的方向非常重要,一定要使牵引针和股骨干的纵轴垂直,在正确的牵引下,通过股骨干周围的肌肉夹板的作用,移位多可自行纠正,方向不正确,不仅复位困难,夹板也不容易发挥作用,容易再移位。对于斜面与螺旋形的骨折,一般能通过牵引之后自动满意复位。但是横断骨折和横断的粉碎性骨折,在牵引自动复位之后,一定要多次透视,确保复位后位置满意。稍有不慎,可能就会发生过牵分离。在对此类骨折的归纳和总结中,我们发现斜面和螺旋形骨折块恢复愈合时间都较快,一般平均为5～6周。横断型的或者粉碎性的骨折患者,骨折愈合时间多在10～11周。其主要原因可能是因为螺旋形和斜面性骨折,有宽阔的髓腔,并且有较大的接触面,其血液运行较为丰富。骨折线较长的同时接触面积较大,单位面积上接受的剪切力较小,因此比横断或者粉碎性骨折愈合时间要短。对于横断或者横断粉碎性骨折,要经常性地透视检查,当复位的位置有所改变。要尽早地纠正,比如小夹板固定,改变牵引的方向及重量,避免过牵分离,以使骨折断端顺利愈合。

四、股骨颈头下型骨折医案

患者蒋某,男,53岁。

【首诊】患者因摔倒致左髋部疼痛伴活动受限3h后于门诊就诊。门诊拍片显示左股骨颈头下型骨折,明显移位,查体:左腹股沟区压痛(+),左髋部活动受限,轴叩击痛(+),可闻及骨擦音,左下肢末梢血液循环及感觉正常。

【诊断】左股骨颈骨折。

【处理】收入院行股骨髁上牵引5天后行空心螺钉固定+骨方肌肌瓣转移术。术后第二天指导患者行膝关节屈伸活动和股四头肌收缩锻炼,3周后扶双拐下地,避免患肢负重。间隔3～4周复查拍片一次。术后予以中药活血祛瘀、续筋接骨,处方为六味增骨汤:自然铜12g、续断12g、骨碎补12g、土鳖虫12g、甘草6g、当归12g,水煎取汁,每天1剂,于早、晚两次饭后分服。

【二诊】患者4周后复查诉髋部疼痛明显缓解。拍片显示骨折断端骨折线模糊,骨折对位良好。治疗以接骨续筋为主,继续口服六味增骨汤治疗,可扶双拐下地,患肢避免负重。

【三诊】患者8周后复查诉疼痛明显好转,拍片显示骨折断端骨折线已模糊,骨折对位良好。治疗以补肝肾、强筋骨为主，继予六味增骨汤加减，去青皮类破气消积之品，加黄芪15g以益气健脾、促中焦之运化。

【四诊】患者术后3个月门诊复查，拍片显示骨折断端已完全愈合。告知患者允许患肢逐步负重活动。术后3年拍片显示股骨头未见塌陷，骨折内固定物固定牢固。

【按】股骨颈头下移位型骨折不愈合晚期头缺血性坏死率高，有文献报道不愈合、坏死率高，主要原因是破坏头颈的血供途径严重，低于55岁的患者采用人工关节置换，后期存在需二期翻修可能，显然不是55岁以下患者能够接受的方法。所以我们主张一期带肌蒂骨瓣或带血管骨移植治疗。带血管骨移植虽能够给头颈提供良好的供血途径，但手术技术要求高，并且有血管痉挛或栓塞的可能。带肌蒂骨瓣目前采用的有臀中肌肌蒂骨瓣、缝匠肌肌蒂骨瓣、骨外侧肌蒂骨瓣等，在带肌蒂骨瓣的使用中，我们认为股方肌蒂骨瓣有突出的优势：①股方肌肌腹宽、血供好；②股方肌附着处距离移植区短（粗隆间嵴到颈中部）不但操作方便，而且肌瓣不易扭曲或痉挛；③股方肌附着处宽，所取骨瓣能够满足骨折处骨缺损的需求。本组病例随访的结果也充分说明了股方肌肌蒂骨瓣的临床使用价值和意义。

本方法治疗55岁以下股骨颈头下、移位型骨折，虽有满意的疗效，但手术操作中有些步骤应该注意以下事项。①粉碎性骨折、断端若有缺损或者有间隙，一定要取自体骨充填。②切取股方肌肌骨瓣时，注意保护股方肌的附着点，骨瓣不要太薄，应尽量保留骨瓣骨皮质下的松质骨部分。首先准确确定附着处的范围后再行切骨；移植肌骨瓣时，股方肌不能扭曲、不能损伤，更不能倒置，以求完好的股方肌血供。③钻入固定螺丝钉前，不但要求骨折达解剖复位标准，还要注意恢复头颈角的正常关系，如果3枚螺丝钉分布在冠切面上呈“品”字形，才能有良好的抗旋转作用，空心螺丝钉应先钻入导针，将骨折固定后再钻入螺丝钉，不但使复位固定可靠，成功率增高，而且也避免了术中反复钻钉破坏骨质及血供。螺钉的内侧端（顶头端）有标准的松质骨拉力螺纹，对骨折端有一定的加压作用，也加强了骨折端对抗剪切位移能力。有的作者认为，空心螺钉有中空结构，所以对股骨头有一定的减压作用。合理正确的螺丝钉固定，为骨折愈合和早期练功创造了良好的环境，从而减少了骨部愈合及其他并发症的产生。更重要的是采用股方肌肌蒂骨瓣，对改善股骨头血液运行，促进骨断端愈合，预防股骨头缺血坏死及晚期头塌陷等起到有利的作用。但是术后的功能锻炼及负重时机要求也不可忽视;我们要求术后即可做患肢股四头肌收缩及膝关节伸屈活动,3周后做髋、膝屈伸练习及扶双拐不负重下地;待复诊时骨折完全达到了骨性愈合的标准后才能弃拐行走。术后内服中药六味接骨汤,能够促进骨折愈合。方中当归补血活血、化瘀生新;自然铜、地鳖虫散瘀止痛,为伤科接骨之要药;续断、骨碎补补肝肾、强筋骨、通利血脉,为筋伤骨折之佳品。用甘草以缓和其他药物的烈性。本方攻补兼施,使之攻而不峻、补而不腻,既调和营血、祛瘀通络,又补益肝肾、接骨续筋,达到瘀去、新生、骨合的目的。

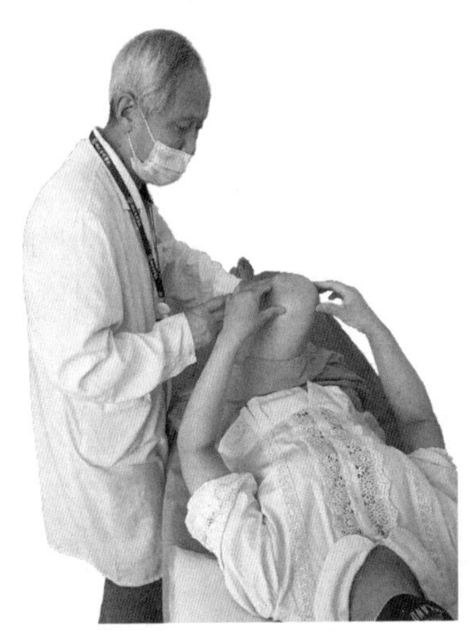

图6-1　门诊诊治关节病患者

第七章　传 承 创 新

熊昌源教授认为不仅从患者利益角度，还是传承中华传统医术来讲，骨伤科医生应在掌握中医理法方药和相关操作技术的基础上，尽量注意学习、吸收和利用包括西医在内的现代科学知识和技术。若没有掌握好中医基本理论，则一切无从谈起，只有基础雄厚、技术全面、广收厚积，遇到疑难病例才能思路宽阔、办法多。

对于骨伤，熊昌源教授认为适当的手术是必要的，骨伤科医生掌握好手术，不仅不会影响中医学术的发展，而且还会为中医学术的发展开拓更广阔的空间。骨伤科医生开展手术应当和西医骨科手术有所区别，西医骨科手术的进步是对中医的挑战，对中医骨伤科的发展提出了更高的要求，也是中医骨伤科发展的潜在动力。

第一节　“三联法”治膝痛　传承创新效无忧

膝关节骨性关节炎是临床上最常见一种膝痛疾病，中医学将膝关节骨性关节炎归属骨痹、痹症、筋痹等范畴。熊昌源教授认为膝关节骨性关节炎还不能简单地等同于骨痹、痹症等，中医对痹证与骨痹病因与病机的认识给我们认识骨关节炎带来重要的启迪作用。《素问·长刺节论》云“病在骨，骨重不可举，骨髓酸痛，寒气至，名曰骨痹”；《素问·气穴论》云“积寒留舍，荣卫不居，卷肉缩筋，肋肘不得伸，内为骨痹”；《素问·调经论》云“寒独留，则血凝泣，凝则脉不通”。熊昌源教授认为膝骨性关节炎基本病机是“肝肾亏虚、气滞血瘀”，而血瘀既是直接引起骨性关节炎发病的中心环节，又能进一步加重肝肾亏虚，故对于本病的治疗，历代医家推崇活血祛瘀为主、配合补益肝肾的方法。如《圣济总录》云：“气血凝滞，为肿为痛，宜用按摩法，按其经络，以通郁闭之气，以散郁结之肿，其患可愈。”熊昌源教授经过多年的临床实践总结出用“中药熏洗、手法弹拨、功能锻炼”（简称“三联法”）治疗膝关节骨性关节炎有显著的临床效果，能缓解关节疼痛，恢复关节活动功能，提高患者生活质量。

《素问·阴阳应象大论篇》云：“其有邪者，渍形以为汗。”汉代中药熏洗疗法广泛应用于临床，《神农本草经》中许多药物都标明“可作浴汤”，为中药熏洗疗法的处方遣药提供了线索。明清吴师机在《理瀹骈文》中提出“外治之理，即内治之理”，认为“虽治在外，无殊治内”，为药熏、药浴、手法等外治法的发展提供了理论依据。中药熏洗所用中药制剂多含有适量水分，注重用芳香走窜，行气活血，辛透开窍类中药，增加了皮肤的通透性，有利中药经皮直接进入循环系统，直达病所，既避免口服给药时胃肠道对药效的破坏和经过肝脏清除效应使药效被降解，同时又减轻了胃肠道刺激和肝脏负担。因此中药熏洗是治疗膝关节骨性关节炎一种疗效肯定且无副作用的好方法。三联法中所用熏洗方“伤科熏洗汤”是熊昌源教授治疗膝关节骨性关节炎的经验方，方由川芎、羌活、独活、桂枝、桑枝、伸筋草、透骨草、花椒、艾叶、五加皮、海桐皮、白芷、防风组成。方中以川芎为主药，以活血化瘀、行气止痛。同时配以舒筋活络、祛风胜湿（痰湿）、壮骨强筋健肾的羌活、独活、伸筋草、透骨草、海桐皮等中药，辅以辛香走窜之品，借其性能加熏蒸温热刺激，直达病所，达到瘀去则新生、络通则痛止，兼壮骨强筋的治疗效果。

膝骨性关节炎病机关键是“瘀”，“通”是治疗的基本原则。《医宗金鉴·正骨心法》云：“不通则痛，推按运行，其患可愈。”三联法中手法弹拨治疗膝骨性关节炎的手法由按压坐骨神经沿线穴位，揉及弹拨腓肠肌、腘绳肌、股四头肌，被动屈伸关节组成。其作用机理：可以松弛肌肉，消除肌肉痉挛，增强肌力，促进血流淋巴循环，改善骨内静脉淤滞，降低骨内压；可以为组织代谢提供足够的营养和氧，并消除有害的代谢产物，促进血流量持续增高。另外刺激坐骨神经和股交感神经的交感纤维，可引起胫骨骨内压下降；弹拨腘绳肌、股四头肌可以缓解痉挛，消除膝关节屈曲对静脉的挤压状态，加速静脉回流，从而消除股骨、胫骨的静脉淤滞，降低骨内压及关节腔内压。

功能锻炼，祖国医学称“导引”，是骨伤科常见的治疗和预防方法，中医文献在这方面有专门论述。张仲景的《金匮要略》云：“四肢才觉重滞，即导引吐纳。”三国时期华佗创五禽戏“引挽腰体，动诸关节，亦以除痰，兼利蹄足”，后来演化为八段锦。正是中医“治病于未然”的指导思想体现。功能锻炼具有强身健骨、活血化瘀、舒筋通络、通利关节的功效，因而其既是保健和预防的措施，也是膝骨性关节炎早期的重要治疗手段。膝骨性关节炎形成后膝关节活动受限，膝部及周围肌肉因活动受限发生萎缩，肌肉对骨内血液的泵作用减弱，干扰了骨内静脉桥的作用，导致骨内血窦和静脉血流明显阻滞。功能锻炼可通过对肌肉骨关节的疏通作用而产生血液流变学动力学和微循环等系列的变化，从而促进血液循环和组织代谢，改善微循环，达到治疗本病的作用。三联法中功能锻炼是以关节屈伸活动，腓肠肌主被动收缩为主。这种功能锻炼过程中肌肉间断和反复收缩活动，对血液循环产生水泵作用，促进软骨组织和骨内微循环，使血液在骨内静脉的流量增加，改善骨内静脉淤滞，从而降低骨内压，使骨性关节炎临床症状缓解。研究证实，小腿腓肠肌收缩3min，肢体动脉血流量可增加3～4倍。从而使组织代谢增强，有利于关节软骨、滑膜、关节囊等组织的修复。同时在膝关节屈伸功能锻炼过程中，可促进滑液向关节软骨的浸透和扩散，从而改善软骨细胞的营养和代谢，加速了软骨组织的再生和恢复。关节屈伸活动肌肉收缩可刺激软骨组织中未分化的间质细胞向骨细胞转化，促使软骨组织的修复加快。

现代医学研究表明，膝骨关节炎它是在力学因素和生物学因素的共同作用下，导致软骨细胞、细胞外基质、软骨下骨三者降解和合成失衡的一种慢性、进展性关节疾病。它的病理改变是从关节软骨变性开始为主要病理特征，逐渐再出现软骨的破坏及骨质增生。在正常情况下，软骨碎块进入关节腔，滑膜组织的功能之一就是溶解吸收这些微粒而不发生反应。膝骨关节炎软骨在退变过程中，关节软骨损伤与修复交替进行，大量软骨基质崩解，引发滑膜吞噬反应，软骨上的抗原被抗体结合，引起强烈的免疫反应最终产生了滑膜炎，滑膜炎后滑膜又会释放炎性因子加重软骨破坏等等。在此过程中，滑膜增生，通过产生绒毛增加其功能及表面积，滑膜变肥厚，并逐渐发生纤维化、炎症改变和滑膜肿胀，引起慢性渗出，是骨关节炎疾病进展的关键因素之一。膝骨关节炎引起的骨赘的产生部位都是在肌腱、韧带和关节囊附着点，也就是关节应力分布比较集中的区域。影像学虽见明显骨质增生和关节间隙变窄，但其严重程度与临床症状的严重程度，往往有着相关性较弱甚至不相符合的情况，是机体为了扩大病变关节承受应力面积，缓冲应力不利作用的一种自身调整的病理生理现象和保护性的代偿反应。在大多数情况下不会造成对血管、神经等组织结构的压迫和激惹，也不是引发患膝关节疼痛、肿胀和功能障碍等症状的直接原因。关节软骨并无血管神经分布，这就表明这些临床症状的产生可能与其他因素有关。关节软骨是通过关节滑液完成营养代谢，而关节滑液又依靠滑膜的分泌功能。滑膜有着“关节之肺”的称呼，同时滑膜上又分布着丰富的血管神经，所以我们有理由认为滑膜炎可能是膝骨关节炎产生临床症状的重要因素之一。研究也表明滑膜炎是骨关节炎的特征，而滑膜炎又是慢性积液、疼痛和肿胀的最常见的原因之一，在中医医学中关节软骨和关节滑膜都又属于筋的范畴，中西医在膝骨关节炎的发病原因上形成一致共识。临床上在以生物学因素为主存在时，采用综合的保守治疗往往会取得较好疗效；但一旦遇到关节内存在明显机械性因素，如半月板破裂、游离体等，或关节外力线明显改变等因素，则需要配合手术干预。

一、双膝骨性关节炎医案

患者张某，女，71岁。

【首诊】2022年6月2日，患者因双膝肿胀疼痛20余年入院。门诊拍片显示双膝退行性改变。既往史：高血压病20余年，目前用药苯磺酸左氨氯地平片2.5mg 1# qd，血压控制尚可；糖尿病史10余年，服药控制不详；高血脂病史8年，目前用药瑞舒伐他汀钙片10mg 1# qn。查体：双膝关节轻度肿胀(+)，外观无畸形，双下肢无明显短缩，未见股四头肌明显萎缩。伸膝活动正常，屈膝活动受限，活动范围0°～0°～100°，无膝关节交锁症状，浮髌试验(+)，膝关节积液Ⅱ度，髌骨研磨试验(+)，内侧关节间隙压痛明显。前抽屉试验(-)，后抽屉试验(-)，Lachman试验(-)；伸膝位内翻应力试验(-)，伸膝位外翻应力试验(-)，McMurray试验(-)。双下肢感觉正常，双下肢肌力Ⅴ级，双侧膝腱反射正常，双侧踝阵挛(-)，双侧Babinski征(-)，双侧足背动脉搏动存在。

【诊断】双膝骨关节炎。

【处理】嘱患者行压腿锻炼、手法弹拨和中药熏洗三联法治疗。

【二诊】2022年6月16日，患者诉双膝关节疼痛较前减轻，酸软无力较前好转，屈膝活动仍受限。继予三联法治疗。

【三诊】2022年6月30日，患者诉双膝疼痛较前好转，酸软无力明显减轻，屈膝活动范围较前好转，活动范围0°～0°～120°，仍感乏力。继予三联法治疗。

【四诊】2022年7月28日，患者诉双膝疼痛缓解，酸软无力明显减轻，屈膝活动范围较前好转，活动范围0°～0°～130°。继予三联法治疗。嘱患者避风寒、慎起居，佩戴护膝，注意保暖，不深蹲、不盘腿、不爬楼，适当进行股四头肌锻炼。

【按】本患者病程长，一方面患者拒绝内服药，且患有多种严重的基础疾病，为避免口服给药对胃肠道刺激和加重肝脏负担，故选用三联法外治应该是比较恰当的。以往认为膝关节骨性关节炎的主要病理变化为软骨退变和滑膜炎症。

后来经观察发现本病还存在着骨内压升高和静脉淤滞。由于长期骨内静脉淤滞引起骨内高压，一方面骨内高压和静脉淤滞使骨内动脉灌注减少，静脉回流受阻，氧供不足，pH值降低；另一方面使滑膜血流量减少，酸性滑液分泌增多，软骨下骨和滑液的酸性改变引起组织中降低软骨蛋白多糖的中性蛋白酶释放而使关节软骨受到损害。故首先选用伤科熏洗汤熏洗局部，经煎煮熏洗使药性得以在局部充分发挥，中药熏洗的热效应和药物作用可使静脉淤滞得以温通，使骨内压降低，同时以川芎为主药，活血化瘀、行气止痛。配以羌活、独活、伸筋草、透骨草、海桐皮等中药，舒筋活络、祛风胜湿、壮骨强筋健肾，辅以辛香走窜之品，借其性能加熏蒸温热刺激，直达病所，达到了瘀去则新生、络通痛止、强筋壮骨的治疗效果。再采用手法揉及弹拨腓肠肌、腘绳肌、股四头肌，被动屈伸膝关节，可以改善关节局部血液循环，减轻疼痛，松解粘连组织和增加关节活动度，加上压腿锻炼中的肌肉伸张，可促进静脉回流，另外中药熏洗方中诸药配伍，相得益彰，温经通络、活血化瘀、行气止痛，使气血流畅、腠理疏松，故可达到理想疗效。

二、左膝骨性关节炎医案

患者黄某，女，56岁。

【首诊】2022年6月7日，患者无明显诱因出现左膝反复肿痛3年余，经多方治疗疗效不佳。查体：左膝关节肿胀，内翻畸形15°，双下肢无明显短缩，未见股四头肌明显萎缩，伸膝活动正常，屈膝活动受限，活动范围0°～0°～110°，无膝关节交锁症状，浮髌试验（＋），膝关节积液Ⅱ度，髌骨研磨试验（＋），内侧关节间隙压痛明显，前抽屉试验（－），后抽屉试验（－），Lachman试验（－），内翻应力试验（＋），外翻应力试验（－），McMurray试验（＋）。双下肢感觉正常，双下肢肌力Ⅴ级，双侧足背动脉搏动存在。

【诊断】左膝骨关节炎。

【处理】建议手术治疗，患者拒绝，要求保守治疗，故予以三联法治疗。

【二诊】2022年6月21日，患者诉左膝关节肿胀疼痛明显减轻但仍不能行走，查体：浮髌试验（±），膝关节积液Ⅰ度，继续三联法治疗。

【三诊】2022年7月5日，患者诉左膝关节肿痛较前减轻，但久站久行后加重，病情反复，收入住院，予以关节镜下左膝关节探查清理＋胫骨高位截骨术治疗。

【四诊】2022年7月19日，术后半个月复诊，伤口愈合较好，拆线两日后继续三联法治疗。

【五诊】2022年8月30日，术后2个月复诊，关节无明显肿胀、无压痛，活动基本正常，拍片见骨折端愈合良好。

【按】本病患者明显膝内翻畸形，且可见下肢静脉曲张；虽采用压腿锻炼、手法弹拨和中药熏洗三联法治疗，意在温经通络活血化瘀、行气止痛，着眼于改善下肢静脉回流障碍、降低骨内压，但由于明显膝内翻畸形，内侧间室压力过高，所以疗效不佳，尤其站立行走时明显，病情反复。骨内静脉淤滞的形成与下肢静脉回流障碍关系密切，髌骨回流静脉为髌骨、关节囊和滑膜的共同静脉回流通路，其血汇入腘静脉，腘静脉回流障碍可使髌骨回流静脉淤滞，从而引起髌骨内高压、关节囊和滑膜充血肿胀。采用三联法治疗后，这一部分症状得以改善。但股骨下端和胫骨上端亦可因相应回流静脉障碍而引起骨内压力升高，虽其局部容积较大，骨髓腔可使压力分流，其压力升高一般比髌骨内压低，尤其当明显膝内翻畸形时，内侧间室压力过高，这种代偿作用就会受到限制，故采用胫骨高位截骨治疗，可使局部骨内压下降、关节肿胀消退和疼痛缓解，后期再予以三联法治疗，所以达到了治愈的结果。

三、左膝骨性关节炎医案

患者杨某，女，65岁。

【首诊】患者诉左膝反复肿痛10年余，偶有膝关节交锁，经多方治疗疗效不佳。查体：双下肢无明显短缩，双下肢力线可，左膝关节轻度肿胀，未见股四头肌明显萎缩，屈伸活动稍受限，活动范围−5°～0°～100°，浮髌试验（±），膝关节积液Ⅰ度，髌骨外推试验（Ⅰ度），髌骨恐惧试验（−），髌骨研磨试验（+），外侧关节间隙压痛明显，前抽屉试验（−），后抽屉试验（−），Lachman试验（−），内翻应力试验（−），外翻应力试验（−），Apley研磨试验（+），McMurray试验（+），下蹲试验（+），Thessaly试验（+）。双下肢感觉正常，双下肢肌力Ⅴ级，双侧足背动脉搏动存在。

【诊断】左膝骨关节炎。

【处理】建议行关节镜手术治疗，患者拒绝，要求保守治疗，故予以三联法治疗。

【二诊】患者4周后门诊复查，诉左膝肿痛有所减轻，膝关节外侧副韧带与外侧半月板交界处有一大小约0.8cm×0.6cm的柔软包块，继续“三联法”治疗。

【三诊】患者6周后复查诉左膝肿痛劳累后加重，休息后减轻，收入住院，予以关节镜下左膝关节探查清理＋外侧半月板成形＋囊肿切除＋PRP注射治疗术。

【四诊】术后半个月复诊，伤口愈合较好，拆线2天后继续三联法治疗。

【五诊】术后2个月复诊，关节无明显肿胀、无压痛，活动基本正常。

【按】本病患者明显膝关节肿胀，外侧间隙压痛，关节活动弹响且疼痛，常有关节交锁，提示有半月板损伤可能。采用压腿锻炼、手法弹拨和中药熏洗三联法治疗，温经通络活血化瘀、行气止痛，急性炎症得以控制，所以局部症状很快得以缓解，但由于撕裂损伤的半月板隐患没有解除，故行走活动后又复发。所以关节镜清理，半月板缝合术，再予以三联法治疗，最终达到了治愈的结果。

四、双膝慢性滑膜炎医案

患者汪某，女，48岁。

【首诊】双膝肿胀疼痛5年，久行后肿胀疼痛加重，上、下楼及下蹲动作未感明显异常，经多方治疗疗效不佳。查体：双膝肿胀，浮髌试验阳性，余无异常。舌红，苔薄白，脉弦紧。

【诊断】双膝慢性滑膜炎。

【处理】予以三联法治疗。

【二诊】双膝肿胀明显缓解，久行后仍感疼痛伴稍肿胀，治疗方案不变，继观病情。

【三诊】双膝肿胀疼痛基本好转，久行后基本无症状。

【按】本病患者病程较长，且于院外自行治疗效果不佳，故选择中医疗法，患者依从性较好，滑膜炎主要病理变化为滑膜受到刺激后产生的炎症，表现为滑膜充血、水肿，表面绒毛样增生、滑膜增厚，滑膜血管可增生形成血管翳，故炎症滑膜的表面积增加，分泌的滑液也更多，从而导致关节积液。选用伤科熏洗汤熏洗局部，经煎煮熏洗使药性得以在局部充分发挥，中药熏洗的热效应和药物作用可使关节周围静脉得以温通，加速关节内积液吸收，改善关节肿胀症状。而按摩手法主要以按、揉、弹拨为主。弹拨下肢后侧肌肉可以改善关节局部血液循环，减轻疼痛，松解粘连组织，增加关节活动度，加上压腿锻炼中的肌肉伸张，可促进静脉回流，调理全身气血，达到理想效果。

五、左膝外侧半月板损伤医案

患者罗某，女，59岁。

【首诊】左膝关节扭伤疼痛4月，自感酸胀无力，行走时常有交锁感。查体：左膝关节轻度肿胀，未见股四头肌明显萎缩，屈伸活动稍受限，活动范围0°～0°～100°，浮髌试验(＋)，膝关节积液Ⅰ度，髌骨研磨试验(＋)，外侧关节间隙压痛明显，前抽屉试验(－)，后抽屉试验(－)，Lachman试验(－)，内翻应力试验(－)，外翻应力试验(－)，Apley研磨试验(＋)McMurray试验(＋)，辅助检查左膝核磁共振提示左膝外侧半月板体部Ⅲ度损伤。

【诊断】左膝外侧半月板损伤。

【处理】建议行手术治疗，患者综合考虑后选择尝试保守治疗，故选用外治三联法治疗。

【二诊】疼痛酸胀稍有好转，行走时仍常有交锁感。

【三诊】肿胀稍好转，关节疼痛加重，下蹲上下楼梯时加重，收入住院，予以关节镜清理，外侧半月板成形术。

【四诊】术后半个月复诊，伤口愈合较好，拆线两日后继续三联法治疗。

【五诊】术后2个月复诊，关节无明显肿胀，无压痛，活动基本正常。

【按】本病患者半月板体部复合撕裂，半月板血供来源于膝内、外侧及膝中动脉等的小血管，形成半月板周围毛细血管丛及环状血管网供养半月板的外侧缘。半月板周围的血管丛发出的入板小动脉进入体部后为层状排列，层与层之间的吻合支很少，半月板角部的血供由半月板周边血管丛发出的小血管进入前、后角部后，形成毛细血管网分布于角的整个区域。半月板体部内侧的区域及半月板表面无血管分布，其表面平行分布一层膜状滑液层，由滑液提供营养。虽采用压腿锻炼、手法弹拨和中药熏洗三联法治疗，温经通络活血化瘀、行气止痛，改善半月板血供、加速修复，但半月板体部的血管分布有分层现象，半月板水平撕裂损伤的部位血供相对较少，同时水平撕裂损伤后半月板层与层之 间随膝关节伸屈活动时发生慢性摩擦，其血管进一步退化，由此半月板水平破裂后创面血供少，愈合可能小。通过手术使半月板成形后，减少分层之间的摩擦，有助于半月板修复，后期再予以三联法治疗，使关节症状改善。

第二节　肩臂疼痛病机多　对症治疗方显效

肩关节痛在中医中属于痹症，早在秦汉时期，古人就认识到痹症的病因病机与风、寒、湿等邪气相关。《素问·痹论》中早有记载："其风气胜者为行痹，寒气胜者为痛痹，湿气胜者为着痹。"说明病因病机不同，痹症的表现也不尽相同，治疗方法自然也有所不同。现代医学又将肩痹根据病因病机的不同，分为肩关节周围炎、肩袖损伤、肩撞击综合征、钙化性肌腱炎等疾病。熊昌源教授认为，不论是哪种疾病导致的肩关节痛，统属于中医所认为的肩痹病，病因病机上可概括为不通则痛、不荣则痛，故临床治疗上不同病因导致的肩关节痛，熊昌源教授通过辨证论治后予以对症方治疗，疗效显著。

1. 肩关节周围炎

肩关节周围炎又称为五十肩、漏肩风、冻结肩。现代医学认为该病是因为肩关节及周围肌腱、韧带、腱鞘、滑囊和关节囊等软组织的急慢性损伤或退行性病变，导致局部慢性炎症渗出产生粘连，引起肩部疼痛、活动功能障碍的病症。熊昌源教授认为，该病的主要病因包括气血亏虚、肝肾虚损、阳气衰竭等内因和风寒湿邪侵袭等外因。根据病因病机的不同，所开出的中药口服方也不同。

(1) 风寒湿阻型。病机为风寒湿邪留滞经络，气血闭阻不通；治疗原则为祛风散寒，除湿通络。熊昌源教授常使用薏苡仁汤加减进行治疗。方药组成为薏苡仁20g、当归15g、芍药15g、麻黄10g、肉桂10g、炙甘草6g、苍术10g，水煎取汁内服，每天2次。寒邪偏盛者，可加防风、秦艽；寒邪偏盛者，可加细辛、附子；湿邪偏盛者，可加防己、木瓜。

(2) 痰瘀痹阻型。病机为痰瘀互结，闭阻经脉；治疗原则为化痰行瘀，除痹通络。熊昌源教授常使用双合汤加减进行治疗。方药组成为当归10g、川芎10g、白芍10g、生地10g、陈皮10g、半夏10g、茯苓10g、桃仁10g、红花10g、白芥子10g、甘草6g，水煎取汁内服，每天2次。

(3) 气血亏虚型。病机为气血亏虚，经脉失养；治疗原则为益气养血，和营通络。熊昌源教授常使用黄芪桂枝五物汤加减进行治疗。方药组成为黄芪20g、白芍10g、桂枝10g、生姜10g、大枣12枚，水煎取汁内服，每天2次。

2. 肩袖损伤

肩袖是覆盖于肩关节前、上、后方之肩胛下肌、冈上肌、冈下肌、小圆肌等肌腱组织的总称。常见的肩袖损伤为冈上肌损伤,大多是由于外伤所致。认为,对于肩袖损伤符合手术指征的患者,还是建议手术治疗;对于轻度损伤的患者,可以进行保守治疗。熊昌源教授认为该病主要概括为气滞血瘀和肝肾亏虚两种证型。

(1)气滞血瘀型。病机为瘀血阻滞经脉,气血不通;治疗原则为活血化瘀,理气通络。熊昌源教授常使用身痛逐瘀汤加减进行治疗。方药组成为秦艽15g、川芎15g、桃仁10g、红花10g、甘草6g、羌活15g、没药10g、当归15g、五灵脂15g、香附10g、牛膝10g、地龙10g,水煎取汁内服,每天2次。

(2)肝肾亏虚型。病机为肝肾不足,经脉失养;治疗原则为补肝肾,强筋骨。熊昌源教授常使用独活寄生汤加减进行治疗。方药组成为独活15g、桑寄生15g、杜仲15g、牛膝10g、细辛3g、秦艽15g、茯苓20g、肉桂10g、防风10g、川芎10g、人参20g、甘草6g、当归15g、赤芍15g、生地10g,水煎取汁内服,每天2次。

3. 肩撞击综合征

肩撞击综合征是由于肩关节在活动过程中,肩峰下组织与肩峰产生撞击而产生疼痛等一系列症状的疾病。熊昌源教授认为,本病病因病机主要为肩部积久劳伤损及肌肉筋脉,络伤血溢,致瘀血内停、经脉阻塞、气血液运行行受阻,不通则痛,故治疗上以活血祛瘀、通络止痛为原则,用定痛和血汤加减进行治疗,方药组成为当归20g、桃仁10g、红花10g、乳香10g、没药10g、五灵脂15g、蒲黄15g、续断15g、秦艽15g,水煎取汁内服,每天2次。

4. 钙化性肌腱炎

钙化性肌腱炎指钙盐沉着于肌腱中,多见于30～50岁的运动人群,糖尿病患者的发病率较高。钙化性肌腱炎并不一定会引起症状,出现疼痛时1～4周后大多可缓解。肩关节常见冈上肌钙化性肌腱炎。熊昌源教授认为该病病机主要为肩关节劳损,兼感受外邪,使经脉闭阻、血瘀气滞、邪气聚结,引发疼痛。治疗原则以活血止痛、消瘀散结为主。治疗上以消瘀止痛散加减进行治疗。方药组成为红花20g、桃仁30g、大黄50g、赤芍药30g、泽兰30g、生蒲黄30g、乳香30g、没药30g、当归尾30g、黄柏30g、栀子30g,研磨成粉,每天外敷患处1次。

一、右肩关节周围炎医案

患者李某,女,51岁。

【首诊】2022年9月10日,患者受寒后出现右肩关节疼痛1周,伴活动受限。

现疼痛以右肩关节游走性疼痛为主，夜间疼痛明显，影响睡眠，降温时疼痛加重，得热痛减，自感右肩关节怕冷。查体：右肩关节主动活动各方向活动受限，被动活动可，搭肩试验(＋)，摸背试验(＋)，Neer征(－)，Hawkins征(－)。右肩MRI提示右肩关节广泛性炎症，肩袖结构形态正常。

【诊断】右肩关节周围炎，辨证为风寒湿阻型。

【处理】处方为薏苡仁汤加防风30g、秦艽15g、茯神15g、酸枣仁30g，7付水煎，每天1剂，分2次服。予以金黄膏外敷患肩，指导其进行患肩爬墙功能锻炼，每天早、晚共2组，每组约5次。

【二诊】2022年9月17日，患者自诉疼痛略有好转，疼痛位置不固定，睡眠可，右肩关节怕冷症状消失。前方去茯神、酸枣仁，加大秦艽、防风剂量，7付水煎，每天1剂，分2次服。继续指导其进行患肩爬墙功能锻炼，每天早、中、晚共3组，每组约10次。

【三诊】2022年9月24日，患者自诉疼痛明显好转，轻微疼痛局限于右肩关节前方，右肩关节活动度较前改善，无其他不适。前方去防风、秦艽，7付水煎，每天1剂，分2次服。指导其加强患肩功能锻炼，每天早、中、晚共3组，每组约15次。

【四诊】2022年10月1日，患者自诉疼痛基本消失，右肩关节活动度基本恢复正常。停用中药，嘱患者加强右肩关节功能锻炼。

【按】肩关节痛病因病机复杂，各类肩关节疾病均可能导致肩关节痛，在临床上诊治时需结合患者症状体征及相关检查明确诊断，避免误诊漏诊，延误治疗时机。本案例患者属肩关节周围炎早期患者，结合患者体征及MRI显示，考虑患者患肩主要以无菌性炎症为主，尚未并发肩关节粘连，活动受限主要是由于疼痛导致。患者疼痛遇寒加重，得热则减，外加有受寒因素，考虑为风寒湿阻型肩关节周围炎，且痛无定处，考虑风邪偏盛，故在薏苡仁汤基础上加防风、秦艽提高祛风效果，兼以茯神、酸枣仁安神，缓解夜间疼痛。金黄膏中含有大量活血化瘀、消炎镇痛的中药，能够预防患肩在锻炼后出现肿胀等症状，并且一定程度上能够缓解疼痛，促进炎症吸收。二诊时患者睡眠改善，故去茯神、酸枣仁等安神药物，仍感游走性疼痛，故加大秦艽、防风剂量，增强祛风效果。三诊患者疼痛部位局限于关节前方，考虑风邪已去，故去防风、秦艽，予以薏苡仁汤基础方，祛风除湿。四诊患者疼痛基本消失，考虑患者外邪已去，停用中药，指导患者功能锻炼避免复发。爬墙功能锻炼能够恢复肩关节各方向活动度，并且刺激肌肉活性，加速局部血液流动，与外敷金黄膏相辅相成，促进局部炎症吸收。

二、左肩冈上肌钙化性肌腱炎医案

患者王某，女，59岁。

【首诊】2022年11月5日，患者无明显诱因出现左肩关节外展时疼痛3周。查体：左肩关节外展活动受限，前屈、后伸等活动可，左冈上肌肌腱附着处压痛(＋)，Neer征(－)，Hawkins征(－)。左肩DR提示左肩关节可见钙化灶，考虑钙化性肌腱炎。

【诊断】左肩冈上肌钙化性肌腱炎。

【处理】患者拒绝住院治疗，拟予以中药辨证方外敷。处方为红花20g、桃仁30g、大黄50g、赤芍药30g、泽兰30g、生蒲黄30g、乳香30g、没药30g、当归尾30g、黄柏30g、栀子30g，研磨成粉，每天外敷患处1次。并予以前臂悬吊带悬吊固定患肢。

【二诊】2022年11月12日，患者诉左肩关节疼痛略有好转，外展活动仍受限。继续予以前方28付，嘱每天外敷患处2次。继续予以前臂悬吊带悬吊固定患肢。

【三诊】2022年11月26日，患者诉左肩关节疼痛明显好转，外展活动部分受限。复查左肩关节DR提示左肩关节可见钙化灶，与前片对比密度变低。继续予以前方4付，嘱每天外敷患处1次。

【四诊】2022年12月26日，患者左肩关节疼痛基本消失，左肩关节活动基本正常。复查左肩关节DR提示左肩关节未见明显异常，与前片比较钙化灶消失。停用中药，嘱患者减少左肩关节劳累，注意保护关节。

【按】患者左肩关节疼痛3周，结合查体及左肩关节DR考虑为左肩冈上肌钙化性肌腱炎，予以消瘀止痛散外敷及悬吊固定治疗，旨在活血止痛、消瘀散结。二诊患者左肩关节疼痛减轻，活动仍有受限，考虑患者钙化灶仍未消除，继续予以消瘀止痛散对症治疗，并改为每天外敷2次，加强消瘀散结功效。患者三诊时疼痛明显好转，且肩关节外展活动度较前有所改善，当时距离初诊已近1个月，故复查左肩关节DR，见钙化灶较前好转，说明消瘀止痛散效果显著，患者可以继续保守治疗，故继续予以原方对症治疗。患者四诊时左肩关节疼痛及活动度基本正常，因与三诊时间隔时间较长，再次复查左肩关节DR明确患肩基本情况，见左肩关节未见明显异常，考虑钙化灶已吸收，故停用中药，并嘱患者注意保护左肩关节,避免复发。

三、左肩袖损伤医案

患者胡某,男,33岁。

【首诊】2022年11月23日,患者健身后出现左肩关节肿胀疼痛1天。查体:左肩关节各方向主动活动受限,Neer征(+),Hawkins征(+),Jobe征(+)。左肩MRI提示左肩关节大量积液,冈上肌可见一高信号影,考虑肩袖损伤,建议结合临床。

【诊断】左肩袖损伤,辨证为气滞血瘀型。

【处理】处方为身痛逐瘀汤加泽泻15g、赤芍30g、三七30g,7付水煎,每天1剂,分2次服。嘱近期避免左肩关节锻炼,制动。予以患肩白脉软膏揉擦,每天早晚各1次。

【二诊】2022年11月30日,患者诉左肩关节肿胀减轻,活动时仍感疼痛。前方去泽泻,7付水煎,每天1剂,分2次服。嘱近期避免左肩关节锻炼,制动。继续予以患肩白脉软膏揉擦,每天早晚各1次。

【三诊】2022年12月7日,患者诉左肩关节疼痛减轻,无其他不适。前方去赤芍、三七,7付水煎,每天1剂,分2次服。嘱可轻度活动左肩关节,半个月后复查左肩关节MRI。

【四诊】2022年12月22日,患者诉左肩关节疼痛基本消失。复查左肩关节MRI提示左肩关节未见明显异常。停用中药,嘱患者锻炼时注意保护左肩关节,避免再次受损。

【按】本案例患者属肩袖损伤早期患者,结合患者体征及MRI显示,考虑患者患肩因外伤导致左肩袖损伤,冈上肌损伤较小,活动受限主要是由于疼痛导致,考虑为气滞血瘀型肩袖损伤,伴有大量积液,由于是早期损伤,并有受伤史,且患者为青壮年,故考虑保守治疗,故在身痛逐瘀汤基础上加泽泻加快积液吸收,加赤芍、三七缓解急性疼痛,并嘱肩关节制动,避免肩袖损伤进展。白脉软膏中含有姜黄、肉豆蔻、甘草、麝香、干姜、菖蒲、茴香、花椒等药物成分,具有舒筋活络、活血止痛等功能,促进肩袖修复,缓解疼痛。二诊患者肩关节肿胀消退,考虑积液已被吸收,故去泽泻,继续予以身痛逐瘀汤加赤芍、三七缓解肩关节疼痛,继续肩关节制动。三诊患者左肩关节疼痛明显减轻,故去赤芍、三七减轻活血化瘀、缓急止痛之功效。四诊患者左肩关节疼痛基本消失,距离初诊已有1个月,故复查左肩关节MRI明确肩关节情况。MRI提示左肩关节未见明显异常，考虑初诊肩袖损伤已基本愈合，故停用中药，嘱患者可逐渐恢复左肩关节活动，并注意保护关节，避免肩关节再次损伤。

第三节　颈椎病是常见病　辨证施治放风筝

颈椎病，是一种慢性疾病，又称颈椎综合征，其特征是颈椎椎间盘结构的退行性病理变化，以及颈椎周围结构的继发性病理变化。该病导致相邻组织的累积，并表现出与影像学结果一致的临床症状。随着智能手机、电脑的广泛普及，低头族或整日伏案从事电脑学习工作者的群体患病数量也在逐年呈现快速增长，颈椎病已经发展成为了目前几个全球高密度发病的疾病之一，其老年患者的发病率相对较高，仅次于慢性心脑血管和呼吸系统疾病，40岁以上老年人群群体中的患病率可高达5%，且该病呈现着不断年轻化并且增长快的趋势，其临床表现以颈部疼痛、上肢麻木、头部眩晕为主，重者可出现感觉障碍、瘫痪等，严重影响了社会经济发展和人民生活质量。熊昌源教授在多年临床中，对于颈椎病具有丰富的临床诊疗经验。熊昌源教授从颈椎病的病因病机出发，辨证施治，巧用补肾之法，配合放风筝功能锻炼，疗效显著。

1. 对颈椎病病因病机的认识

颈椎病是一种临床上常见且多发的疾病，其症状复杂以及疗程一般较长。至今，现代医学研究尚未完全揭示其病因与发病机制，一般认为是多种因素共同作用的结果。目前公认的主要发病机制为机械压迫学说、颈椎不稳学说和血液循环学说，起始因素为椎间盘的退变。在该病的病因病机上，历代医家发表了众多论述。如戴元礼在《证治要诀》中说："人多有挫闪，及久坐并失枕，而致项强不可转移者，皆由肾虚不能升肝，肝虚无以养筋，故机关不利。"认为项强在外与外伤有关，在内与肝肾不足有关。《济生方·痹》谓："皆因体虚，腠理空疏，受风寒湿气而成痹也。"指出项痹起于风寒湿。熊昌源教授以中医理论为纲，总结个人诊治经验，认为本病发病机制为外感风寒湿邪，素有肝肾亏虚，内忧外患，日久筋失濡养、气血不和，以致痰瘀阻络、筋骨失和，发为项痹。颈椎病近年来发病年龄趋于年轻化，在各年龄段都较易发生，多因久坐或姿势不当，出现劳损而退变，外感风寒湿邪而引发。颈椎病在中医归属于"项痹""痿证""头痛""眩晕"等。中医经典古籍中多有论述。《扁鹊神应针灸玉龙经》云："挫枕项强，不能回顾。"《素问玄机原病式》云:“痿,谓手足痿弱,无力以运行也。”《素问·至真要大论》云:“目似脱,项似拔,腰似折。”颈部僵硬疼痛、手足痿软无力、头晕伴走路无力等均为颈椎病的常见症状。可见,本病的病因复杂,各种因素相互交织,最终导致疾病的发生。

1)肝肾不足、筋骨失养为其本

《素问·痹论》中记载:“骨痹不已……内舍于肾;筋痹不已……内舍于肝。”中医常言肝主筋,藏血;肾主骨,生髓。《杂病源流犀烛》云:“筋急之源,由血脉不荣于筋之故也。”随着年龄增长,常出现肝肾亏虚,筋骨失养,劳累后更易出现气血紊乱、经脉痹阻,而引起颈部活动不利。此外,急慢性损伤也常常引起肝肾亏虚,出现关节错位或退变,引起颈部失稳,发为项痹。

2)风、寒、湿邪为其标

《杂病源流犀烛》云:“凡颈项强痛,肝肾膀胱病也,三经受风寒湿邪。”项痹常因外感风寒湿邪而引发。在临床中不乏有患者症状明显,而影像学表现无明显异常,细寻其因常发现其有风寒湿邪外感史。熊昌源教授提出,颈部本身可能已经有退变的基础,但又受到了风寒湿等外邪的影响,导致局部气血循环受阻,颈部筋脉失于濡养,颈部软组织失稳,加之血管痉挛,从而引发颈椎病。风为百病之长,其性轻扬开泄,易袭阳位,具有上窜的特性。位于督脉上部和足太阳膀胱经的循行处的颈椎就更易受风邪侵袭,出现头颈部疼痛、头晕等症。寒为万病之源,寒邪收引凝滞,减缓水液代谢,影响气血运行,使水湿痰饮停聚,气血瘀滞经脉,引起颈部经脉痹阻,出现肿痛。《素问·举痛论篇》曰:“寒气入经而稽迟……故卒然而痛。”湿性重浊黏滞,颈部受其侵袭,出现酸胀头痛。《素问·至真要大论》言:“诸痉项强,皆属于湿……项似拔。”因此,颈部外感风寒湿邪,便生此病。

3)久则气血紊乱、痰瘀互结

熊昌源教授认为,颈椎病往往由于平日的劳损和过度劳累,导致颈部经络受损,气血流通受阻,进一步加重经脉痹阻。因此在颈椎病的致病过程中需要重视气和血之间的辨证关系,血气不和,遂生百病。颈椎病患者日久可出现因气病及血致使血虚、血瘀;或血病及气致使气虚、气滞;或气血均病、虚实夹杂,初实久虚。气血失和,则易出现肢体活动不利、疼痛、头晕等症,久病入络,迁延难愈。熊昌源教授提出,血瘀也是影响颈椎病发病的重要病理因素。气滞、血虚、寒凝均可致瘀。本病为慢性病,病程较长,久病引起气血运行紊乱,痰湿水饮内停,经脉失于濡养,出现手麻、头晕等症状;痰瘀阻滞经络,经脉痹阻而疼痛。

2. 颈椎病的辨证论治

熊昌源教授认为颈椎病本虚标实。本虚为肝肾亏虚，标实为风寒湿外邪侵袭或劳损外伤致病。以下为颈椎病常见证型和经验用方。

1）风寒湿型

此型症状表现为自觉头部沉重、颈项部疼痛伴活动不利、四肢拘急，得温即舒、遇冷则剧。舌红、苔白、脉弦紧。主因外感风寒湿邪而致病。治疗宜温经通络、除湿散寒，熊昌源教授方拟乌头汤加减。处方：制川乌（先煎）、制草乌（先煎）、茯苓、苍术、白芥子、羌活各10g，甘草、麻黄、桂枝各6g，威灵仙、五加皮各15g，细辛3g。方中乌头味辛苦、性热、有毒，其力猛气锐，内达外散，能升能降，通经络，利关节，其温经散寒，除湿止痛，凡凝寒痼冷皆能开之通之；麻黄辛微苦而温，入肺、膀胱经，其性轻扬上达，善开肺郁、散风寒、疏腠理、透毛窍，其宣散透表，以祛寒湿。二者配伍，同气相求，药力专宏，外能宣表通阳达邪，内可透发凝结之寒邪，外攘内安，痹痛自无。芍药宣痹行血，并配甘草以缓急止痛；黄芪益气固卫，助麻黄、乌头温经止痛，亦制麻黄过散之性；白蜜甘缓，以解乌头之毒。诸药相伍，使寒湿去而阳气宣通，关节疼痛解除而屈伸自如。临证须分寒湿主次，辨证用药。

2）痰湿阻络型

此型症状表现为头重如裹、头晕目眩、胸脘痞闷、四肢无力、胃口不佳。苔厚腻、脉弦滑或濡滑。治宜化痰祛湿，熊昌源教授方拟半夏白术天麻汤加减。处方：半夏10g、天麻15g、橘红10g、白术20g、茯苓20g、甘草6g。方中半夏燥湿化痰，降逆止呕；天麻平肝熄风，而止头眩，两者合用，为治风痰眩晕头痛之要药。李东垣在《脾胃论》中说："足太阴痰厥头痛，非半夏不能疗；眼黑头眩，风虚内作，非天麻不能除。"故以两味为君药。以白术、茯苓为臣药，健脾祛湿，能治生痰之源。佐以橘红理气化痰，脾气顺则痰消。使以甘草和中调药；煎加姜、枣调和脾胃，生姜兼制半夏之毒，临证须分痰、湿主次，辨证用药。

3）气滞血瘀型

此型有直接或间接头颈部外伤史，跌扑闪挫损伤，瘀血阻络。气机阻滞，不通则痛。症状为颈项疼痛，痛点固定，动则加剧。常伴有上肢麻木、舌质暗或有紫斑、脉弦细。治宜活血行气、通络止痛，熊昌源教授方用桃红四物汤加减。处方：桃仁、当归、川芎各15g，红花、赤芍、熟地黄、茯苓各10g，葛根20g，天花粉15g，三七末（冲服）3g。方中以强劲的破血之品桃仁、红花为主，力主活血化瘀；

以甘温之熟地、当归滋阴补肝、养血调经;芍药养血和营,以增补血之力;川芎活血行气、调畅气血,以助活血之功。全方配伍得当,使瘀血祛、新血生、气机畅,化瘀生新是该方的显著特点。临证当辨损伤轻重缓急,若重急者,宜以CT、MRI检查协助诊断,选择治疗方案;若缓轻者,当辨气滞、瘀血偏重,酌加行气、活血、祛瘀药。

4)肝肾不足型

年老体弱,或先天禀赋不足,或后天劳损,肾肝亏损,致肾精亏耗,肝血不足,筋骨失其所主,则病不荣。症状为头晕、耳鸣、面红目赤、失眠多梦、腰膝酸软、头重脚轻、急躁易怒、口干舌燥。舌红津少、苔黄、脉细数。治宜滋肝补肾、益髓壮骨,熊昌源教授方用独活寄生汤加减。处方:独活15g,桑寄生、杜仲、牛膝、细辛、秦艽、茯苓、肉桂心、防风、川芎、人参、甘草、当归、芍药、干地黄各10g。方中重用独活为君药,辛苦微温,善治伏风,除久痹,且性善下行,以祛下焦与筋骨间的风寒湿邪。臣药为细辛、防风、秦艽、桂心,细辛入少阴肾经,长于搜剔阴经之风寒湿邪,又除经络留湿;秦艽祛风湿,舒筋络而利关节;桂心温经散寒,通利血脉;防风祛一身之风而胜湿,君臣相伍,共祛风寒湿邪。本证因痹证日久而见肝肾两虚,气血不足,遂佐入桑寄生、杜仲、牛膝以补益肝肾而强壮筋骨,且桑寄生兼可祛风湿,牛膝尚能活血以通利肢节筋脉;当归、川芎、地黄、白芍养血和血,人参、茯苓、甘草健脾益气,以上诸药合用,具有补肝肾、益气血之功。且白芍与甘草相合,尚能柔肝缓急,以助舒筋。当归、川芎、牛膝、桂心活血,寓“治风先治血,血行风自灭”之意。甘草调和诸药,兼使药之用。临证当辨肾阴、肾阳、肝血虚或肝肾两虚,选药略有侧重。

5)气血两虚型

体弱虚损,气血不足,经脉欠盈,血虚不能滋润肢节,气虚不能鼓舞经气,而致气虚血滞,经脉不荣。症见头晕目眩、头项疼痛、酸楚缠绵、面白无力、心悸气短、神疲无力、肢体麻木、纳呆便溏、畏寒肢冷、血压偏低。舌淡苔白、脉沉细。治宜益气养血、活络通痹,熊昌源教授方用人参养荣汤加减。处方:人参、茯苓、白术、黄芪、熟地黄各20g,远志、当归、陈皮、桂枝各15g,白芍、五味子、大枣各10g,甘草6g。方中人参、白术、茯苓、甘草益气健脾,以补气之虚;当归、白芍、熟地黄养血滋阴,以荣血之枯,二者相伍,双补气血;黄芪补气升阳,固表止汗;肉桂温里助阳,通行气血;合生姜、大枣同用,温养脾胃,固无生肌;远志宁心安神,五味子敛肺滋肾,陈皮理气健脾。诸药合用,补而不滞,滋而不腻,以防壅遏作胀。临证当辨气虚、血虚或气血两虚，处方用药略有侧重。

3. 特色经验

熊昌源教授强调辨治颈椎病应中西医兼顾，急性发作颈痛严重者，建议配合口服西药加强止痛效果；久病迁延不愈者，结合症状、体征，详细进行体格检查和影像学检查，力求诊断明确，遂用中药益气养血以固其本，同时活血行气、祛风散寒、除湿化痰、祛瘀通络等标本兼顾。在治疗中，牵引疗法的作用应受到重视，同时注重预防和调护工作，强调功能锻炼的重要性。综合运用这些方法，可以取得更好的疗效。

1）用药心得

中药作为各类疾病的常用中医治疗手段，不同药材药理作用不同，结合疾病类型选用适宜中药，可获得较好治疗效果。在治疗颈椎病的临床用药配伍中，重视根据不同兼夹症状，施以不同的治疗方法。常用牛蒡子、僵蚕、葛根、天麻、桂枝、芍药、甘草、山甲片、当归、黄芪、南星、防风、全蝎、草乌、磁石、狗脊、羌活、独活、潼白蒺藜等。其中，牛蒡子、僵蚕通络化痰、行气散结，牛蒡子兼通十二经脉；葛根尤善解项背强之苦，升阳解肌；天麻清利头目、消风化痰；桂枝、芍药辛甘化阳以调和营卫兼通太阳经脉；芍药、甘草酸甘化阴以养肝血、充肾阴，兼缓急止痛；半夏化痰燥湿；羌活、独活合用，通督脉膀胱之经气；山甲片软坚散结；潼白蒺藜补肝散结；黄芪与当归、川芎合用益气养血，以助动一身之气血，肺朝百脉，而又益宗肺之气，以化生肾水；狗脊补肾填精，以滋肾气之源。充分体现了以通为治、因果并论的用药特色。中药复方基于中医学整体观念，在辨证论治的指导原则下进行治疗，更具个性化，对各型颈椎病的防治具有独特优势。

2）善用虫类药物

叶天士云："初病在经，久则入络""邪留经络，以须搜剔动药""若非迅疾飞走不能效"。熊昌源教授认为颈椎病久病入络，恙根深痼，对久病痰瘀互结者可采用搜剔缓攻法。常用善搜剔祛邪的虫类药配合和血之品，如当归、川芎、生地黄等以缓虫类药之燥血动血之性。搜剔动药包括乌梢蛇、白花蛇、全蝎、地龙、穿山甲、蜣螂等。虫类药因其特性具有搜风除湿之功，性温之品兼能驱散寒痹。例如乌梢蛇、白花蛇被誉为"驱风要药"，具有透骨搜风之力，不仅祛风通络，还可定惊镇静。全蝎因其走窜力速，为治顽痹要药，散瘀通络，搜风开痹；地龙性味偏寒尤善治疗风湿热痹。穿山甲、蜣螂以通瘀见长。

3) 重视引经药物在颈椎病中的运用

颈椎病的常见症状除了颈肩部疼痛外,部分患者还出现头痛、手臂疼痛等不同症状。熊昌源教授提出,对于不同部位的疼痛,合用对应的引经药物往往更容易达到事半功倍的功效。枝藤类中药因其蔓延舒展的特性在引经药物中独占一席之位。例如,伴有颈肩部疼痛者,常选用羌活、葛根、海风藤等;伴有头痛者,加以天麻、川芎、白芷等;伴有上肢疼痛者,桑枝、桂枝其性通上;伴有下肢疼痛者,川牛膝引药下行,伴有腰背部疼痛者,杜仲、怀牛膝善治腰脊。

4) 重视功法锻炼,以达筋骨并重

《政治准绳》云:"颈项强急之证……寒搏则筋急,风搏则筋驰。"急性发作的颈椎病,表现为"骨错缝、筋出槽",出现软组织僵硬、痉挛或粘连的相关症状。熊昌源教授强调患者早期应注重休息,疼痛缓解后通过有效的功法锻炼可促进软组织松解,解除肌肉痉挛。此外,八段锦等功法锻炼不仅有助于加强颈肩部肌肉力量,以维持颈椎稳定,而且疏通气血,调畅情志,促进阳气生发,减少复发率。近年来,放风筝运动在中轻度颈椎病治疗中的重要性日益显现,抬头放风筝时,长期被低头挤压的颈椎得到充分舒展;不时缓慢左右扭转以观望风筝动向时,颈部两侧的肌肉和韧带也得到了充分的舒缓和锻炼。对于久坐低头人群来说,放风筝运动一方面锻炼颈肩部肌肉力量,另一方面使韧带充分伸展,增强颈椎关节的稳定性,对中轻度颈椎病的防治具有较好疗效。

5) 推拿、针灸、牵引相结合治疗颈椎病

治疗上,熊昌源教授主张采用推拿、针灸和牵引相结合的综合疗法。推拿手法可以放松颈部肌肉,疏通痹阻,促进气血运行;针灸治疗可以促进气血循环,缓解疼痛,解除肌肉痉挛,驱散外邪;牵引可以恢复突出的颈椎间盘,使受压的椎动脉得到舒展。

熊昌源教授认为,人体是一个有机整体,由脏腑、筋骨、肌肉和气血共同组成。故颈椎病的治疗应筋、骨、肉并重,缺一不可。正如元朝程杏轩《医述》所言:"筋骨、脂膜、肌肉、皮肤、毫毛十者,人之所借以为形者也。骨为本,筋束骨,膜裹筋,脂固膜,肉卫脂,肌泽肉,肤统肌,皮荣肤,毛护皮,毫辅毛。譬居室然,骨也者,以为梁柱也;筋也者,以为关键也;脂膜肌肉者,以为墙垣也;皮肤毫毛者,以为门户窗牖,所以弥缝墙垣之隙者也。一有损坏则屋敝,一有伤缺则屋颓矣。"强调了筋骨、肌肉和气血之间的密切关系。因此,在颈椎病的治疗中,熊昌源教授以治疗筋骨、肌肉和气血为本,依据现代解剖学,分析颈部肌肉的走行和作用力方向，有针对性地对肌肉起始点和局部痉挛的部位进行牵引和放松，结合传统推拿手法，以达到“以一己之卷舒，高下疾徐，轻重开合，能达病者之血气凝滞，皮肉肿痛”。

针灸对颈椎病患者颈椎动脉血流具有较好的改善效果，可调节颈椎血液循环，减轻疼痛感。对于颈型颈椎病，主要取穴在颈部夹脊穴，包括天柱、百劳、大杼等主要穴位。如果伴有肩部及肩胛区的疼痛，还可以加用完骨穴和肩井穴。治疗的主要目的是舒缓颈部肌肉，多采用泻法。神经根型颈椎病在颈部夹脊穴的基础上，加上相应部位的穴位，如肩髃穴、曲池穴、少海穴、外关穴、后溪穴以及合谷穴，远端多用泻法，缓解神经疼痛或麻木。治疗椎动脉型颈椎病，重视应用天牖穴，这是椎动脉最容易发生曲折的地方，需要轻柔进针，切莫过快，进针深度可1.2～2寸，直刺，不可过急地提插。脊髓型颈椎病根据患者症状，在颈部夹脊穴的基础上，加用督脉穴位，如风府穴，头晕时可加用百会、四神聪等穴位，四肢无力加用四肢穴位，以解决症状为主。交感神经型颈椎病以缓解交感神经症状为主，需要加用鬼门十三穴安神定志。头晕加用风府穴，眼花加用太阳穴，耳鸣加听宫、翳风、完骨等穴位。

牵引是神经根型颈椎病康复治疗中常用且重要的手段。但因颈椎结构复杂，神经根型颈椎病的发病机理仍不明确，且存在个体差异，当下研究对于牵引治疗颈椎病的机制尚未明了，故并没有规范的临床治疗指南。研究表明，前屈10°～20°的牵引可以明显缓解患者的疼痛，改善颈部功能，更好地拉伸颈后肌群，解除其痉挛，疗效优于传统的垂直0°的牵引。颈椎曲度变直的牵引角度以−5°～5°为宜，颈椎反弓时以负−15°～−5°的牵引角度较合适。因头颅自重抵消以及颈肌发育程度差异等，牵引应以患者体重的15%～20%为标准，从轻重量开始，再根据患者的适应情况调整加减，以取得更佳的治疗效果。牵引时间宜控制在10～20分钟。仰卧位牵引时，患者体位更加放松，且避免了坐位牵引所固有的颌枕牵引带诱发颞颌关节疼痛的风险。对于老年患者而言，卧位牵引具有更大优势。

6）强调预防调护，提升颈椎稳定性

《张氏医通》云：“观书对弈久坐而致脊背痛。”久坐、低头伏案工作都容易导致颈椎病。熊昌源教授提出日常生活中的预防调护必不可少。不仅要避免久坐，长时间低头伏案，而且时常变换体位，劳逸结合，使颈部得到活动和放松，对于颈椎病的预防至关重要。同时，依照自身标准选择的颈椎生理枕使颈部轻度后仰，让颈部肌肉对抗牵引，有助于恢复颈椎的力学平衡。此外，注意保暖，避免感受外来邪气，增强户外体育锻炼，如游泳、打球等，对于增强颈部内源性稳定和外源性平衡也有一定疗效。

4. 小结

对于慢性颈椎病的临床治疗，熊昌源教授目前采用的中草药方、运动按摩疗法、湿热敷等临床治疗方案，取得了较好的效果。这些治疗方法可以显著减轻颈椎患者的疼痛，改善颈椎功能。中医和西医各自有其优势和局限性，但又可以相互弥补不足。多年来，熊昌源教授以中医为本、西医为纲，尝试将辨证与辨病、中医四诊与现代医学检测手段、临床观察与实验研究、宏观与微观相结合。在临床治疗中，根据患者具体情况分阶段、主次、先后等单独或联合使用中西医诊疗方法。随着中西医药相结合治疗理念的不断发展，该方法在多种疾病患者中取得了良好的效果，有效地弥补了单一方法治疗的不足，促进了疾病的康复。

实践是检验真理的唯一标准。尽管中西医结合在我国目前仍处于初级阶段，但从医疗环境来看，中西医结合的诊疗方式越来越受大众欢迎。中医可以借鉴西医的先进技术和科学成就，弥补自身的缺陷与不足，而西医也可以从我国传统医学中寻找理论智慧和人文关怀。如普利高津所言："西方科学和中国文化对整体性、协和性理解的很好的结合，将导致新的自然哲学和自然观。"因此，我们有理由相信，中西医学优势结合将成为世界医学未来的发展方向。

一、颈椎病(神经根型)医案

患者张某，女，47岁。

【首诊】2022年2月17日，因颈部疼痛1年余，加重伴右上肢放射痛1周前来就诊。患者自述1年前伏案作业后出现颈肩酸痛，劳则加重，休息后稍减轻，未系统诊治，症状日见加重。同年5月于当地医院查颈椎MRI示：C5/6、C6/7椎间盘突出，他院予塞来昔布胶囊口服、洛索洛芬钠贴剂外用后症状稍减轻，停药或感劳累后加重。1周前患者感风寒后，忽感症状加重，疼痛沿右上臂桡侧连及小指，休息及沿上述治疗后症状未见明显减轻，四肢困重，纳差，时常夜间放射痛及麻木感明显。查体：颈椎生理曲度变直，肤色、肤温正常，颈肩部肌肉僵硬，双侧风池穴处压痛(＋)，C2横突处压痛(＋)，右侧斜方肌中段压痛(＋)，右侧臂丛神经牵拉试验(＋)，右侧压顶试验(＋)，双侧Hoffman征(－)，Tinel征(－)，Phalon征(－)，右上肢肌力及肌张力正常，肢端血液循环可，皮肤浅感觉稍差。舌淡,苔白稍腻,脉弦细。

【诊断】中医:项痹病;西医:神经根型颈椎病。

【辨证】风寒湿痹型;治则:祛风散寒,胜湿止痛。

【治疗】加味乌头汤加减口服,处方:制川乌10g(先煎)、制草乌10g(先煎)、茯苓20g、苍术12g、白芥子12g、羌活10g、甘草6g、麻黄6g、桂枝12g、威灵仙15g、五加皮15g、细辛3g、延胡索10g、木瓜10g,每天7剂,每天1剂,水煎,饭后半小时温服。伤科熏洗汤颈部熏蒸,隔天1次,共3次。塞来昔布胶囊每次1片,每天2次,饭后口服。放风筝运动及八段锦,早晚各1次,每次30min。

【二诊】2022年2月25日,患者诉颈肩部疼痛、僵硬症状明显减轻,偶感夜间放射痛、麻木,舌尖红,苔薄白,脉弦细。继前方中药方加全蝎10g、鸡血藤20g、夜交藤20g、煅龙骨20g、煅牡蛎20g,患者颈肩部松软,予颈椎牵引(3kg)及小关节手法及针刀松解术,余治疗同前。

【三诊】2022年3月10日,患者诉颈肩部疼痛已明显减轻,未见夜间痛甚,偶感颈部肌肉酸痛,舌淡红,苔薄白,脉弦。前方去延胡索、木瓜、全蝎,加当归15g、川芎12g、熟地15g,予颈部冲击波治疗,隔3天1次,余治疗同前。

【四诊】2022年3月18日,患者诉颈肩部疼痛及放射痛症状已消失,颈部活动度明显改善,守前方15剂,继续颈椎牵引2周,嘱患者保持功能锻炼。

【随访】2022年5月20日,电话随访患者,患者未诉颈部不适症状。

【按】颈椎病是临床常见病,多与寒湿有关。熊老师在中医理论的基础上,结合个人诊治疾病经验,对本病基本发病机制进行归纳:肝肾不足、筋骨失养为其本;外感风、寒、湿邪为其标;日久则气血紊乱、痰瘀互结,痹阻经脉,筋骨不和,从而导致颈椎病。颈部结构复杂,随着年龄增长,颈椎不断劳损发生退变,加之外感风寒湿等邪气,便会出现颈椎病。风寒湿痹型颈椎病,因感受风寒而致病。本案中患者感风寒后,忽感症状加重,疼痛沿右上臂桡侧连及小指,治宜散寒除湿、温经通络,熊昌源教授用加味乌头汤加减。方中乌头味辛苦,性热,有毒,其力猛气锐,内达外散,能升能降,通经络,利关节,其温经散寒,除湿止痛,凡凝寒痼冷皆能开之通之,用制川乌、制草乌降其毒性;麻黄辛微苦而温,入肺、膀胱经,其性轻扬上达,善开肺郁、散风寒、疏腠理、透毛窍,其宣散透表,以祛寒湿。二者配伍,同气相求,药力专宏,外能宣表通阳达邪,内可透发凝结之寒邪,外攘内安,痹痛自无。延胡索宣痹行血,五加皮逐湿开痹,羌活、威灵仙、木瓜祛风除湿,并配甘草以缓急止痛;苍术、茯苓健脾燥湿;白芥子辛温条达,细辛辛温升阳,桂枝温经通络，助麻黄、乌头温经止痛，亦制麻黄过散之性；甘草甘缓，以解乌头之毒。诸药相伍，使寒湿去而阳气宣通，关节疼痛解除而屈伸自如。熊昌源教授强调辨治颈椎病应中西医兼顾，对于初始症状出现颈痛严重的患者，应辅以西药加强止痛。配合塞来昔布胶囊消炎止痛，伤科熏洗汤熏蒸舒筋活络，功法导引、功能锻炼进一步巩固疗效。颈椎病久病入络，邪气壅滞不去，深入关节筋骨，恙根深痼，熊昌源教授认为存在风伏经络，对痹伏筋骨者采用搜剔缓攻法。叶天士云“初病在经，久则入络”“邪留经络，以须搜剔动药”“若非迅疾飞走不能效”。二诊时患者麻木症状明显，选用全蝎搜风通络止痛，这体现了熊昌源教授在治疗神经根型颈椎病时重用虫类药。随着患者症状明显改善，去延胡索、木瓜、全蝎，加当归、川芎、熟地以补气养血之品，这说明熊昌源教授在治疗神经根型颈椎病时急性期以活血祛瘀、行气止痛为主，恢复期以补气养血、补益肝肾为主，治疗方式上有所侧重，这也体现了损伤的三期辨证。除内服外用相结合外，还注重放风筝、八段锦等康复锻炼。

二、颈椎病(椎动脉型)医案

患者刘某，男，56岁。

【首诊】2021年10月6日，颈部僵硬2年余，加重伴呕吐2h。患者自述及家人代诉2年前无明显诱因出现颈部僵硬，休息后稍减轻，劳累后明显加重，未予诊治。2h前患者感症状加重伴呕吐，头晕眼花，不能站立。症状：扶入诊室，精神萎靡，不思见人，头重如裹，时欲呕吐，头晕目眩，胸脘痞闷，四肢无力，语声低微，口淡，大便溏，小便清长，纳差，寐差，舌淡，苔厚腻，脉濡滑。查体：血压：126/76mmHg，颈椎生理曲度变直，肤色、肤温正常，颈肩部肌肉僵硬，双侧风池穴处压痛(+)，旋颈试验(+)，臂丛神经牵拉试验(-)，压顶试验(-)，双侧Hoffman征(-)，右上肢肌力及肌张力正常，肢端血液循环及浅感觉可。

【辅助检查】颈椎MRI示：颈椎退行性病变，C3/4椎间盘膨出。椎动脉彩超示：椎动脉变细，V1、V2段狭窄。

【诊断】中医：项痹病；西医：椎动脉型颈椎病。

【辨证】痰湿阻络型；治则：燥湿化痰，通络止痛。

【治疗】半夏白术天麻汤加减。处方：法半夏20g、天麻10g、橘红15g、白术20g、茯苓20g、陈皮15g、甘草6g、羚角片(先煎)4.5g、钩藤(后入)10g、桑叶10g、浙贝母12g、生地黄15g、茯神15g、生白芍15g、淡竹茹12g，7剂，每天1剂，水煎，饭后半小时温服。伤科熏洗汤颈部熏蒸，隔天1次，共3次。尼美舒利胶囊每次1片，每天2次，饭后口服。放风筝运动及八段锦，早晚各1次，每次30min。

【二诊】2021年10月13日，患者诉口服第3剂后颈肩部疼痛伴眩晕症状明显减轻，偶感颈部酸痛，舌淡，苔厚腻，脉弦滑。继前方中药方去羚角、钩藤，加延胡索12g、当归15g、黄芪30g，予颈椎小关节手法松解术，余治疗同前。

【三诊】2021年10月21日，患者诉颈肩部疼痛伴眩晕症状已消失，颈部活动度明显改善，舌淡，苔薄白，脉弦。守前方15剂，继续颈椎熏蒸治疗2周，嘱患者保持功能锻炼。

【随访】2022年1月12日，电话随访患者，患者未诉颈部不适症状。

【按】椎动脉型颈椎病是指颈椎因退行性改变或钩椎关节增生导致椎动脉受挤压或刺激，引起脑供血不足，产生头晕、头痛等症状。本案中患者头重如裹，时欲呕吐，头晕目眩，胸脘痞闷，四肢无力，舌淡，苔厚腻，脉濡滑。辨证为痰湿阻络型颈椎病，西医诊断为椎动脉型颈椎病。患者病程较长，但起病急促，症状加重明显，当先治其标，熊昌源教授提出初期治则：燥湿化痰，通络止痛，用半夏白术天麻汤加减，方中半夏燥湿化痰，降逆止呕；天麻平肝熄风，而止头眩，两者合为君药，为治风痰眩晕头痛之要药；以白术、茯苓为臣药，健脾祛湿，能治生痰之源；佐以橘红理气化痰，俾气顺则痰消；使以甘草和中调药，生姜兼制半夏之毒；症见头晕眼花、站立不稳、夜寐差，予以羚角片、钩藤、茯神以清肝明目、安神定眩；症见头重如裹，胸脘痞闷，予以浙贝母、淡竹茹、桑叶、陈皮以清热化痰、健脾祛湿；症见颈部僵硬疼痛、精神萎靡、不思见人，予以生白芍柔肝缓急止痛，生地黄清热凉血除烦。配合外用颈项部熏蒸，舒筋通络；非甾体抗炎药力美松松弛肌肉、抗炎止痛；强调功能锻炼，配合放风筝法和八段锦，使颈部肌肉充分伸展，韧带弹性保持，颈椎关节的活动性增强，增加颈部肌肉力量，解除了颈部肌肉的紧张状态，从而减轻疼痛。

患者病史2年，迁延不愈，中后期症状改善后以治本为主，补气养血以固其本，熊昌源教授治疗椎动脉型颈椎病时多重用黄芪，认为气行则血亦行，补气能达荣筋健骨之功，配合颈椎熏蒸，往往能明显改善椎管内供血。因此在二诊时将黄芪用量加之30g，并予当归15g，气血双补。另外，熊昌源教授注重手法松解，对枕后肌群及椎旁肌行手法松解后采用颈椎仰卧斜扳法松解钩椎关节，以达筋柔骨正之功。同时颈椎熏蒸疗法对于改善颈部椎管内血供疗效尤佳，椎动脉型及颈型颈椎病较为适宜。

三、颈椎病(椎动脉型)医案

患者黄某,女,51岁。

【首诊】2015年9月25日,因颈部疼痛伴活动受限3周前来诊治。患者及家人代述:患者每天下班后做衣至深夜,连续4天,自觉颈痛不适,但可忍受,仍坚持劳作。颈痛逐日加重,直至第8天,突感眩晕,颈项强痛,只好求医诊治。某医院照片检查发现颈椎肥大,诊断为颈椎病。施以针灸、火罐、给服骨质增生丸。连续治疗7天症状不减,又到另一家医院就诊,仍诊断为颈椎病,给服大活络丸,局部理疗、推拿。连续治疗4天,症状不减反增。以至眩晕频作,头颈持续疼痛,终日耳鸣不止,日夜心烦难眠。症状:面容痛苦,双手捧颌,口干舌燥,动则加剧,第4~6颈椎压痛,颈部活动明显受限。查体:颈椎生理曲度变直,肤色、肤温正常,颈肩部肌肉僵硬,椎旁肌压痛(+),旋颈试验(+),臂丛神经牵拉试验(-),压顶试验(+),上肢肌力及肌张力正常,肢端血液循环及浅感觉可。舌暗、苔白、脉弦。

【诊断】中医:项痹病;西医:椎动脉型颈椎病。

【证型】气滞血瘀证;治法:通督活血,行气止痛。

【治疗】桃红四物汤加减。处方:桃仁10g、当归15g、川芎15g、红花10g、赤芍12g、熟地黄15g、茯苓20g、葛根20g、天花粉15g、三七末(冲服)6g、杜仲15g、川牛膝15g、桑寄生15g、夜交藤30g、益母草20g、升麻15g,7剂,每天1剂,水煎,饭后半小时温服。颈部施以体外冲击波治疗配合颌枕带牵引,牵引重量5kg,每天1次。倍他司汀片每次1片,每天2次,饭后口服。羽毛球运动及小飞燕,每天各1次,每次30min。

【二诊】2015年10月3日,患者诉头晕及颈肩部疼痛大减,仅偶感心烦难寐,其他症状明显减轻。上方加酸枣仁15g、柏子仁15g,再进10剂,余治疗同前。

【三诊】2015年10月14日,患者诉已可正常入眠,精神转佳,除尚偶有眩晕外,其他症状基本消失,前方去夜交藤、酸枣仁、柏子仁,加连翘10g、菊花10g、夏枯草10g,继服5剂而愈。

【随访】2015年12月22日,电话随访患者,患者未诉颈部不适症状。

【按】熊昌源教授认为督脉瘀阻型颈痹病,往往由于气血不能上承,清阳不升,则无以荣养颅脑,致头晕目眩、耳鸣等症。因此,在活血化瘀行气止痛的同时,推荐用葛根、升麻以促清阳上升,神明得养。本案中患者眩晕频作,头颈持续疼痛,终日耳鸣不止,日夜心烦难眠,痛点固定,动则加剧。治宜通督活血,行气止痛,熊昌源教授方用桃红四物汤加减。方中以强劲的破血之品桃仁、红花为主,力主活血化瘀;以甘温之熟地、当归滋阴补肝、养血调经;赤芍养血和营,以增补血之力;川芎、益母草活血行气、调畅气血,以助活血之功;葛根、升麻以促清阳上升,神明得养;三七增强活血之功;天花粉补虚安中;茯苓健脾利湿;桑寄生、川牛膝、杜仲补益肝肾;夜交藤补益肝肾、安神助眠。全方配伍得当,使瘀血祛、新血生、气机畅,以达化瘀生新之效。此外,熊昌源教授认为颈椎病常为混合型颈椎病,在治疗颈椎病时须重视患者睡眠、情绪,当患者睡眠差、焦虑时,症状往往会加重,因此,熊昌源教授在选用中药时常选用酸枣仁、夜交藤、茯神等安神类药物及柴胡、郁金、合欢皮等疏肝类药物作为辅药,以增强疗效。

第四节　腰腿疼痛病因多　分清病机巧施法

腰腿痛是临床上常见且多发的疾病,通常由于椎间盘组织的退变以及内外力的作用导致后纵韧带破裂和髓核组织突出,刺激和压迫神经根,引起神经根充血、水肿,周围炎症介质聚集,进而出现腰痛、坐骨神经痛等相关症状表现。虽然古代文献中没有确切记载,但据其临床表现可归属“踝厥”“痹证”“腿股风”“腰痛连膝”等范畴。流行病学表明,腰腿痛发病率高达90%,许多患者有外伤、受凉或劳损等病史,多见于青壮年,且女性较少发病。因此,腰腿痛的临床研究具有重要意义。自古以来,医家治疗各有侧重,但大多都从扶正祛邪、调气血畅经络等多因素综合论治。《黄帝内经》曰:“腰者,肾之府,转摇不能,肾将惫矣。”详细描写了本病发作时的临床表现。《素问·刺腰痛篇》中云:“肉里之脉令人腰痛,不可以咳,咳筋缩急。”描述了患者因剧烈咳嗽、腹压增加,腰腿痛症状加重的情形。清代程国彭在《医学心悟》中也写道“腰痛拘急,牵引腿足,脉浮弦者,风也”,对腰腿痛典型症状进行了生动刻画,并予以“独活汤”主之。各代医学专家所写著作汗牛充栋,对腰腿痛的治疗发展产生了深远的影响。熊昌源教授辨证治疗腰腿痛有丰富的临床经验,临床疗效显著。

1. 腰腿痛的病因病机

现代医学对腰腿痛的诊断尚未明确,临床表现时常与医学影像结果不相一致。熊昌源教授认为,腰椎间盘突出并不是引起所有腰腿痛的直接原因。腰腿痛的发生常与姿势不当、劳累劳损有关,临床表现多以腰脊骨节酸痛、四肢乏力、畏寒肢冷等为主。《巢氏诸病源候总论》中“肝主筋而藏血,肾主骨而生髓,虚劳损血耗髓,故伤筋骨也”。损血耗髓于内,风寒湿邪侵袭于外,气血液运行行受阻,又有《病源》"血不能荣养子筋，使筋气极虚，又为寒邪所侵，故筋挛也"。内有久病劳损而致气血不足、外有风寒湿侵袭而发经脉痹阻。熊昌源教授认为治疗腰腿痛要标本兼治，在内补其虚劳不足，在外祛风散邪，同时考虑到慢性病日久常伴痰瘀互结，兼顾化痰祛瘀，调畅气血，强调"以气为主，以血为先"。医者应仔细问诊，根据患者的全身情况、工作性质、居住环境等，综合判断患者的体质，以八纲辨证辨明阴阳表里寒热虚实属性，制定个性化的用药方案。

《素问·脉要精微论篇》云"腰者肾之府，转摇不能，肾将惫矣"，肾气亏虚，髓海不足，筋骨解惰，脊柱受力失调，则发生腰背痛，故腰为病位所在，现代医学可见于脊柱退行性疾病、腰肌劳损、腰椎管狭窄症、腰椎滑脱、腰椎间盘突出症等疾病。其中医病因、病理机制十分复杂，历代医者百家争鸣、众说纷纭，有云外感六淫而发病，有云素体亏虚、病久入脏，认识不一。明朝王肯堂在《证治准绳·腰痛》中提出"腰痛有风、有湿、有寒、有热、有挫闪、有瘀血、有滞气、有痰积，皆标也。肾虚，其本也"。唐朝容川《血证论》云："血能积之，亦能化为痰水。"《诸病源候论·腰脚疼痛候》云："肾气不足，受风邪之所为也。劳伤则肾虚，虚则受于风冷，风冷与真气交争，腰脚痛。"以上种种说明风寒湿邪外袭、经脉痹阻、肝肾亏虚、气血不足是其主要病因。熊昌源教授结合临床，注重辨证施治，认为腰腿痛的发生不外乎虚、实、内、外四端，病理因素多为瘀、湿、痰三者，总的病机为阴阳气血失调，不通则痛，不荣则痛。风、寒、湿三气夹杂而至，或创伤跌扑，痰湿瘀痹阻经脉，气血不畅，不通则痛；久病劳累伤正，气血不能濡养经脉，不荣则痛。针对腰腿痛患者，"痰""湿""瘀"三种病理因素共荣共源，痰瘀随气机升降流通，积聚于腰；湿为阴邪，其性重着黏滞，其性趋下，易伤阳气，易袭阴位，故易留滞于腰及下肢，痹阻经络，相互搏结，阻滞气机，妨碍气血液运行行，最终因虚致实、因实致虚，多成为虚虚实实夹杂之证。故临证确立了扶正祛邪、标本兼治为本病根本大法，补其虚、化其瘀、祛其湿为治疗原则。现代相关医学研究表明，腰腿痛的产生，是在椎间盘退变基础上，神经根受到外在的机械压迫，局部缺血缺氧水肿，微血管循环障碍，炎症介质堆积、疼痛因子刺激而致。

2. 辨证论治

根据患者的临床表现，熊昌源教授将腰腿痛分为瘀血阻络、寒湿痹阻、湿热下注、肝肾亏虚、水湿内停、肾阳亏虚六型分别进行辨证论治。

1）瘀血阻络型

瘀血阻络型通常与明确的外伤史相关，症见腰腿疼痛，痛有定处，按之痛甚，俯仰不利，转侧不便，日轻夜重，晨起活动后减轻，舌质暗紫，或有瘀斑，脉弦紧或涩。治宜活血祛瘀，通络止痛。方用身痛逐瘀汤加减：秦艽15g、川芎15g、桃仁10g、红花10g、甘草6g、羌活15g、没药10g、当归15g、五灵脂10g、香附10g、牛膝10g、地龙（去土）10g。方中桃仁、红花、五灵脂、当归活血祛瘀，地龙、牛膝活血通络，川芎、香附、没药活血、理气、止痛，羌活、秦艽散风活络，甘草缓中。王清任认为“风寒湿三气杂至，合而为痹”者，日久多显血瘀。从而制本方熔活血化瘀与祛风除湿于一炉。方中以桃仁、红花、当归、川芎活血祛瘀，意在使血行风自灭、血行湿也行；没药、灵脂、香附则理气化瘀止痛；牛膝、地龙活血通经络而利关节；另用秦艽、羌活祛风除湿，甘草和药。全方以活血化瘀为主，兼用祛风除湿之药，体现了“痹症有瘀血”学术思想特点。

2）寒湿痹阻型

寒湿痹阻型是由寒湿之邪侵袭、经脉气血痹阻引起，症见腰腿重着疼痛，畏寒肢冷，转侧不利，遇寒则剧，舌质淡白，苔白腻，脉沉涩。治宜温经散寒，化湿通络。方用当归四逆汤加减：当归12g、桂枝10g、芍药10g、细辛3g、通草10g、大枣8枚、炙甘草6g、熟附子10g。本病多由营血虚弱，寒凝经脉，血行不利所致，治疗以温经散寒，养血通脉为主。素体血虚而又经脉受寒，寒邪凝滞，血行不利，阳气不达。本方以桂枝汤去生姜，倍大枣，加当归、通草、细辛组成。方中当归甘温，养血和血；桂枝辛温，温经散寒，温通血脉，共为君药。细辛温经散寒，助桂枝温通血脉；白芍养血和营，助当归补益营血，共为臣药。通草通经脉，以畅血行；大枣、甘草益气健脾养血，共为佐药。重用大枣，既合当归、芍药以补营血，又防桂枝、细辛燥烈大过，伤及阴血。甘草兼调药性而为使药。

3）湿热痹阻型

湿热痹阻型为湿热之邪下注经脉，与血互结，壅滞不通所致，症见腰腿沉重、滞胀疼痛，，屈伸不利，舌质红，苔黄腻，脉滑数或弦数。治宜清热祛湿，化痰通络。方用四妙散加二陈汤加减：苍术15g、黄柏10g、怀牛膝10g、薏苡仁20g、白芍10g、清半夏15g、茯苓20g、陈皮15g、甘草6g。伴关节肿胀热痛者，加牡丹皮、栀子。取苍术燥湿健脾除湿邪之来源；黄柏走下焦除肝肾之湿热；薏苡仁入阳明胃经祛湿热而利筋络；牛膝补肝肾兼领诸药之力以直入下焦。半夏辛温性燥，善能燥湿化痰，且又和胃降逆；陈皮既可理气行滞，又能燥湿化痰；茯苓健脾渗湿，渗湿以助化痰之力，健脾以杜生痰之源。熊昌源教授认为其方能走下焦而清热燥湿，故对于以下焦湿热为主要表现的疾病，皆可用之，不必拘泥于痿证。

4）水湿内停型

水湿内停型为体内水液运化失常，气不化水所致，症见下肢肿胀，身重腿痛，肢体乏力，休息后减轻，舌质淡，苔白，脉浮。治宜健脾祛湿，化气行水。方用五苓散加减：茯苓20g、泽泻20g、白术20g、猪苓15g、车前子15g、山药20g、怀牛膝10g、白芍10g、甘草6g。方中重用泽泻为君药，以其甘淡，直达肾与膀胱，利水渗湿。臣药以茯苓、猪苓之淡渗，增强其利水渗湿之力。白术、茯苓相须，佐以白术健脾以运化水湿。

5）肝肾阴虚型

肝肾阴虚型为慢性劳损或久病不愈所致，症见腰膝酸痛，肢体乏力，耳鸣，劳累后加重，休息后减轻，舌红苔少，脉细。治宜补益肝肾，舒筋壮骨。方用左归丸加减：山萸肉12g、生地黄20g、山药12g、续断12g、狗脊12g、枸杞子12g、怀牛膝10g、白芍10g、炙甘草6g。方中重用生地黄滋肾益精；枸杞子补肾益精、养肝明目。佐山茱萸养肝滋肾、涩精敛汗，山药补脾益阴、滋肾固精，牛膝补肝肾、强筋骨，为下肢引经药，兼具活血之功。

6）肾阳亏虚型

肾阳亏虚型不能温阳所致，症见畏寒肢冷，尤以下肢为甚，腰膝酸软，神疲乏力，舌质淡，脉沉细。治宜温补肾阳，温通经脉。方用二仙汤加减：淫羊藿15g、仙茅15g、巴戟天15g、续断15g、狗脊15g、肉桂10g、菟丝子15g、韭菜子10g、怀牛膝10g、白芍10g、炙甘草6g。方中仙茅、淫羊藿温补肾阳、肾精；巴戟天温助肾阳而强筋骨，性柔不燥以助二仙温养之力；当归养血柔肝而充血海。全方药味，寒热并用，精血兼顾，温补肾阳又不失于燥烈，滋肾柔肝而不寒凉滋腻，主次分明，配伍严谨，简而有要，共奏温补肾阳，滋阴降火，调理冲任，平其失衡的药理作用。

3. 临证经验

1）通利经络是腰腿痛类疾病的基本治疗原则

熊昌源教授在临床实践中主张先明确疾病原因，然后根据病情进行辨证施治。详细全面的问诊和体格检查是基础，辨病是辨明疾病类型，以确定致痹的性质、病变部位和程度，辨证是指明确腰腿痛的脏腑、气血、经络、邪浊的病理变化，并了解它们与腰部经络痹阻的关系，以便提供施治的依据。

熊昌源教授认为，腰腿痛主因是经脉痹阻、不通则通，治则为通利经络，治法包括内服外用中药、牵引、手法、针灸、练功、理疗等保守治疗，也包括多种手术疗法。大多数腰腿痛患者可通过中医药特色疗法保守治疗，少数有腰椎间盘突出、髓核脱出或游离于椎管内、腰椎中央管或神经根管骨性狭窄、腰椎不稳等情况的患者,必须通过手术解除腰部神经组织的压迫,重建椎节的稳定性。从广义上讲,手术也是一种通畅腰部经络的方法。熊昌源教授也强调手术前后配合中医药系统治疗能更好地促进康复。

2)用药特色

临证时重视活血化瘀、祛风通络。活血化瘀善用全当归配伍红花,红花增强归尾活血化瘀之效,同时当归又能补血,与红花配伍活血而不伤血。而祛风通络则用威灵仙配伍狗脊,威灵仙辛散温通,性猛善走,通行十二经,能祛风湿通经络而止痛,而狗脊甘温以补肝肾、强腰膝、坚筋骨,能行能补;威灵仙偏于行,而狗脊偏于补,两者相济,共收通络止痛之效。

3)标本同治,攻补兼施

腰腿痛患者一般病程较长,外感腰痛经久不愈,可转为内伤腰痛,由实转虚,或者内伤腰痛复感外邪,虚实夹杂,故在活血化瘀之时不忘补肾,以壮先天之府,补肾之余不忘活血;以通利经脉。善用当归与红花作为药对,活血与补血相济,活血而不伤血:用威灵仙与狗脊作为药对,补中有散,散中有收,补泻相济。

4)辨证注重从整体出发

随着现代医学的发展,在对腰腿痛的治疗上,临床中很多医者以现代医学影像学检查作为诊断依据,认为其发病多由腰椎间盘突出症、腰椎管狭窄症、腰椎滑脱症、退行性脊柱炎、坐骨神经痛、骨质疏松症等疾病引起,常规应用非甾体消炎镇痛、营养神经、缓解神经根水肿以及激素等药物进行治疗,甚至手术治疗。虽然药物治疗早期也能立竿见影,但往往治标不治本,且长期用药可能引发副反应。在这种情况下,中医适宜技术和中药治疗越来越受到临床医生和患者的青睐。在临床上,多用温经通络或活血化瘀的方法进行治疗,如手法、针灸、拔罐、牵引、中药熏洗、膏药贴敷、离子导入等,尤其适用于瘀血阻络型和寒湿痹阻型腰腿痛患者,而对于其他证型患者除辨证口服中药外,无针对性的其他理疗。熊昌源教授认为,治疗腰腿痛应从整体出发,结合四诊综合分析,辨证施治,整体调节机体功能状态,调畅气机,通络除痹。

5)治病当分清虚实缓急

腰腿痛的病因复杂多样,病程也长短不一,病症更是轻重各异,发病的病理机制也错综复杂,有虚有实。熊昌源教授认为,从病因来看,风寒湿邪外束、筋脉劳伤、闪挫损伤、素体亏虚、他病等均可引起腰腿痛。从病程来看,发病急、病程短的多为实证或本虚标实之证:起病缓,病程长的多为虚证或虚实夹杂之证。从虚实来看,正虚可致气血亏虚,筋脉失养,不荣则痛邪实可阻滞经脉气血液运行行,正虚则推动无力,导致气血液运行行不畅,经脉痹阻,不通则痛。因此在临床中,熊昌源教授提出应仔细辨证,分清虚实缓急。

腰腿痛的病因病机复杂、病程各异,临床表现也不尽相同。熊昌源教授认为,腰腿痛的病因可以是风寒湿邪外袭、筋脉劳损、外伤扭挫、体质亏虚、素患其他疾病等多种因素。腰腿痛的病程各异,发病急骤、病程较短的多为实证或本虚标实证;而起病缓慢,病程较长的多为虚证或虚实夹杂证。正虚常伴气血亏虚,筋脉失于濡养,不荣则痛;邪实阻滞气血运行,经脉痹阻,不通则痛。因此在临床治疗时,熊昌源教授强调需要仔细辨证,准确判断虚实和病情的缓急程度。这种综合辨证的方法,可以更准确地指导腰腿痛的治疗,针对不同的病因和病程,采取相应的治疗措施,以期取得更好的治疗效果。

6)用药注重柔筋缓急止痛

疼痛为腰腿痛的主要临床表现,认为各种病因最终导致机体经络气血液运行行不畅,引起肌肉筋脉拘急而引发疼痛,缓解或解除腰腿部的疼痛是治疗腰腿痛的首要目的,因此在治疗腰腿痛进行整体辨证论治的同时,方中适当佐用柔筋缓急止痛之品,如怀牛膝、白芍、甘草,痛甚则加延胡索,可取得较好的临床疗效。牛膝具有活血通经,补肝肾,强筋骨,引血下行之功。《神农本草经》云:“牛膝,主寒湿痿痹,四肢拘挛,膝痛不可屈伸,逐血气。”《本草经疏》载有:“牛膝…主寒湿痿痹,四肢拘挛、膝痛不可屈伸者,肝脾肾虚,则寒湿之邪客之而成痹,及病四肢拘挛,膝痛不可屈伸。”张锡纯在《医学衷中参西录》中亦记有:“牛膝…善行气血下注,故善治肾虚腰疼腿疼,或膝疼不能屈伸。”芍药、甘草相伍,乃是《伤寒论》经方芍药甘草汤,具有柔筋解痉、缓急止痛的效用。三药合用对于缓解腰腿痹痛具有良好的作用。

腰腿痛的主要临床表现是疼痛,因气血运行不畅,导致经脉痹阻、肌肉拘急而引发。因此,腰腿痛的治疗中缓解疼痛是首要任务,整体辨证施治之外,同时配合应用如怀牛膝、白芍、甘草等柔筋缓急止痛之品,严重者选用延胡索,有增强通络止痛之功。古代医书《神农本草经》中记载:“牛膝,主寒湿痿痹,四肢拘挛,膝痛不可屈伸,逐血气。”《本草经疏》也记载:“牛膝……主寒湿痿痹,四肢拘李、膝痛不可屈伸者,肝脾肾虚,则寒湿之邪客之而成痹,及病四肢拘挛,膝痛不可屈伸。”张锡纯在《医学衷中参西录》中也提到:“牛膝……善行气血下注,故善治肾虚腰疼腿疼,或膝疼不能屈伸。”牛膝善补肝肾、强筋骨,同时引血下行、活血通经。芍药和甘草酸甘化阴、柔肝缓急，正是《伤寒论》中经方芍药甘草汤的经典组合，三种药物合用对于缓解腰腿的痹痛效果良好。在治疗腰腿痛时，综合运用中药治疗的方法，根据患者的具体情况，选择合适的药物进行辨证施治，可以更好地缓解疼痛，提高疗效，对患者康复具有积极意义。

7）重视补肾，善用虫药

腰为肾之府，乃肾之精气所养之域。熊昌源教授认为，腰腿痛病位在腰，且与肾的关系最为密切。腰痛的发病机制中，肾虚是关键，是为本；外邪因肾虚而客，是为标。善用鹿角片、补骨脂、杜仲等补肾而强筋骨之药。不管哪种证型腰痛，久病多虚多瘀，久痛入络，所谓"草木不能建功，故必借虫蚁入络搜剔络内久踞之邪"，故治疗腰腿痛，善用土鳖虫、全蝎、乌梢蛇等虫药以通经活络。

腰是肾脏的所在之处，也是肾精气所滋养的区域。熊昌源教授认为，腰腿痛的病位在腰部，与肾脏的关系最为密切。在腰痛的发病机制中，肾虚是关键，是病的本质；而外邪侵袭则是病的表现。因此，需要善用鹿角片、补骨脂、杜仲等补肾强筋骨的药物。不论是哪种证型的腰痛，久病常导致虚证和瘀血的存在，久痛进一步影响经络通畅。正如"草木不能建功，故必借虫蚁入络搜剔络内久踞之邪"，因此，在治疗腰腿痛时，应善用土鳖虫、全蝎、乌梢蛇等虫药来通经活络。总之，腰腿痛的病源与肾密切相关，肾虚是关键因素，同时经络也受到影响。因此，在治疗腰腿痛时，需要综合运用补肾强筋、活血通络的药物，并适当运用虫药以达到通经活络的目的。

8）不忘后天，重视脾胃

熊昌源教授认为，脾为后天之本，乃气血生化之源，主四肢肌肉，腰腿痛患者病程较长，服药周期也长，其常用的活血化瘀及虫类药易败坏脾胃之气，故用药之初，不忘固护胃气，则脾得健运则四肢筋脉得以濡养，对脾胃起到预防保护作用。

熊昌源教授强调脾胃的重要性，将其视为后天之本，是气血生化的根源，同时主管四肢的肌肉。腰腿痛患者病程较长，需要服用药物的时间较长。然而，常用的活血化瘀药物和虫类药物容易损伤脾胃之气。因此，在使用药物治疗时，首先应当重视保护脾胃的健康，确保脾胃气运畅通。这样做可以让脾胃得以健康运行，从而滋养四肢的筋脉，起到预防和保护的作用。在治疗腰腿痛时，除了重视治疗病因和症状，同时也要关注整体健康，特别是脾胃的功能。保护脾胃，让脾胃保持健康状态，有助于加强治疗效果，并降低药物可能带来的不良反应。

4. 腰腿痛的中西医结合治疗方法

1) 中医药治疗

辨证治疗是中医的显著特色，它具有较强的针对性，因人因时因地而异。然而，目前对于腰腿痛的辨证治疗尚缺乏统一的标准。对于气滞血瘀型腰腿痛，治以化瘀通络，理气止痛；风寒型治宜祛风散寒，活血止痛；气血亏虚型治以补益气血，壮腰通络；肾阳虚治以滋补肾阳，养血健腰；肾阴虚治以滋阴补肾，强筋壮骨。熊昌源教授将临床上治疗腰腿痛的中药归纳为六类：①活血类药物，如川芎、当归、鸡血藤、桃仁、红花、水蛭等；②通络类药物，如地龙、雷公藤、钩藤、忍冬藤等；③祛风湿类药物，如独活、桑寄生、秦艽、狗脊、防风等；④滋补肝肾类药物，如牛膝、淫羊藿、仙茅、杜仲、续断等；⑤利水渗湿类药物，如茯苓、薏苡仁、防己、萆薢等；⑥补气利水类药物，如白术、黄芪、党参等。许多中药同时具有多种功效。例如，桑寄生善补肝肾强筋骨而安胎，兼有祛风湿之功；研究表明桑寄生、杜仲具有双向调节人体免疫的作用；当归、川芎活血养血，兼有减轻炎症反应的功效；防风、独活不仅具有消炎镇痛作用，兼有抗组胺效果。以上药物功效均与腰腿痛的发展机制相符合，因此可以说是对症治疗。

牵引疗法是一种通过外力作用于腰部，以缓解腰部肌肉痉挛、减小腰椎前凸，同时拉伸周围的Hoffmann韧带，扩大椎间孔，改变突出的椎间盘与神经根的空间位置的治疗方法。它的主要作用是消除突出椎间盘对神经根的刺激，有利于局部组织充血和水肿的改善。此外，牵引疗法也可以切断疼痛的恶性循环，减轻患者的痛苦，从而达到缓解和治疗腰椎间盘突出症的临床效果。在进行电动机械牵引治疗时，医生会根据患者的肌腱韧带情况、体重、耐受力等因素来确定牵引的重量。一般来说，起始牵引力通常设定为患者体质量的1/4，并逐渐增加，但最大不能超过患者自身的体重。牵引疗法是腰椎间盘突出症的常用物理治疗方法之一，但要根据患者的具体情况进行合理施行，避免过度牵引导致不适或损伤。对于腰椎间盘突出症的治疗，综合考虑牵引疗法与其他治疗方法的联合应用，个体化治疗更有利于获得良好的效果。

熊昌源教授认为手法治疗在治疗腰腿痛方面具有许多优点，包括疗效好、副作用小、安全性高，而且患者易于接受。正确的理筋手法治疗可以有效地促进突出物的回纳，松解或解除神经根的压迫。理筋手法还可改善循环、解痉止痛，进一步松解腰部软组织。通过手法整复治疗纠正因退变引起的腰椎后关节半脱位或功能紊乱，恢复后关节的正常对合关系，从而解除椎管内神经根压迫状态，缓解症状。一些被动运动类手法还可以有效地改变突出物与神经根的位置,恢复正常腰椎的解剖序列。

外用中药直接作用于局部,其有效成分通过皮肤渗透进入患处,达到消肿止痛、祛风除湿、活血化瘀的功效,炎症消退,减轻水肿组织对神经根的压迫,从而减轻腰痛的症状。熊昌源教授常用的外用方法包括中药熏蒸治疗和外用膏贴治疗,常用活血化瘀、祛风通络类中药,如红花、川芎、三七、地龙、当归等。

针刺疗法能够调整腰部周围韧带和肌肉的功能状态,同时促进血液运行,直接调节血管周围交感神经和神经肌肉的兴奋性,改善其营养不良和功能失调状态。针对不同类型的腰腿痛,熊昌源教授采用针刺肾俞、大肠俞、腰部阿是穴、委中等穴位来活血祛瘀、舒筋通络;对于寒湿腰痛,使用肾俞、腰阳关、关元俞、大肠俞、委中等穴位来温经通络、行气除湿;针对肾虚腰痛,用针刺肾俞、大肠俞、命门、腰眼、志室、太溪等穴位来补肾壮腰。

中医药治疗方法丰富多样,有其一定的疗效。腰腿痛往往是一种综合性症候群,病因不明,治疗复杂。在临床上,综合治疗通常比单一方法的治疗效果更好,同时需要根据患者的具体情况进行辨证施治,以免适得其反。

2)现代医学

熊昌源教授指出,在慢性腰肌劳损、椎间盘突出症、软组织嵌顿等疾病的治疗中,现代医学以止痛药物、物理治疗、封闭治疗等为主,治疗理念无较大变动。椎间盘退变引起的腰腿痛临床中仍以椎间盘摘除术为主流。近年来,显微外科和内镜影像系统的发展使椎间孔镜技术越来越普及,因其优势如伤口小、组织剥离少、出血少、用药少、术后恢复快等,得到临床医生的认可。此外,因退变导致的腰椎不稳在临床上也开展了扩大减压范围、进行椎间融合和钉棒固定系统等手术,以获得节段腰椎的即刻稳定。同时,通过腰椎间盘移植来重建脊柱局部解剖结构及生理功能也成为脊柱外科领域的一个研究课题,通过置换可以消除椎间盘退变引起的炎症和自身免疫性疾病问题。

这些新观点和方法的出现表明,对于腰腿痛的治疗仍在不断进步和完善,现代医学和中医药相结合,针对不同病因和病理机制进行综合治疗,有望为腰腿痛患者提供更有效的治疗方案。

一、腰椎间盘突出症医案

患者左某,女,55岁。

【首诊】2022年6月17日，患者因腰痛3年余，加重伴左下肢疼痛麻木3天前来就诊。患者自述3年前因久坐至腰背部酸痛，自行外敷膏药、卧床休息及按摩店按摩后症状稍减轻，3年内患者病情反复发作，呈进行性加重趋势。3天前患者劳累后腰痛加重伴左下肢放射痛，麻木至小腿外侧及足底，自行外用膏药、推拿及卧床休息后症状未见明显减轻遂就诊。查体：腰椎生理曲度变浅，向右侧侧弯，腰背肌紧张，L4～S1棘突压痛（＋），椎旁肌压痛（＋），左直腿抬高试验30°（＋），右侧60°（＋），左下肢拇背伸肌力下降（Ⅲ级），左侧胫前肌、小腿三头肌及腓骨长短肌肌力（Ⅳ级），左下肢肢端血液循环及浅感觉稍差，生理反射存在，病理反射未引出。舌暗红，苔薄，脉弦细。

【辅助检查】腰椎MRI示：L4/5、L5/S1椎间盘突出，硬膜囊受压；椎间盘退行性病变。

【诊断】中医：腰痹病；西医：腰椎间盘突出症。

【辨证】瘀血阻络型；治则：活血祛瘀，行气止痛。

【治疗】身痛逐瘀汤加减，处方：秦艽15g、川芎15g、桃仁10g、红花10g、甘草6g、羌活15g、没药10g、当归15g、五灵脂10g、香附10g、牛膝10g、地龙（去土）10g、延胡索12g、木瓜10g、熟地黄20g，7剂，每天1剂，水煎，饭后半小时温服。伤科熏洗汤腰部熏蒸，隔天1次，共3次。针灸治疗：取穴肾俞、大肠俞、腰部阿是穴、委中、昆仑、后溪，平补平泻，留针30min，隔天1次，共3次。整脊治疗：腰椎斜扳法。乐松，每次1片，每天2次，饭后口服。

【二诊】2022年6月26日，患者诉腰背部疼痛较前明显改善，左下肢放射痛及麻木较前稍减轻。患者症状好转，治疗方式同前，继观。

【三诊】2022年7月9日，患者诉腰背部疼痛较前明显减轻，偶感左下肢麻木，腰背部及左下肢无力，中药前方去延胡索、木瓜，加独活15g、桑寄生15g、山茱萸15g、淫羊藿9g、杜仲12g，予甲钴胺片每次1片，每天3次，口服，嘱患者平板支撑及臀桥锻炼，每天2次，每次20min，余治疗方式同前，继观。

【随访】2022年8月10日，电话随访患者，患者未诉腰背部疼痛及左下肢放射痛，左下肢无力症状较前明显改善。

【按】结合患者主诉、病史、体征、专科检查、辅助检查，患者诊断明确，熊昌源教授先用身痛逐瘀汤加减以祛风除湿、化瘀止痛，方中桃仁、红花、五灵脂、当归活血祛瘀，意在使血行风自灭、血行湿也行；地龙、牛膝活血通经络而利关节，牛膝兼引药下行；川芎、香附、没药、延胡索理气活血止痛；木瓜祛湿除痹；熟地黄填补肾精；羌活、秦艽散风活络；甘草缓中。全方以活血化瘀为主，兼用祛风除湿之药，体现了"痹症有瘀血"的学术思想特点。运用针灸及中药熏蒸，以达内外兼治之功。经针灸及熏蒸后，患者软组织较前松解，又加以腰椎斜扳法松解小关节，以达筋骨并治之功。熊昌源教授采用乐松消炎镇痛，体现了中西结合、急则治其标的辨证思想。对于功能锻炼，熊昌源教授认为，急性期常不适合进行飞燕、臀桥等功能锻炼，亚急性期及恢复期可适量增加功能锻炼强度，以增强腰背肌稳定性，因人而异，以锻炼后轻松感为度。

二、腰椎间盘突出症、腰椎椎管狭窄症医案

患者张某，男，75岁。

【首诊】2022年9月10号日，腰痛10余年，加重伴间歇性跛行1个月余，前来就诊。患者自述10年前因久坐至腰背部疼痛伴双侧臀部放射痛，患者未予诊治，长期口服非甾体消炎药（乐松、布洛芬、西乐葆），疼痛加重时于社区医院行静脉输液治疗，常常3天缓解，反复发作，发作间歇明显缩短（至1周）。1月前，患者劳累后症状明显加重，既往方式治疗后症状未见明显改善，呈间歇性跛行，约50m，遂就诊。步行100m查体；腰椎生理曲度变浅，未见明显侧弯及后凸畸形，腰背肌紧张，L3～S1棘突压痛（＋），椎旁肌压痛（＋），双侧直腿抬高试验40°（＋），双下肢踇背伸肌力下降（Ⅲ级），双侧胫前肌、小腿三头肌及腓骨长短肌肌力（Ⅳ级），左下肢肢端血液循环及浅感觉稍差，生理反射存在，病理反射未引出。舌暗红，苔薄，脉弦细。

【辅助检查】腰椎MRI示：L3/4、L4/5椎间盘突出伴水平椎管狭窄；椎间盘退行性病变。

【诊断】中医：腰痹病；西医：腰椎间盘突出症、腰椎椎管狭窄症。

【辨证】肾阳亏虚型；治则：温补肾阳、温通经脉。

【治疗】患者及家属强烈要求行手术治疗，2022年9月15日未见明显手术禁忌证情况下行腰3/4、腰4/5椎间盘突出伴椎管狭窄腰椎融合术，术后14天如期拆线，患者感畏寒肢冷，尤以下肢为甚，腰膝酸软，神疲乏力，舌质淡，脉沉细。予二仙汤加减，处方：淫羊藿15g、仙茅15g、巴戟天15g、续断15g、狗脊15g、肉桂10g、菟丝子10g、韭菜子10g、怀牛膝10g、白芍10g、炙甘草6g、川芎15g、当归15g、杜仲15g、补骨脂15g、五味子20g，7剂，每天1剂，水煎，饭后半小时温服。伤科熏洗汤腰部熏蒸，隔天1次，共3次。针灸治疗：取穴腰部夹脊穴、肾俞、大肠

俞、腰部阿是穴、大椎、环跳、昆仑、后溪，平补平泻，留针30min，隔天1次，共3次。腰部热奄包热敷，每天2次，连续治疗1周。

【二诊】2022年9月28日，患者诉腰背部酸痛及肢冷畏寒症状较前改善，考虑到患者老年男性，肝肾亏虚严重，加之腰部手术失血，使得气血亏虚进一步加重。继予前方加西洋参10g、白术20g、茯苓20g，共30付，余治疗方式同前，继观。

【随访】2022年11月9日电话随访患者，患者诉偶腰背部疼痛及跛行症状较前明显改善，嘱患者加强腰背肌功能锻炼；2022年12月25日随访患者，患者诉腰部症状较前明显改善，日常生活如前，疗效满意。

【按】此病案为术后腰痛的患者，熊昌源教授强调围手术期用药的重要性。腰为肾之府，腰椎融合术术中及术后出血易导致患者气血亏虚、气随血脱，肾阳不足。加之钉棒固定，易产生局部气滞血瘀、经络痹阻之象。因此熊昌源教授提出使用二仙汤温补肾阳、温通经脉，方中仙茅、淫羊藿温补肾阳、肾精；巴戟天温助肾阳而强筋骨，性柔不燥以助二仙温养之力；当归养血柔肝而充血海；川芎行气养血止痛；续断、狗脊、杜仲、补骨脂补肝肾、强筋骨；怀牛膝补益肝肾兼引药下行；菟丝子、韭菜子填补肾精；肉桂引火归元、温肾助阳；五味子益气敛阴；白芍养阴柔肝，配合炙甘草缓急止痛。全方药味，寒热并用，精血兼顾，温补肾阳又不失于燥烈，滋肾柔肝而不寒凉滋腻，主次分明，配伍严谨，简而有要，共奏温补肾阳，滋阴降火，调理冲任，平其失衡的药理作用。配合中医理疗结合功能锻炼以达标本兼顾、气血调和之功，有利患者快速康复。

图7-1　熊昌源全国名老中医药专家传承工作室学术研讨会

附录:熊昌源骨伤学术论文集锦

[1] 熊昌源.整骨手法初探[J].湖北中医杂志,1984,6:5-7.

[2] 熊昌源,白书臣,尹晓光,等.股骨干骨折的治疗体会[J].中国中医骨伤科杂志,1988,4(3):30-32.

[3] 熊昌源,张全祥,白书臣,等.手法治疗冻结肩初步小结[C].全国颈肩腰腿痛研究会第六次学术会议论文选编,1986:77-78.

[4] 熊昌源,张全祥.敲打疗法治疗跖腱膜炎30例[J].湖北中医杂志,1988,3:45.

[5] 熊昌源,孙昌慈,郭金星.垫枕练功法治疗脊柱胸腰段屈曲压缩性骨折疗效分析[J].湖北中医杂志,1989,6:36-37.

[6] 鸟巢岳彦,熊昌源,毕学薇.腘绳肌伸张锻炼治疗膝关节痛[J].中国中医骨伤科杂志,1990,6(3):63.

[7] 熊昌源,尹晓光.在课堂讲授中应用电视表达的探讨[J].湖北中医学院高教研究,1991,2:47-49.

[8] 熊昌源,郭金星.中西医结合治疗外伤性膝关节强直[J].中国骨伤,1992,5(5):9-10.

[9] 熊昌源,梁克玉,白书臣,等.肩痛散通电加热外敷治疗肩周炎137例[J].中国骨伤,1994,7(6):42.

[10] 熊昌源,孙昌慈.肱骨干掰腕骨折的机理探讨附3例报告[J].中国中医骨伤科杂志,1994,2(1):30-31.

[11] 熊昌源,毕学薇,刘松林,等.肩痛散通电加热外敷治疗实验性兔肩关节周围炎的相关生物化学指标观察[J].中国中医骨伤科杂志,1995,3(4):4-7.

[12] 熊昌源,毕学薇,刘松林,等.持续机械劳损加冰敷复制实验性兔肩关节周围炎的病理学观察[J].中医药研究,1995,(5):52-53.

[13] 熊昌源,刘松林.龙胆泻肝汤治疗椎动脉型颈椎病8例报告[J].甘肃中医,1995,(6):17.

[14] 熊昌源,尹晓光.筋膜间室综合征误诊原因讨论(附21例报告)[J].临床误

诊误治,1995,(1):12-13.
[15] 熊昌源,刘松林.天麻钩藤饮加葛根治疗椎动脉型颈椎病21例[J].湖北中医杂志,1996,(5):20.
[16] 熊昌源,许申明.压腿锻炼、手法弹拨、中药熏洗三联法治疗膝关节骨性关节炎疗效观察[J].中医正骨,1995,(3):3-4,48.
[17] 熊昌源,尹晓光.夹板固定并发筋膜间隔区综合征的预防[J].中国骨伤,1995,(4):33-34.
[18] 熊昌源.骨伤专业毕业实习中的小讲课内容[J].中医药教育,1995,13(2):41-42.
[19] 熊昌源.对骨科临床技术操作带教的认识[J].中医药教育,1996,16(1):9-10.
[20] 熊昌源,毕学薇,沈霖,等.肩痛散通电加热外敷对实验性兔肩关节周围炎的影响[J].中医正骨,1996,8(1):6-8.
[21] 熊昌源,毕学薇,沈霖,等.兔肩周炎的模型复制及相关生物化学指标测定[J].中国骨伤,1996,(4):11-13.
[22] 熊昌源,叶劲.AO和中医治疗骨折[J].湖北中医杂志,2004,26(3):6-8.
[23] 熊昌源,叶劲,郭金星.胫腓骨骨折并发症的原因讨论[J].中国中医骨伤科杂志,2004,12(6):38-40.
[24] 叶劲,林吉良,李浩,等.熊昌源教授中医整骨经验心悟[C].中华中医药学会骨伤分会第四届第二次学术大会,2007:660-663.
[25] 叶劲,熊昌源,林吉良,等.中医整骨经验心悟[J].中国骨伤,2007,20(2):132-133.
[26] 熊昌源.骨质疏松症与骨性关节炎[C].中华医学会第六次全国骨质疏松和骨矿盐疾病学术会议,2011:211.
[27] 陈大伟,张方建,白书臣,等.中医外治三联法治疗膝骨性关节炎60例临床观察[J].中医杂志,2012,53(5):399-402.
[28] 王志刚,陶缨,熊昌源,等.熊昌源教授骨伤科诊疗经验谈[J].中国中 医骨伤科杂志,2012,20(4):54-55.
[29] 刘安明,熊昌源.逍遥散加味治疗女性神经根型颈椎病临床观察[J].中国中医骨伤科杂志,2012,20(2):39-40.
[30] 刘安明,熊昌源.香砂养胃丸加味治疗脾虚型慢性非萎缩性胃炎临床观察

[J].内蒙古中医药,2012,31(2):6-7.

[31] 胡华,熊昌源,韩国武.旋转手法对腰椎骨盆和股骨上端结构有限元模型的分析[J].中国骨伤,2012,25(7):582-586.

[32] 余俊,熊昌源,杨傲飞,等.独活寄生汤加减配合腰背肌功能锻炼治疗腰椎管狭窄症36例[J].中国中医骨伤科杂志,2012,20(9):51-52.

[33] 王志刚,陶缨,尹晓光,等.无柄人工髋关节置换治疗股骨头无菌性坏死[J].中国中医骨伤科杂志,2012,20(12):39-40.

[34] 吴琪,胡华,熊昌源.徐长卿丹皮酚关节内注射对关节软骨影响的实验研究[J].湖北中医药大学学报,2013,(2):18-20.

[35] 吴钒,李志钢,熊昌源,等.补肾健骨汤治疗肝肾阴虚型骨质疏松症的临床对照研究[J].中国中医骨伤科杂志,2021,29(4):39-42.

[36] 中国国际名人研究院.中国名医列传[M].北京:中国国际广播出版社,1994:1393-1394.

[37] 周安方.湖北中医学院名师名医志[M].北京:中国医药科技出版社,2007:117-120.

[38] 徐江雁.国家级名老中医颈肩腰腿痛验案良方[M].郑州:中原农民出版社,2013:227-229.

[39] 尹国有.现代名中医颈肩腰腿痛效方验案[M].北京:人民军医出版社,2015:12.

[40] 李家庚.现代名中医骨科绝技[M].北京:科技文献出版社,2005:140-141.

[41] 邓铁涛.中华名老中医学验传承宝库[M].北京:中国科学技术出版社,2008:1208-1210.

[42] 李孝林,熊昌源.小针刀松解治疗摩顿跖痛症的体会[J].中国中医骨伤科杂志,2007,15(6):31.

[43] 白书臣,叶劲,陈剑锋,等.Ender's针治疗长管骨骨干骨折临床观察[J].中医正骨,1998,10(5):19-20.

[44] 黄平,熊昌源,高鹏吉,等.三联法治疗对膝骨性关节炎家兔关节软骨、滑膜和关节液一氧化氮水平的影响[J].湖北中医学院学报,2006,8(1):27-28.

[45] 熊鹏程,寿折星,熊昌源,等.伤科熏洗方对实验性兔膝骨性关节炎软骨组织形态学的影响[J].中国中医骨伤科杂志,2008,16(5):19-21.

[46] 陈大伟,熊昌源,叶劲,等.膝关节骨性关节炎系列中医外治技术的临床研

究[J].中国中医骨伤科杂志,2008,16(4):11-1316.

[47] 陈建锋,熊昌源,郭质彬.小针刀松解配合中药熏洗治疗滑膜皱襞综合征[J].中国中医骨伤科杂志,2003,11(5):35-36.

[48] 陈建锋,熊昌源,陈大伟,等.联合顺次法治疗膝关节骨性关节炎的临床研究[J].中国中医骨伤科杂志,2007,15(4):1-5.

[49] 陈建锋,白书臣,熊昌源,等.锁骨钩钢板治疗锁骨远端Ⅱ型骨折[J].中国中医骨伤科杂志,2004,12(5):56-57.

[50] 叶劲,熊昌源,陈安民,等.聚乙烯醇凝胶膜预防椎板切除术后硬膜外粘连的实验研究[J].中国中医骨伤科杂志,2005,13(6):11-15.

[51] 叶劲,熊昌源,杨仁轩,等.鱼腥草注射液—聚乙烯醇凝胶缓释抗菌防治骨关节感染的实验研究[J].中医正骨,2005,17(1):3-663.

[52] 白书臣,熊昌源,叶劲,等.恒温药液治疗外伤性指(趾)端残缺[J].中国骨伤,1996,9(3):25-26.

[53] 付国联,罗江,白书臣,等.第三腰椎横突综合征31例治疗小结[J].中国骨伤,时间不明:20.

[54] 白书臣,熊昌源,付国联,等.胫骨髁骨折23例治疗小结[J].中国骨伤,1991,4(1):22-23.

[55] 陈大伟.熊昌源教授外治三联法治疗膝骨性关节炎经验总结[J].中国中医骨伤科杂志,2011,19(4):51-52.

[56] 白书臣,熊昌源,李其兰,等.创愈灵涂膜剂的研制及临床应用[J].中国骨伤,1999,12(2):55-56.

[57] 陈大伟,白书臣,李浩,等.股骨颈头下、移位型骨折59例临床疗效分析[J].中国中医骨伤科杂志,2008,16(8):16-17.

[58] 荆丽波,熊昌源.骨质疏松致腰腿痛机制摘要[C].中华医学会第三次全国骨质疏松和骨矿盐疾病学术会议,2011:60-61.

参 考 文 献

[1] 陈世益,冯华.现代骨科运动医学[M].上海:复旦大学出版社,2020.

[2] 唐冰之,胡剑锋,李晓辉.实用骨科学[M].长春:吉林科学技术出版社,2019.

[3] 靳安民,汪华桥.骨科临床解剖学[M].2版.济南:山东科学技术出版社,2020.

[4] 李溪.骨科诊疗技术与应用[M].广州:世界图书出版广州有限公司,2020.

[5] MANASTERS,MANASTER B J,ANDREWS C L,et al.创伤性骨肌诊断影像学[M].赵斌,译.济南:山东科学技术出版社,2018.

[6] 赵文海,詹红生.中医骨伤科学[M].上海:上海科学技术出版社,2020.

[7] 王庆甫.中医筋伤学[M].北京:中国中医药出版社,2014.

[8] 韦以宗.中国骨伤科学辞典[M].北京:中国中医药出版社,2001.

[9] 人民卫生出版社.黄帝内经素问[M].北京:人民卫生出版社,1979.

[10] 史忠植.认知科学[M].合肥:中国科学技术大学出版社,2008:88-91.

[11] 邵明义,阎博华.借鉴经方医学模式探索中药新药疗效评价的方法[C]//中国药理学会临床药理专业委员会.第十三次全国临床药理学学术大会论文汇编.[出版者不详],2012:3.

[12] 陈志强."病症同治"是结合医学的最佳诊疗策略[C]//中国中西医结合学会.2017年第五次世界中西医结合大会论文摘要集(上册).[出版者不详],2017:1.

[13] 高豪杰.内外同治治疗单纯性肋骨骨折80例临床疗效观察[J].中国社区医师(医学专业),2012,14(34):234.

[14] 胡海军.内外同治治疗坐骨神经痛[J].现代中西医结合杂志,2007,(24):3523.

[15] 张晓英,李艳,史潮,等.病症结合与针药协同治疗颈椎病的临床疗效观察[J].广州中医药大学学报,2018,35(3):443-447.

[16] 王林林.颈椎病发病的中医理论探讨及文献整理研究[D].福州:福建中医药大学,2013.

[17] 王守利.颈椎病中医证候特点与X线特征的相关性分析[J].影像研究与医学应用,2020,4(19):208-210.
[18] 崔明亮,孔祥玲,王景贵,等.中药脾肾并补方对交感型颈椎病临床疗效及心率变异性的影响[J].中国中西医结合杂志,2008,(11):1034-1037.
[19] 黄祠辉.浅谈中医的手摸心会[J].天津中医药,2010,27(3):257-258.
[20] 张宽,赵勇.中医骨伤手法"手摸心会"理论的认知心理学视角解读[J].北京中医药大学学报,2014,37(8):513-515.
[21] 范东,孙树椿.孙树椿治疗踝关节损伤的临床经验[J].世界中医药,2011,6(3):207-208.
[22] 徐霁云,佟晓辉.手法整复治疗骶髂关节错位95例小结[J].中国自然医学杂志,2000,(3):149-150.
[23] 陈朝晖,孙树椿.对中医学"筋"的现代认识[J].中国中医基础医学杂志,2009,15(7):491.
[24] 李永恒.外踝理筋手法治疗陈旧性踝关节扭伤临床疗效观察[D].北京:北京中医药大学,2017.
[25] 叶劲,白书臣.腕背伸位小夹板固定治疗colles骨折机理分析[J].中医正骨,1997,(1):9-10,63.
[26] 叶劲,白书臣.臂肩式练功治疗脊柱胸腰段压缩骨折[J].中国骨伤,1995,(2):18,4.
[27] 李建军,贺辉.孙呈祥教授手摸心会学术思想在骨伤科筋伤疾病中的运用[J].中国中医药现代远程教育,2021,19(10):78-80.
[28] 石优宏,蔡桦.中医推拿在全膝关节置换术后康复中的应用概况[J].中医正骨,2011,23(12):69-72.